瓦屑往事

童亮

著

百花洲文艺出版社
BAIHUAZHOU LITERATURE AND ART PRESS

目 录

contents

映山红往事

1.

有的人去世了，但活着的人仍然感觉他还在这里。

爷爷去世差不多两百多天了。在重阳节后的第八天，我又感觉到了他的存在。

那天是我从北京回老家休假的第十六天左右。那次可能也是我毕业之后上班以来最长的一次休假，也是我第一次回了老家却没有去画眉村。

用妈妈的话说，画眉村没有那个惦记的人了。

也许是爷爷的去世让妈妈有了触动。那天，妈妈居然要我抽空跟着爸爸上山去看看属于我家的山和地。

"趁我们还健在，让你爸爸带你去山上地头看一看，看看哪些是属于我们家的。"妈妈吃饭的时候这么说的。

我不太高兴，说："你们身体都还好着呢，现在就操心这些事干什么？"

家里的山和地，都是祖宗还在的时候就划分好了的。那时候两户人家会为了争夺方寸之地而打起架来，反目成仇。现在村里的年轻人纷纷去往大城市，田不种，地不耕，山不管，大部分人连哪块田哪块地哪个山头属于自己家的都弄不清楚。曾经以性命维护的东西，如今被弃之如敝屣。两代人俨然活在两个不同的世界。

我也不愿意管那些已经杂草丛生或者裂如龟壳的土地。

可是有人想要那些几乎被人遗忘的东西。

就在那天傍晚，一个中年汉子来到我家，找我爸爸要一块村口的土地。

这个中年汉子是我们一个村的，但是我们这个村子非常大，当年的老祖宗按照七个兄弟划分了七片田地和山头，分了七个地方居住。繁衍至今，这七个地方加起来有两三百户了。七个兄弟的子孙要么隔山而居，要么隔河相望，平日里鸡犬相闻。老一辈的人互相认识，知道对方家里有几口人种几亩田，一年到头的大事小事都清清楚楚。年轻一辈的人要么在外读书，要么在外工作，走在村子里互相如陌生人或者客人一般生疏而客气，见了老一辈的人忘记了该如何称呼，见了小一辈的人不知道是哪家的孩子。家乡反而成了他们的客居之地。

我也不知道该如何称呼这位中年汉子，只好点头微笑，叫了一声"伯伯"。

这位伯伯应该是刚收割完稻子回来，带着一身泥土和稻草的气息。他手里拿着一把弯得像月牙的镰刀，镰刀的锯齿上黏着许多稻草渣，好像刚刚嚼完青菜没有漱口的牙。他光脚穿着一双黄色解放鞋，下田干农活儿的人大多这么穿。裤脚挽到了膝盖上，露出的小腿上面青筋突出，如一条条粗壮的蚯蚓。他的肩膀上爬着一只稻田里常见的瓢虫，在我看到它的时候，突然展翅飞走了。

这位伯伯跟我爸爸聊了一会儿就走了。

我没有听他们聊的什么。

但爸爸告诉我说，刚才那个人是为了一块土地而来。那块土地在村口的三岔路边上，只有三分地，以前是种了菜的，后来那里建了一个红砖厂，把那块地征过去了，做了一个食堂。几年前红砖厂拆了，地又还了回来。那个人想买下那块地，用来建房子。那个人住在山的那一边，交通不是很方便，想搬到村口的三岔路口来。

妈妈在旁边说，我们家前几年本来也想着用那块地建房子，但是你爷爷在世的时候说那个地方一条直路冲着山坳，不适合建房子住人。所以我们那时候没有用那块地，种点东西又嫌面积小，后来一直闲着。没想到这几年好多人家都往村口的路两边建新房子，这块闲置的地竟然有好几个人找我们要了。有的人想拿别的地换，有的人想出钱买。

我没想到爷爷生前还留有这样的话。我以为随着他的离开，他曾经生活过的印迹都会渐渐淡去直至消失。我甚至有些激动，因为这让我感觉他还没有离开。

我说，既然爷爷当年说了那里不能建房子住人，怎么还有人要在那里建房子呢？

爸爸不以为然地说，现在的人还有几个看老皇历？大家都不信这些啦。好多人搬到村口去住了，也没见有什么问题。

我还是不太放心。我问道，那刚才那位伯伯知道爷爷以前说过那些话吗？

爸爸说，怎么不知道？他以前跟你爷爷学过几年看风水的本事呢。虽然你爷爷从来没有收过徒弟，但是他经常在别人面前说你爷爷是他的半个师父，他是你爷爷的半个徒弟。

我问，那后来怎么没跟爷爷学了呢？

妈妈在旁解释说，你爷爷见他喜欢这个，又肯下功夫，当年确实差点儿答应收他做徒弟了。可是后来种种影响吧，他没学下来。

我更加迷惑了。俗话说，信之则有，不信全无。要是不信风水之说的人想买那块地也就算了，他是信一点儿的，或者说是懂一点儿的，怎么还要在那里建房子呢？

吃过晚饭之后，我决定去找那位伯伯聊一聊。首先是对他为什么非得买那块地感兴趣，其次是多多少少可以听到些跟爷爷相关的事情。

从我家出来，走过一个大池塘，翻过一座山，就能走到那位伯伯住的地方。那里有五六十户人家，都依山而居，从半山腰到山脚下，因此路比较陡，很多石阶。相传那是老祖宗的大儿子挑选的地方，上午太阳柔和的时候，所有的房子和院子里晾着的衣服被单都能晒到阳光。下午阳光剧烈的时候，山将房屋遮在阴影里，避免曝晒。

那时候，这座山是方圆几十里最宜居的地方。用老一辈的话来说，是风水最好的地方。

后来一条通往外界的马路修建在山的另一边，在山的那一边居住的人们便觉得交通不便了，少数人陆陆续续搬到了路边居住，顾不得风水好不好了。

翻过山之后，天色就很暗了。

我在陡峭的石阶上走了几步，才想起来我不知道那位伯伯是哪一户人家，住在哪个房子里。我甚至不知道他叫什么名字，无法询问别人他住在哪里。

上一次到这个地方来，大约是十几年前了。

那时候我还小，偶尔来这边找小学的同学玩。

后来童年的伙伴们大多在大城市落了脚，很少回来。我就没来过这边了。

在北京的时候，十几条地铁沿线轻车熟路。在家乡，我竟然在仅仅一山之隔的地方迷了路。

这让我不禁羞愧得很。我竟然对自己生长的地方如此陌生。

2.

我在又高又窄的石阶上犹豫了一会儿，正打算原路返回，一只黄色的猫从旁边的屋檐上跳了下来，如鬼魂一般悄无声息地落在石阶上。

喵呜。

它见我拦住了路，抬起头来，嚣张地对着我这个不速之客叫了一声。

我赶紧侧身，让它先走过去。

这时候，一位老婆婆从旁边泥墙青瓦的矮房子里走了出来。她手里拿着一只破了口的碗，一双筷子敲着碗，嘴里学着猫叫："喵呜……喵呜……"

那只嚣张的猫立即跑到老婆婆脚下。

老婆婆将破碗放了下来。

那只猫饿极了一般，将脑袋钻到碗里，狼吞虎咽。

那位老婆婆有些面熟，可能我小时候见过，但此时已经忘记她是谁，忘记我该如何叫她了。

为了避免尴尬，我打算绕道走开。

不料老婆婆瞥了我一眼，竟然笑着朝我招手。

虽然当时夜色较浓，但是我依然看见她的眼睛里似乎闪过了一道光。

"你是岳爹他外孙吧！"她喊道。

她脚下的猫似乎听得懂她的话，因此认出我来，竟然从碗里调转了头，直直地看着我，仿佛多年不见差点擦肩错过的朋友。

我想，也许我小时候见到这位老婆婆的时候，她就养了这只猫。

十几年的时间就如一层毛玻璃横亘在我们之间，让我辨认不出她和猫，但她和猫依稀辨认出了我。

我急忙回应道："哎，是。您老人家喂猫呢？"

我曾经很讨厌老家人相互打招呼的方式。在路边见了人扛着锄头，便常说"去地里忙呢"，在池塘边见了人洗衣服，便常说"在洗衣服哪"，去别人家里见了人在做饭，便常说"在做饭啊"，让人觉得没话找话，多此一举。

可是我明明看到她在喂猫，一时之间却说了类似的话。

老婆婆弯下腰，摸了摸猫的头，说："儿女都在国外，全靠它跟我做伴。"

我记起妈妈说过这边有位老人的儿女都在国外，几年不见回来一次。但我还是没想起来当时妈妈说的老人叫什么名字。

我倒是对她认出我比较好奇。岳爹就是我爷爷。我的亲爷爷在我爸爸七岁的时候就去世了。我一直把外公叫作爷爷。

"您认识我爷爷？"我问道。

"怎么不认识？我原来是画眉村的姑娘啊！算起辈分来，你应该叫我姑奶奶才是。你现在的样子跟他年轻时候有点儿像，虽然很少见到你，但一看到就知道是他家的子孙。"老婆婆笑着说。

听老一辈人说，那时候交通不便，很多人一辈子去不了太远的地方，因此方圆几十里的人们算来算去都能找到一点点亲戚关系，认识的人大多沾亲带故。

"我跟我爷爷像吗？"我惊讶地问道。在此之前我从来没听谁说过我跟爷爷相像。

老婆婆说："模模糊糊一看就像。要是白天看到，看得清楚了，可能不会觉得像。"

"是吗？"我问道。

"可不是嘛。这里的人我白天看都忘了叫什么，晚上朦朦胧胧一看，哎哟，都像我以前认识的人。那些人好像都还没有走呢。"

听她这么一说，我的脑袋里浮现出过去的人和现在的人重重叠叠地生活在这个地方的场景，有些温馨，也非常诡异。

或许过去的人从未真正过去，因为活着的人身上多多少少都带着一些曾经那些人的影子，都走过那些人走过的路，都看过那些人看过的风景，都经历过那些人经历过的悲欢离合。上一辈的人看起来和下一辈的人经历了不同的世事，其实只是时间上和形式上的不同，背后的柴米油盐和喜怒哀乐并没有多大区别。我们往往以为自己在眼界和感知方面比上一辈要更高一筹，或许实际上不过是循环往复地打圈圈。

或许多年前的某个夜晚，那时候还年轻的老婆婆朦朦胧胧地看到尚且年轻的爷爷从她身边的小道或者石阶走过。她看到我的时候，或许立刻想到了久远的那个夜晚，才认出我的吧？说不定对她来说，这个地方小一辈的人都是当年的老人回到了年轻的时候，只有她一个人变老了？

在这个时候想这样的事情，难免背后冒出一阵凉意。

我赶紧转移话题。

"姑奶奶，您知道这里有个人曾经跟我爷爷学过几年本事吗？"我问道。既然她曾是画眉村的姑娘，那我该叫她一声"姑奶奶"。

老婆婆思维敏捷，立即知道我是来找那个人的。

她抬手指了指不远处门前有一棵高高的板栗树的房子，说："你找他呀。他住在那里。你过去的时候小心一点。"

我有点儿紧张，问道："为什么要小心一点？"

老婆婆说："板栗熟了，外面的毛刺扎得很，小心落身上。扎到了疼。"

我松了一口气。

还没等我走开，老婆婆又说："我刚嫁到这里的时候，那棵树上吊死过一个新娘子。从树下经过的人要是碰到了她的脚，她身子晃动，那树枝上熟了的板栗就会落下来。"

我双脚一软，差点从石阶上滚下去。

老婆婆见我惊恐的样子，嫌弃地摆摆手，说："怕什么，她又不会咬你。"

她那样子不像是开玩笑。淡然的样子也不像是装出来的。

我分不清她是善意地提醒我，还是精神有些问题。

喵呜……

那只猫又叫了一声，这次叫得温柔多了，像是撒娇一样。

我双手搂住自己的胳膊搓了搓，忽然不敢从那棵板栗树下经过了。刚才看起来再正常不过的板栗树，此时被一种诡异的氛围笼罩。

我隐约想起小时候听说过板栗树下有吊死鬼的故事。据说有个人从板栗树下经过，忽然感觉被人踩了肩膀。那人抬头一看，看到一个红衣女子站在他的肩膀上。

莫非那个故事是从这里传出去的？我心想。

很多故事其实是有源头的，只是在口口相传的过程中变了样。

但我很快从恐惧中平静下来。我也算见过一些世面，还能被这位老婆婆一句话吓退不成？

万一老婆婆是故意逗我的，我被吓走了，那第二天说不定她会跟人说岳爹的外孙胆小鬼怕得要命。这就丢了我爷爷的脸了。

我看了看那棵板栗树，笑道："就是。她又不会咬我。"

然后，我往板栗树走去。

离那棵板栗树还有十几步远的时候，我感觉不对劲了。

我隐隐约约看到板栗树茂密的叶子里露出了一双晃晃荡荡的脚。

3.

在老一辈人的故事里，寻短见的人大约有三种方法——喝药，投水，上吊。这样的人都是在无比绝望的情况下选择走了这样的路，因而被认为怨念极深，哪怕是肉身已经腐烂，死者的执念仍然滞留在生前的房间、临终的水边或者屋前的树上。

我想，或许死者早已解脱了，但活着的人们对此念念不忘，才会经过房间、水边或者树下的时候两股战战，心有戚戚，以至于总觉得那些地方阴冷或者有异响。

因此，我看到板栗树里的脚之后，闭上了眼睛，揉了揉眼皮，再睁开来看。

可是那双脚还是在那里。

这时候，板栗树下的房子里突然亮起了灯。

在此之前，房子的窗户是暗的。

大门打开了，先前见到的伯伯站在门口，一面披衣服一面问道："谁呀？"

说完，他又提了提裤子，将裤子上一条显眼的白色裤带束紧。那条白色的裤带如一条白蛇盘在他的腰上，垂下的那部分如蛇尾一样摆动。

在他的身后，有一张桌子，桌上有一盏现在很少见到的煤油灯，煤油灯后面有一把高大的椅子，椅子上居然坐着一个衣不蔽体的女人。

那女人正在慌乱地穿衣服。她的头发很长，长发挡住了她的侧脸，但是鼻子露了出来。鼻子直挺白皙，仿佛古人坠在腰间的玉坠，让人看到鼻子就忍不住猜测那女人必定有张好看的脸。

他应该是听到了我在石阶上走动的脚步声之后匆忙出来的。

我站在离板栗树还有一段距离的地方，望而却步。

他看到了我，爽朗一笑，大声道："原来是你！"

我又看了看板栗树里面的脚。

他猜到我看到了什么，一面朝我走来，一面说："吓到你了吧？那是稻草人。我的老母亲不行了，现在在市里住院。我算了一下，怕是过不了这个冬天，所以前几天弄了一捆稻草，做了一个稻草人备着。要是过了这个秋收季节，想再弄到新的稻草就难了。"

我放下心来。按照这里的习俗，去世的人入土之前，须得扎一个稻草人做替身，跟那人生前用过的所有东西一起烧掉。

他走到了板栗树下，推了稻草人一下，稻草人晃悠起来。

"放地上怕老鼠咬坏，我就把它挂在这里了。"他抓住稻草人的脚，让它停下来，然后说道。

在他身后的房子里，那个女人已经站了起来，衣服还没有扣上。衣服下面的躯体如同冬天某条落了厚厚一层雪的小道，两边的雪已经融化，中间的雪白得发亮晃眼。她低了头从最下面的扣子往上一颗一颗地扣。她的手指纤长，面容清秀，估摸年纪二十多岁的样子。

"你找我？"他问道，脚步往左边挪了挪，满是皱纹的脸挡住了那个扣扣子的年轻女人。他的头发很短，剪得不是很齐，仿佛刚刚割完稻谷留下稻桩的田。干巴巴的，乱糟糟的。

我很好奇那个年轻女人是谁。

"是啊。我想问问，你……您为什么要村口那块地。"我问道。

他笑了笑，说："你是来问这个的呀？"

我点头。

他说："这里出去不方便，我想在那里做房子，出门就可以坐车。"

那条路上以前每天有两趟公交车经过，从山的更深处开出来，直抵市区。公交车是私人承包的，没有路牌，随叫随停。这几年有车的人多了些，公交车的生意一落千丈，便没人开了。他说出门就可以坐车，显然是谎言。

我说："我听说我爷爷在世的时候说过，那里不适合建房子。"

他甩了一下手，不以为意地说道："嗨，都什么时代了，谁还信老皇历上的事情！"

我没想到他会这么说，一时之间愣住了，不知道该怎么回他的话。

他见我愣愣地看着他，可能想起他曾经跟我爷爷学风水的事情来，在他半个师父的外孙面前也开始有些不自在。

沉默了一会儿，他忽然说："要不……要不进屋坐坐？"

他说这句话也是因为那多余的客套。在这个地方，在家门口看到熟人，都会问一句"进屋坐坐吧"或者说"喝口茶再走吧"。

此时他这句话听起来让我觉得这是在赶我走。

"好啊。"我没有跟他客套。

他只好领着我进屋。

在他转身往回走的时候，我发现那个女人不见了踪影。

进了屋，屋里弥漫着煤油的味道。煤油灯上没有灯罩，灯火微微摇晃，灯花烧得通红，仿佛映山红。

这种古董我已经十多年没有见过了。小时候村里常常停电，那时候我还常见点燃的煤油灯。

"你是岳爹的外孙吧？"一个声音从我身后的墙角里传来。

我转过头一看，刚才那个女人站在昏暗的墙角里。

她从墙角里走了出来。

我吃了一惊。面前这个女人鸡皮鹤发，嘴皱得像核桃。她说话的时候，露出嘴里仅有的一颗牙。似乎本该留给其他牙齿的营养被这一颗霸占，所以这颗牙长得特别长。

我心想，那个年轻女人到哪里去了？刚才看见的不会就是她吧？

不等我回答，那位伯伯就说："是的。我在画眉村学艺的时候还没有他呢。"

这位老婆婆"哦"了一声，摸索着往外走。伯伯跟在她后面送她出去。

她走到门外，停住了，朝着对面的山望了一会儿。

伯伯问："怎么了？"

她说："时间好快哟，跟昨天似的。你第一次找我，要我帮你绣被子的时候，你还没去画眉村学艺。别人都不敢找我绣，说寡妇门前是非多。你偏偏就敢。"

伯伯点头说："是啊。好快。"

她又说："那时候我怕鬼，总觉得我那个短命的男人还在家里走动。你说等你学完艺了把他捉起来。你还记得吗？"

伯伯哈哈大笑。

她看了他一眼，说："到现在也没见你捉到他。"

4.

伯伯送走了那位突然变老的女人，回到房间里。

"人老了，没人说话。她经常没事的时候来我这里找话说。"他牵强地给我解释说。

我打趣道："原来您那时候跟我爷爷学风水，是为了帮她啊。"

他皱了皱眉头，说："是的。那时候年轻……"话还没说完，他又不说了。

我打量了一下他的房子。虽然房子比较新，但格局跟以前的老房子一样，中间的堂屋最大，两边各有两间卧室大小的侧屋。堂屋的照壁上还贴着写有"天地君亲师位"的红纸。

他泡了两杯茶来，一杯给我，一杯捧在自己手里。

茶有点烫，我将茶杯放在脚边的地上，等它冷一些。

老家的人在别人家里坐的时候，茶杯都顺着脚边放地上。

我问："您这房子挺宽敞的啊，怎么又要去村口建新房子？"

我对那个没有答案的问题还不死心。

他说："还不是为了给她空出房子！"他看了看外面，外面一片昏暗。

我知道，"她"指的是刚刚走的那个人。

"不知道怎么回事，今年开了春之后，她说她又感觉到家里有东西作祟，有时候厨房里突然有锅碗瓢盆落地，有时候在睡房里摸她的脚。她说可能那个短命鬼又来了。我就想着，我搬到村口那里去，让她住到我这里来。"他说道。

"短命鬼？"我问道。

他笑了笑，说："她的丈夫去世早。因为生了病，又没钱治，不想连累她和两个孩子，她的丈夫就在水库里投了水。他可能牵挂孩子吧，也可能怕她改嫁，死后经常回到家里来，弄出声响吓唬她。"

我不禁打了一个哆嗦。

那天晚上，我以为我在他家里稍微坐一坐就会走，可是他后面说的那些事情让我多坐了两个多小时。

他说，那个短命鬼第一次回到家里的时候，大约是三十多年前了。那时候这里的房子跟现在的房子格局几乎一样，只是那时候的房子旧很多，矮很多，墙大多是泥砖或者青砖，屋顶大多是鱼鳞一样的青瓦。现在的房子嘛，大多比原来高了一层，墙是红砖砌起来或者水泥倒起来的，外面刷了白石灰或者贴了瓷砖。要是拿那时候拍的照片和现在对比，就像是以前的笋子长成了现在的竹子，原来的房子长成了现在的房子。

这些房子里住的人也没有太大变化，以前是谁家的，现在就是谁家子孙的，子孙的样子跟原来的人也差不多，有的简直一样。以前耳朵大的人，现在子孙耳朵还大；以前脸长的人，现在子孙脸还长；以前说话像喇叭一样的，现在子孙说话还像喇叭一样。甚至以前大大咧咧的，现在子孙还大大咧咧；以前闷葫芦一样的，现在子孙还闷葫芦一样。

他说他原来没有意识到这些，那时候他正年轻，以为眼前的道路跟前人走过的道路完全不一样。

他的父亲是医生，希望他继承衣钵，他偏不愿意。他的母亲安排他去相亲，他也不去。他一心要娶一个跟秧哥的新娘一样好看的姑娘。

秧哥就是那个短命鬼。那时候他还不知道秧哥是短命鬼。秧哥的新娘第一次到这里来，就吸引了无数人的目光。她的名字跟她的容貌一样让这里的人们觉得与众不同，她的名字叫夭夭。那个时候，很多女人以花为名，很多男人以重大节日或者事件为名。

夭夭之所以嫁到这里来，是因为她姐姐的介绍。她的姐姐先嫁到了这里，为了有个伴，她的姐姐把秧哥夸上了天。夭夭相信她姐姐的眼光，便嫁给了秧哥。

秧哥确实不错，就是死得太早了。

秧哥死后，夭夭叫她姐姐晚上来做伴。

她姐姐是有点儿小名气的神婆，平时给受了惊的小孩烧符水，给走了霉运的人转个运。说灵有时候挺灵的，说不灵有时候也不怎么灵。找她的人并不是很在意，反正在她这里试了之后还不行的话，再想别的办法就是。

陪夭夭的头天晚上，她这个神婆姐姐就说，秧哥还在这里，没走。

夭夭的第二个孩子睡在旁边的摇篮里，才几个月大。

她的神婆姐姐的话刚说完，摇篮里的孩子就咯咯咯地笑了起来，手舞足蹈，嘴里呜呜啊啊地说着谁也听不懂的话。

她的神婆姐姐悄声说，夭夭，你看，秧哥在逗孩子玩呢。孩子的眼睛纯净，能看到我们看不到的东西。秧哥舍不得走呢。

夭夭花容失色。

他不会吓到孩子吗？夭夭问。

她的神婆姐姐说，这么小的孩子，哪里分得清看到的是不是人，他以为是人，就不怕。

等她睡下了，她的神婆姐姐又把她摇醒，小声地说，你听到脚步声没有？

她细细一听，外面的堂屋里果真有窸窸窣窣的脚步声。她吓得把头蒙进被子里。

她的神婆姐姐说，你怕什么呢？寡妇门前是非多。多少人盯着你？让那些人怕是好事。

她的神婆姐姐不能天天晚上陪着她。

她一个人的时候就更加害怕了。

不久之后，好多人知道了秧哥在家里作祟的事情，天色稍暗就不敢去夭夭家，路过的时候都要绕开。

他说，就他不怕，有一次他找夭夭帮忙绣被子上的花。那被子是他准备送给堂姐做陪嫁嫁妆的。但是等夭夭绣完之后，他没有把被子送给堂姐。

后来有一次夭夭从他家门前经过，看到他在晒被子。

夭夭说，我就说了，不要让我这样的人绣被子。你堂姐没要吧？

其实不是堂姐不要，是他留下自己用了。

他见夭夭气色不好，便问，秧哥昨晚又闹了？

她点头。

他说，等我学艺了把他捉起来！

她叹气说，我姐都拿他没办法。你还能有办法？

他说，那是你姐学艺不精。学了三脚猫功夫哪里就捉得了老鼠！

她说，好啊，你说我姐是三脚猫，我告诉她去。

他认真地说，我可不是开玩笑！我过几天就去画眉村拜师父去！

她不相信，问道，你还真想捉啊？

他说，嗯。

5.

他不知道画眉村的岳爹是从来不收徒弟的。他求了岳爹好多回，岳爹都没有答应他。

岳爹跟他说，我不是舍不得把本事教给你，而是这东西学了对你自身不好。

但是他听不进去，天天跟在岳爹屁股后面。岳爹去哪里，他就去哪里。能给岳爹帮忙的时候，他就帮忙；帮不了忙的时候，他就坐在旁边看。他就像狗皮膏药一样贴着岳爹，试图以诚心打动岳爹。

那时候想跟岳爹学艺的人很多，很多人跟他一样天天跟着岳爹，早上来，傍晚走。但是没有人能像他一样坚持两三年。

人人都认定了岳爹不会收他，但他信心十足。有一次他去了夭夭家里，站在堂屋里大喊："秧哥！你给我等着！等我把艺学到了手，懂了阴阳，看得到你了，就把你捉起来！"

有人劝他："人家的家事，你瞎掺和做什么？"

他说，那时候他还是太年轻气盛，要是现在，他是绝对不敢去人家的家里喊话的。

结果第二天晚上，秧哥就被喊到他家里来了。

那天夜里，他的母亲听到楼板上有脚步声。他家的房子是平房，但是房梁上面搁了一层厚木板，做成了类似现在复式楼的样子。那时候很多人家都在房梁上搁一层木板，一则可以挡住从屋顶上面落下来的灰，二则可以放很多不常用的家具农具，还隔潮。

刚开始他的母亲以为是老鼠在上面爬，或者是蛇。她听了一会儿，觉得不像是老鼠或者蛇。因为那脚步声从东边慢慢到了西边，又从西边慢慢到了东边，悠闲又有节奏。

那天夜里恰好他的父亲在外出诊还没有回来。而他还在别人家里看人打牌，不等牌桌散场他是不会回家的。

他的母亲坐了起来，故意咳嗽了两声。

她想，如果是小偷进来了的话，听到咳嗽声应该会停住。

可是楼板上的脚步声没有消失。

她鼓起勇气抬头对着楼板上问道："谁？"

楼上的脚步声这才停了。接着，上面传来轻微的吹口哨的声音，吹的是民间小曲儿。

他的母亲一听就知道，那是秧哥的声音。

秧哥生前特别喜欢吹口哨，坐着的时候吹，走路的时候吹，干活儿的时候也吹。别人看到他的时候，就必定听到他的口哨声。他还会学鸟雀叫，学蛐蛐叫，学鸡打鸣。他小时候淘气，经常在秋收的季节摸黑起来站在高处学鸡打鸣，引得村里的鸡以为到了该打鸣的时候，跟着他叫起来，叫得此起彼伏。有的勤劳的人听到鸡叫就起来，拿着镰刀去稻田里割禾。这时候割禾最凉快，等太阳出来了天气热了就收工。

有的人割完了一亩二分稻田，天还没有亮，知道上了秧哥的当，忍不住骂娘。

秧哥投水之后，有人说秧哥虽然病了，但不至于投水，寻短见的原因在于他晚上吹了口哨，引来了不干净的东西。

这里的人们大多认为晚上吹口哨会把一些游魂吸引来。要是家里的小孩子晚上吹口哨，很可能被大人打嘴巴。

大人打完小孩子的嘴巴，会给他讲一个在这里流传了许多年的恐怖故事。

据说很久以前，这里有个富人到处欺负穷人，以至于臭名远扬。富人过寿的时候，请了一个戏班来家里唱戏。戏班里面有个人擅长口技，尤其口哨吹得好。富人听了他吹口哨，非常感兴趣，给了他许多钱，要他倾囊相授。那人就教富人吹口哨。富人学会后，那人嘱咐说，这口哨白天吹没事，但不可以在晚上吹。

但是富人没有听进去。

有一天晚上，富人在外喝多了酒，坐了四个人抬的轿子回家。富人吃饱喝足，兴致正好，忍不住吹起口哨来。

轿子刚到村口，一个抬轿子的人听到轿子里的富人突然停止了吹口哨，接着富人大叫一声，从轿子里跳了出来，滚进了路边的草丛里。这个轿夫还没明白怎么回事，其他三个轿夫也突然大叫，丢下轿子，撒腿就跑。

这轿夫想去扶富人起来，跑到草丛边才发现富人顺着草皮滚到了下面的水塘里。轿夫急忙滑下去，抓住了富人的手，想把富人拉上来。可是富人重得不可思议，轿夫拉不动。

富人大喊，我的脚被拽住了！

轿夫便像拔河一样使劲。可是水下的力量实在太大了。富人最终落入水中，被水淹没，水面冒起许多泡泡。

轿夫用劲太大，把富人手指上的翠玉扳指给撸下来了。

　　轿夫找到了另外三个抬轿的人，那三个人都已神志不清，醒过来后记不起当时到底发生了什么事，也不明白当时为什么吓得撒腿就跑。

　　秧哥自然听说过这个故事，但是他不在意。他说很可能是轿夫联合起来害死了富人，编了这么一个故事而已。

　　别人劝他都没有用。

　　夭夭的神婆姐姐的丈夫也劝过。秧哥却说，画眉村的岳爹说过，阴阳本有，禁忌全无。要是真能引来不干净的东西，我倒想看看它是什么样子。

　　没人知道秧哥投水的时候是不是看到了那个东西的样子。

6.

　　他的母亲听到楼板上的口哨声，反倒不害怕了。

　　她对着楼板大喊："秧仔，走了就走了，还回来做什么？别人怕你，我不怕你。你出生见到的第一个人就是我。那天你伯不在，我临时顶替，接生了你。你还记得吧？"

　　楼板上的口哨声立即消失了。

　　她等了一会儿，又喊："秧仔？秧仔？"

　　楼板上没有回应。

　　她搬了楼梯来，点了一根蜡烛在手里。楼板上平时没人上去，上面没有灯。她举着蜡烛，爬到了楼板上。

　　到处都是灰和蜘蛛网。

　　她蹲了下来，看到楼板上有淡淡的脚印。

　　他说，那天晚上他看完牌回来后，他的母亲声色俱厉地叫他不要再去夭夭家，更不要在夭夭家胡乱说话。

他的母亲告诉他，秧哥已经来过一次了。

他不信。

他爬到了楼板上，看到蒙了厚厚一层灰的木板上确实有淡淡的脚印。在靠近墙角的地方，他居然看到木板上还有手掌印！

"怎么会有手掌印？"他问他的母亲。

他的母亲不知道。游魂留下脚印这种事情，她以前倒是听说过。每年七月七的下午或者晚上，村里的人都要给先人烧纸。据说有人烧完纸后的第二天清晨看到纸灰上有浅浅的脚印。老人便说那是捡纸钱的先人不小心踩的。如果是别人踩着纸灰经过，纸灰承受不住人的重量，会留下很深的脚印。

至于手掌印，他和他的母亲都想不明白。

"反正应该也是你秧哥留下的，应该是警告你的。"他的母亲严厉地说。

第二天，他早早起来，正要去画眉村的时候，夭夭的神婆姐姐慌慌张张地来了。她见了他就问："你秧哥昨晚是不是到你家里来了？"

他本来没太把昨晚发生的事情当回事，但听她这么一说，顿时背后一阵凉意。

"怎么啦？"他问道。

夭夭的神婆姐姐神经兮兮地说："你旺哥早上起来，脸上留了五个手指印！"

他立即想到昨晚在楼板上看到的手掌印。

"你旺哥说他昨晚做了一个梦，梦见你去了夭夭屋里。你秧哥气愤地找到你旺哥，狠狠打了他一巴掌，怪他没有把你赶走。没想到早上起来，他脸上真的有五个手指印！"夭夭的神婆姐姐着急地说道。

他顿时觉得羞愧不已。是他害得旺哥在梦里挨了打。看来秧哥昨晚没找到他发气，就找旺哥发气去了。毕竟旺哥和秧哥是连襟，秧哥走后，旺哥确实经常帮忙照看夭夭和两个孩子。

他知道，夭夭的神婆姐姐打心底里不愿意其他男人往夭夭屋里跑。但是他不想就此和夭夭断了联系，更不想夭夭常常晚上受惊吓。

他说："姐你别急，等我学了艺，我帮旺哥把那一巴掌打回来！"

夭夭的神婆姐姐更着急了。

"哎哟，我不是要你打回来！你不去夭夭家里，秧哥就不会闹事！"她跺脚道。

他义愤填膺地说："亏你还是她姐姐！夭夭被秧哥作祟弄得都快崩溃了，你却不管！我现在是捉不到他，要是捉得到，你看我不踹他！你是夭夭的亲姐姐不？"

夭夭的神婆姐姐被他说得脸上一阵红一阵白。

他当然知道她是夭夭的亲姐姐。他也知道，秧哥在世的时候跟旺哥关系也好得不得了。两个人经常在一起吃饭喝酒，两家人都快过成一家了。旺哥的亲弟弟反而被冷落到了一边。

他还要去画眉村，见夭夭的神婆姐姐说不出话了，便吹着口哨往下山的石阶走。

那时候他家门前的板栗树还没有现在那么大，但也已经枝繁叶茂了。

经过板栗树的时候，他看到对面山后太阳露出来了一点儿。他兴奋地跳起来摸了一下树枝。

后来他的新娘就是在那根树枝上挽了一条长围巾，将自己吊在了那里。

板栗树是他十多岁的时候从山上挖来的。他想着板栗树长大了可以打板栗，从没想过它还可以悬挂他的新娘子。

其实画眉村的岳爹跟他说过，板栗树本来是很好的树，但是种在他家那个位置不适合。

他那时候没听进去。

他的新娘子寻短见之后，在本村专门给人取名字写对联的学爹倒说出了自己的理解。学爹人如其名，在这个村子里算是最有学问的。但是水平相对有限，所以出了这个村就没什么人知道了。他跟岳爹算是同一辈人。

我的名字就差一点儿让学爹取了。我出生之后，我爸按照村里其他人的惯例，去找学爹给我取名。学爹给我取了两个字——辉煌。我妈一听，说："取得太大了！"我妈想让我爷爷取，但是这么做似乎折了学爹的面子，可学爹取的名字不如她的意。我妈在某天早上醒来，看到阳光透过窗户进来，忽然灵机一动，说："就取亮字吧。辉煌不也有亮的意思吗？"

学爹的字确实写得好。村里但凡有红白喜事，都请他来写对联。可能由于这些原因，学爹对字词句研究得特别多。风水自然也是懂一些的。

他说，后来学爹于一个夜晚偷偷来到他家里，对他说，你这位置在这座山的火位上，你在这个位置种板栗树，可不是"火中取栗"吗？

学爹劝他砍了板栗树。但他没有听。他觉得，都已经这样了，板栗都烤熟了，砍掉还有什么用？

7.

那天他将夭夭的神婆姐姐撇在身后，沿着石阶一级一级往下走。

走到了山脚下时，他回头往上一看，夭夭的神婆姐姐站在石阶的最高处，目光凛冽地俯视着他，如同凶神恶煞。他吓了一跳。

鬼魂吓不着他，人倒是能吓着他。

村里其实有好多小孩子害怕她，尤其她凶的时候，有些胆小的孩子会吓得大哭起来。

曾有一个两岁小女孩持续低烧了好几天，家里人给小女孩吃了药打了针，烧还是不退。家里的老人便觉得小女孩是在晚上招了什么东西，于是带着小女孩找到夭夭的神婆姐姐家里。

老人进门的时候把小女孩放了下来。

那小女孩已经会走路了。

夭夭的神婆姐姐在小女孩进门的一瞬间如炸了毛一般双手叉腰，怒目圆睁。她大喝一声："谁叫你进来的！"

小女孩顿时吓得大惊失色，哇的一声哭了起来。

老人见她吓到了，伸手要去抱。

夭夭的神婆姐姐将老人拉开，厉声道："不要抱！抱了就着了它的道！"

小女孩的家里人见她这么说，只好撒手不管。

小女孩扶着门槛要出去。

夭夭的神婆姐姐指着小女孩，威胁道："我没让你走，你敢走？"

小女孩回头看了神婆一眼，哭得更加厉害。

老人心疼，但感觉神婆在小女孩身上看到了其他的东西，只好站在旁边。

神婆说："您让她哭，哭个够。"

小女孩哭了许久，哭得浑身是汗，最后实在哭不出声了，也哭累了，于是坐在门槛上打盹。

神婆这时候跟老人说："抱起来吧。那个东西走了。"

老人说："你刚才的样子把我都吓到了。"

神婆笑着说："要想把恶的东西赶走，你得比它还要恶才行。你让着它，谦谦有礼，它就得一寸进一尺。不然为什么人家都说鬼怕恶人呢？"

后来那小女孩果然好了。

事情传开后，很多人家把小孩送来给她看。她有时候能看好，有时候又看不好了。

那些没看好的又来他家里拿药。

他的父亲跟人说，那神婆吓唬小孩，小孩哭得发了一身汗，散了寒气，也就好了七八分。有的就此好利索了，有的又感了新的风寒，所以没好。

神婆听说之后，气咻咻地来找他的父亲，差点砸了他的药柜。

"你有你的说法，我有我的说法。在我这里，寒气就是邪气！"神婆吵吵闹闹地说。

从那之后，他的父亲再也不说神婆的任何事情。

他走出了半里地，脑海里还是那个神婆凛冽的目光。后来好几天晚上做梦，梦里都是她站在高处俯视他，仿佛要把他吃掉。他数次从梦中惊醒，一身冷汗。

到了画眉村，岳爹见他脸色不太好，笑道："今天就别来了，回去好好睡一觉吧。"

他自然不肯回去。

岳爹扛起一把锄头，提起一个竹篮，要去山上挖花生。

他要给岳爹提竹篮。岳爹像往常一样拒绝。

到了山上，岳爹在花生地里挖花生，他就坐在地边打盹。地里虫子多，岳爹一碰到地里的草，虫子就往四处飞。

他问岳爹："岳爹，您说秧哥生前怎么就娶了夭夭呢？"

岳爹提起一把花生，将花生根上的泥土甩了又甩。泥土散落四周，四周绿的白的虫子或蹦或飞，如同泥土落在水里，溅起无数绿白相间的浪花。

其中一对蝗虫落在了他的脚上，一只蝗虫叠在另一只蝗虫身上。

他和岳爹都看到了那对蝗虫。

岳爹问他："天底下那么多棒鸽子，为什么它们俩成了对？"

这里的人都将蝗虫叫作棒鸽子。

他想了想，回答说："缘分？"

岳爹将甩完泥土的花生扔到坎上，说："因为它们都在这块地里。"

他听不太懂，问道："都在这块地里？"

岳爹说："哪有什么缘分，你一辈子在这块地方，就只认识这些人，在这里成家，养孩子。这就叫你的缘分。你要是出了这个地方，认识更多的人，就可能遇到更有缘分的人。一个跟你最相配的人，在你走不到的地方生活了一辈子，她也会遇到她觉得有缘分的人。又或者，一个跟你最相配的人，在你之前去世了，或者在你之后出生，她也会遇到有缘的人。"

他问道："那您说说，我跟夭夭有缘分吗？"

岳爹说："大道五十，天定四十九，留一线给人争。你要试试吗？"

他说："我听歌里唱三分天注定，七分靠打拼。到您这里成了五十分之一啊。"

岳爹扶着锄头大笑。

就在这时，一个人慌慌张张地从山路上走了过来。那人见了岳爹，立即冲到花生地里，将岳爹往坎上拖。

那人从地里往回走的时候才看到坐在坎上的他。

那人说："你也在这里啊？"

他问："怎么啦?"

那人说："你们那边的秧哥显灵了。我叫岳爹去救人呢。"

他吓得站了起来。

8.

他认识那人,那人原来是株洲人,名叫育明,十八九岁的时候被下放到了这边的农村。后来他是有机会回到城市的,但是那时候他已经有了三个孩子,舍不得离开了,就在这里留了下来。

他跟着育明和岳爹下了山。

山下停着一辆手扶拖拉机。那时候自行车都是稀奇物件,小车就更少见了。拖拉机是最常见的交通运输工具。

育明开着拖拉机将岳爹和他拖到了育明的村子里。

育明的村子跟他的村子也是一山之隔。两个村的田地有交叉,所以共用一个水库。

他们到了一户人家前面停下。

他看到那户人家门前已经站了好多人。那些人见岳爹来了,纷纷涌了上来。

育明领着岳爹和他进了屋,走到了睡房里。睡房的床上躺着一个人。那人的下巴在不停地颤抖,两只手在外面将厚厚的被子紧紧地搂着,好像怕别人夺走一样。那人的眼睛一直盯着上面的楼板。

这时,一个女人从人群里走了出来,悄声跟岳爹说:"他昨晚回来的,浑身湿透了。我问他怎么了,他说他在水库那里遇到秧哥了,差点被秧哥拖到水里去。我给他喝了姜汤,他好像好了一点儿。今天早上我起来,他却起不来,抱着被子不撒手,也不说话,只一直抖。我怕他是被吓走了魂儿，赶紧叫育明哥去找您来救他的命。"

他看出来这个女人是这里的女主人。

女人走到床边，对那人说："你别怕，我让人请了岳爹来了。"

那人还是顶着楼板，眼神空洞。

岳爹走了过去，摸了摸那人的手，又看了看那人的眼睛，然后拉着女人走到旁边，问道："他回来的时候是几点？"

女人想了想，说："我没注意是几点，反正是很晚了。我都睡着了，是他敲门把我喊醒的。"

岳爹又问："他没说他是怎么看到秧哥的？"

她说："我一听他说遇到了秧哥，也怕得很，哪里还敢问？"

岳爹点点头，回到床边。

他赶紧凑了过去，想看看岳爹要做什么。

屋里其他看热闹的人也都围了过来。

岳爹俯身，在那人的耳边说了一句悄悄话。

那人顿时手松了。岳爹趁机将他手里的被子扯了出来。

岳爹转头对那女人说："被子太厚，压着他了。去换一个薄一点的被子来。"

女人换了薄被子给那人重新盖上。

那人的眼神这才变得正常，整个人也松弛了许多。手也不抖了，下巴也不颤了。他侧了一下头，瞥了岳爹一眼，有气无力地说："是您来了？"

那女人听到她丈夫说了话，顿时放下心来。

岳爹温和地笑了笑，点点头。

那人又看了看屋里那些看热闹的人，目光从一个人的脸上移到另一个的脸上，挨个儿看完了，才说："他走了？"

岳爹说："走了。"

那人长吁了一口气，对他女人说："帮我弄一口水。"

那女人端来一杯温水，扶着他靠着床头坐起来。

他好像口渴极了，咕嘟咕嘟一口气将杯中的水都喝完了。

"你昨晚看到秧哥啦？"看热闹的人里面有人迫不及待地问道。

那人缓缓点头。

屋里其他人都露出惊讶的表情，你看我，我看你。

"你是怎么看到他的？"有人问道。

接着，那人将昨晚的遭遇说了出来。他说他昨晚在回来的路上顺便去看了一下自己家水田里的水，之后本来是要走大路回家的，可是走水库那边翻过山更近一些。他就走了水库那条路。他走到水库坝上的时候，看到水边漂着一个白色的东西。他走过去一看，原来是一条鱼在那里翻了肚皮。但是那鱼的尾巴还在摇，挣扎着想要翻过身，充满了不甘心的求生欲。

那时候人们的生活都比较拮据，一年到头吃不了几次肉。如果有人看到水里有漂上来的鱼，即使翻了肚皮，大多会捡起来看一看，闻一闻。只要鱼眼没有白，鱼身不臭不硬，看起来还新鲜，就会捡回去吃。

他也是这么想的，何况这条鱼显然还没死。于是他赶紧伸手去抓，但是够不着。于是，他坐了下来，一手抓住坝上的牛桩，将脚伸了过去，想用脚把那鱼勾过来。

坝上有草，附近的人常常将牛拴在这里，牛饿的时候可以吃草，热的时候可以下水。所以坝上有好几个牛桩都打在水边。

他的脚刚伸过去，鱼下面的水里突然伸出一双手来！那双手迅速抓住了他的脚。

他大吃一惊，急忙缩脚，可是已经慢了。一个脑袋从水下探出来了。那人在水里泡太久了，脸色苍白如纸，嘴唇乌黑像是瘀血。

他一看，这不是早就在这里投了水的秧哥吗？

他吓得赶紧乱踢腿，双手死死抓住牛桩。可是牛桩很矮，刚刚能握两只手，使不了太大的力。

水里的秧哥紧紧抓住他的脚，生怕再沉下去。

秧哥可怜兮兮地喊道："别踢我！别踢我！我想回去，快把我拉上去！我不想留在这里！"

"你死都死了，回不去了！你别拉我下水啊！"他也歇斯底里地大喊。

9.

他这才明白，那条将死未死的鱼是个诱饵，诱惑他靠近水边。他想起了流传已久的说法，投水的人会变成水鬼，水鬼是无法离开生前落水的地方的，除非它拉另一个人下水，让别人成为它的替身。

但是水里的秧哥似乎不是要把他拉下去做替身，至少从当时秧哥喊的话里可以听出来，他无比希望别人能将他拉上岸。

他感觉到水中的秧哥力大如牛，他怎么踢都不能将秧哥踢开。秧哥的手抓着他的脚，仿佛两个镣铐。

他再怎么用力也无济于事。他的手已经抓不住牛桩了。

秧哥呛了一口水，更加激动地喊道："快拉我上去！快拉我上去！我床头的夹壁里有一个金条，你拉我上去了，我把金条送你！"

他愣了一下，随即更用力地挣扎。

"我不要你的金条。你别拉我了！"他大喊。

这时候，牛桩竟然松了，被他从泥土里拔了出来。他被秧哥拉下了水，全身沉在了水里。

慌乱惊恐之中，他奋力将牛桩往坝上插。

恰好坝上有几块大石头，牛桩被他插在了石头缝里。牛桩卡住了。他手臂一使劲，奋力将脑袋伸到水面之上。

他心生一计，另一只手急忙将裤带解开，将裤子往下脱，来了个金蝉脱壳。

他两只脚来回踩裤子，将裤子蹬掉了。

秧哥的手抓住了他的裤子，却从他的脚上脱落了。

他急忙爬到了坝上，连头都不敢回，撒开了腿往山上跑。

跑到山上后，他想了想，又走回到坝上。这次他没有靠近水边。

他看到他的裤子漂在水上，秧哥浮在旁边。

秧哥在呜呜地哭。

他远远地站在坝上，大喊道："秧哥，把裤子还给我！"

水中的秧哥见他回来，不禁一喜，游到了边上，说："你要带我回去吗？"

他在坝上找了好几块石头捡起来，然后说："你别过来，过来的话我用石头砸你！你当时既然跳下去了，就该想到起不来！你把裤子还给我！"

秧哥一脸悲伤地说："五满，你现在怕我了？"

秧哥生前跟他的关系确实不错，两个人偶尔会一起喝个酒。他曾经跟秧哥学过鸡叫，学得还挺像。

他说："秧哥，你现在死了，我不是怕你，我是怕死。我这条裤子平时舍不得穿，今天去表亲家才穿第一次，你得给我。"

那时候的人们一年到头买不了几次衣服，小孩子也只有过年过节的时候才有新衣服穿。那个时代过来的人到了现在大多还是这样，新衣服平时不怎么穿，都在衣柜里放着，有的甚至放坏了，旧衣服穿坏了才穿新的。

水中的秧哥打了一个哆嗦，似乎他也能感觉到水库里的水很冷。

他又说："不是我小气。要是你还活着，这条裤子送给你无所谓。可是你现在用不上这些东西，留给你也没用。"

秧哥在水中一动不动。

他有点可怜秧哥，又说："秧哥，你看你，生前我找你借这个你不肯，借那个也舍不得。我的东西我给你随便用，你的东西就分你的我的。你看现在……那些属于你的东西，现在哪一样是你的？"

秧哥双手搭在水边的石头上，不说话。

他看到秧哥的双手指甲都黑了，指甲很长，长得卷了起来，好像一个个没了肉的蜗牛壳。

他又问："刚才你说床头的夹壁里有一个金条？"

秧哥这才看了他一眼，那眼神跟水库里的水一样冷。

他急忙摆手说："我不是要打你的主意。夭夭带着两个孩子不容易，她没地方来钱。要是夹壁里真有金条这种好东西，我就去告诉夭夭，让她取出来过生活用。"

秧哥木然点点头，将他的裤子举了起来。

他不敢过去拿，怕秧哥又抓住他。他说："你扔过来。"

秧哥将裤子扔到了坝上。

他捡起裤子穿起来。

等他再往水里看去时，水里的秧哥已经不见了。

水面起了一片气泡，波光粼粼。

他打了一个喷嚏，急忙回家。

回家之后，他喝了一碗姜汤，洗了个澡，换了衣服睡觉。

他一闭上眼睛就开始做梦，梦到自己落在水库里，秧哥在水底下拉扯他。幸好他怀里抱了一块门板，才能漂在水面上。说是做梦，他的意识又还算清晰，知道自己已经回来了。就在半梦半醒间，他仍然死死抓住门板，不敢撒手，生怕回来是假的，梦是真的。

刚才他听到岳爹在耳边说了句"天亮了，秧哥走了"，这才从半梦半醒中缓和过来。

缓和过来的他侧头看了看屋里的人，恍恍惚惚看到一个背影从人群里钻了出去。

那背影很像秧哥生前从他家里走出去的样子。

他想喊一声"秧哥"，可是口中如吞了炭火一般滚烫干涸，怎么也发不出声。

10.

等那人说完，育明挠着下巴说："五满，秧哥家里真的有夹壁？夹壁里面有金条？"

那人摇摇头说："我不知道是真是假。反正秧哥是这么说的。"

育明问岳爹："五满现在应该没事了吧？"

岳爹笑着说："没事了。"

育明说："那就好。我们赶紧去夭夭家里问问金条的下落。"

五满的妻子不让岳爹他们走，她在门口拦住他们说："这么着急干什么？你们帮了我这么大的忙，喝了茶吃了饭下午再走也行。我去弄点儿菜。"

育明说："下午可就晚了。"

五满的妻子一听，害怕地问道："难道秧哥要去找夭夭不成？"

他听五满的妻子这么说，顿时也着急起来。

他小声问岳爹："岳爹，夭夭有什么危险吗？"

岳爹也小声地回答他："当然危险。"

他问:"那短命鬼真要去找夭夭?"

岳爹小声地说:"是鬼去找她的话,反而不危险了。"

他抓了抓后脑勺,想了想,没想明白。

岳爹又说:"就怕人去她家里找金条。"

他恍然大悟。虽然死去的秧哥说的话不一定可信,但想到金条,难免有人会抱着试一试的心态去打夭夭的主意。要是他们现在不过去验证真假,其他人必定会用各种手段去验证。那样的话,不知道夭夭会遇到什么样的人。

类似的事情在这里已经发生不止一两次了。

从秧哥投水的水库往北走过两座种满松树的山,原来有一个叫将军坡的小山。相传那座小山其实是古代一位将军的坟墓,不过那只是将军的衣冠冢,里面没有将军的尸首,却有一个黄金做的将军头。因为这个传闻,很多人去将军坡挖洞。可是从来没有人挖到过传说中的将军头。这并不妨碍心存侥幸的人们继续去挖。日积月累之下,那个小山一样的将军坡如今变成了平坦大道。要不是后来有个老人说再挖就会挖断山脉,周围人家的风水都会被破坏,那平坦大道可能已经变成大水坑了。

离水库不到二十里有个叫落仙坳的地方,原来住着一户和和睦睦的五兄弟的人家。那五兄弟的父亲精于木工,赚了不少钱。他为了将来五兄弟住在一起,将房子建成了一个大院落。院落的房子在当时是村里最大最高的,房间也是最多的。无人不羡慕。这个父亲去世后,忽然有了一个传闻,说是这个父亲将一坛金子埋在了房子底下,以备子孙不时之需。据说那个坛子是陶土做的,跟平常人家做酸菜腌萝卜的坛子没有什么区别。这个父亲在世的时候,为了掩人耳目,将这个坛子跟做酸菜腌萝卜的坛子放在一起。每次赚了钱,他就去换成金子,积累下来打成金锭后装进那个坛子里。等他埋下去的时候，金子已经满满一坛了。

这五兄弟开始互相怀疑对方占据了埋有坛子的房间。他们反目成仇，先在自己住的房子里掘地三尺，后来趁着兄弟不在的时候偷挖对方房间的泥土。长此以往，这个大院落的地基被挖坏，终于在一个风雨飘摇的晚上倒塌。这五兄弟死的死，伤的伤，活下来的兄弟没有了住所，只能借别人的房子住。

活下来的几个兄弟见谁都没有挖到传闻中的金子，于是握手言和。大约四五年后，兄弟中的老三发了财，又建了一座堪比当年的大房子。其他的兄弟认为老三得到金子之后隐瞒了他们，一气之下老死不相往来。

他说，那天上午他们几个又坐着育明的手扶拖拉机到了夭夭家的山脚下。他们借了住在山脚下人家的锄头，爬了半里路的石阶，来到夭夭家门前。

夭夭正在门前的地坪里做糯米粉，手上脸上都是白得像石灰的糯米粉，好像唱戏的一样。

他见夭夭这样，心中一酸。

夭夭见一下子来了这么多人，个个扛着锄头和铁锹，吓了一跳。

她问他："你们这是要做什么？"

他将五满在水库遇到秧哥的事情简单地说了一遍。

夭夭丢下手里的糯米粉团，笑道："鬼才相信！我在这屋里生活好些年了，从来不知道床头有夹壁，也没听说过他家有金条。"

育明过来说道："夭夭，有没有我们也要看一看。我刚来这里的时候，人生地不熟，秧哥挺照顾我的。我记着呢，不会害他的老婆孩子。要是有，我们挖出来给你，你以后日子也好过一点儿。要是没有，我们挖过之后，别人就不会打你房子的主意。"

夭夭抠着黏在手上的糯米粉，低头想了一会儿，又抬起头来，目光落在岳爹身上，问道："秧哥他是真的想回来？"

岳爹微笑道："五满是这么说的。"

夭夭又问："他要是在水库里起不来，怎么会经常在家里作祟吓我？"

这才是她真正想问的。

他心里咯噔了一下，昨晚他的母亲也说秧哥在楼板上吹口哨。但他没有想到这样问。

他转眼去看岳爹。

其他人也暂且将注意力转移到了岳爹这边，想听他怎么说。

岳爹哈哈一笑，说道："神只有一个，却有许许多多的庙，有许许多多的人去拜。哪个庙里的神是真的？哪个人拜的是真的？"

夭夭摇摇头。

岳爹说："神鬼之说，跟我们想的不一样。神有分身化身之说，人也有三魂六魄之说。在家里作祟的是他，在水库里求救的也是他。他是自寻短见的，死后就如进入了梦魇，一会儿在这，一会儿在那。但是无论在这还是在那，都痛苦无比，如在地狱。"

夭夭自言自语叹息道："原来是这样。"

接着，她又说："你们要找金子也可以，但是找完之后，不管找没找到，你们要答应我一个条件。"

育明问："什么条件？"

她还是看着岳爹，目光坚定地说："让我去水库边上见他一面。"

11.

他说他听到夭夭这么说，当时吓了一跳。

即使几十年后的他坐在我面前讲述这件事情的时候，仍然激动不已地抬起手来，似乎要拉我一起劝夭夭不要见水库里的秧哥。

他那时候拉住了岳爹的衣服。可能我真的有点儿爷爷的影子，所以他刚才抬起手来差点拉住我。

他对岳爹说："别听夭夭的！五满见了一回就丢了半条命。夭夭这样的身板，还不得被秧哥拉到水里去陪他？"

育明说："被他拉到水里可不是陪他，是让他脱了身，把夭夭困在那里。"

夭夭听了，顿时泪水涟涟。泪水从满是糯米粉的脸上划过，仿佛脸裂开了。

"他是脱了身！他投水就是脱了身！不顾我的死活，把我留在这里艰难度日！你们以为我这里的日子就好过吗？"夭夭哭道。

岳爹也劝夭夭不要见秧哥。

"我们知道你不容易。可是毕竟如今阴阳相隔，见了对你对他都不好。你又不能真的把他带回来，他见你之后恐怕执念会变得更深。"岳爹是这么说的。

夭夭说："我不管。我有事情要问他。"

岳爹说："既然这样，那我试试吧。但是能不能见到，不是我说了算的，要看时机，也要看他是不是愿意见你。"

夭夭说："那时候他要是不见我，也不能怪您啊。"

岳爹还是有些犹豫。

育明将岳爹拉到一旁，说道："您就答应她吧。反正见不见得到全看他们自己。您要是不答应，以后她家的墙被人挖了，或者出了什么其他的意外，受害的还是他们孤儿寡母，您忍心吗？再说了，我们又不是奔着金条来的，我们是为了他们孤儿寡母以后日子好过才来的，以后就算她没见到秧哥，也不算我们骗她。"

岳爹便答应了夭夭。

夭夭领着他们进了屋，走到了睡房。

进睡房的时候，他就留意了一下门槛处显露出来的墙壁厚度。那时候的墙壁大多下面是青火砖，上面是泥砖。那时候红砖还很少见。一口青火砖的体积大约有现在的红砖的四五倍。

他看到睡房的墙壁跟别人家的墙壁厚度没有什么差别。而墙壁要做成夹壁，至少应该是普通墙壁的两倍再夹一个人那么厚。夹壁本来就是战争时期用来藏人的。以前确实有些人家的墙壁是双层的，并且做工巧妙，不留意的话是看不出什么区别的。

他还不放心，伸出手掌丈量了一下墙壁厚度。确实只有一口青火砖那么厚。

他拍了拍墙壁，心想，五满撞了邪净说胡话。我们怎么把他的胡话当了真呢？

睡房里最显眼的自然是夭夭睡的那张床。那时候的床还有踏板，床沿有雕花的挡板，床顶有吊板。床就如一间小屋。

我小的时候，常有老人让小孩猜一个谜语。谜语说的是"大屋盖小屋，鬼在屋里哭"。听起来很吓人，谜底其实很简单，是蚊子在床边飞的意思。这小屋说的就是这种古式床。蚊子嗡嗡的，像是鬼在哭？

床上最显眼的是两边挡板上贴的红色鸳鸯剪纸。那是秧哥和夭夭结婚时他帮忙贴上去的。那时候他还从未见过夭夭。住在附近的几十户人家三百年前是一家，谁家有点大事，其他人家都会抽出一个人来帮忙。他在窗户上门上都贴了喜庆的剪纸，还剩了两张，便贴在了这里。几年过去了，窗户和门频繁开关，上面的剪纸被风吹雨打去了，只有这里的还在，并且崭新，仿佛才贴上去不久。

他甚至不自觉地看了看自己的手，生怕那时候贴纸染到指头的红色还没有褪去。

夭夭见他拘谨的样子，走到他身边，笑道："昨天还来我这里说要捉住秧哥，现在怎么不自在了？"

他掩饰道："我哪有不自在？"

夭夭悄悄问他："听说我姐一大早找你去了？"

他点头。

"她没为难你吧？"夭夭问道。

他心头一热。这两姐妹差别太大了。

"她就那样，神神道道的。谢谢你啊，秧哥昨晚没闹，我好不容易睡了个好觉。看来你骂骂他还是有作用。"夭夭说。

他心想，秧哥昨晚到我家楼板上去了，当然不会吵你。

"要是有用，我天天来骂他一回。"他说。

夭夭扑哧笑了。

育明已经和几个人把床挪开了一些。育明在墙上到处敲。

这时候，夭夭的神婆姐姐和旺哥的声音在外面咋咋呼呼地响起。

"哪个狗日的说这里有金条？"旺哥骂骂咧咧。

"你们这是想方设法要拆了我妹妹的房子！光天化日之下欺负我妹妹他们孤儿寡母！"夭夭的神婆姐姐随即附和。

夭夭的神婆姐姐进了睡房，一把推开墙边的育明，怒道："以为我妹妹家里没人了，是吧？亏得我这个姐姐还在这里，不然你们要把夭夭的肉吃了，血喝了！"

旺哥随后进来了，冷着脸喊道："这世上哪有什么鬼！都是骗人的！秧哥死都死了，怎么可能跟五满说家里有金条？他敢瞎说，你们也敢瞎信？"

育明整了整被神婆扯歪的衣领，走到墙边，手指伸到青火砖缝里一抠，半块青火砖被抠了出来。一条黄灿灿的东西赫然出现在所有人眼前。

12.

那个东西只有常人的食指那么大那么长，躺在砖缝里就如一条冬眠的虫被人打扰。由于那个东西的外形圆乎乎，也不是直的，乍一看跟狗屎没有什么区别。

在那个瞬间，他觉得这是恶作剧。

育明将那条狗屎一样的东西拿在手里，掂了掂。

"还挺重。"育明一边说着，一边将那东西放到嘴里咬了一口，然后大喊，"还真是金条！"

"怎么可能！"旺哥冲了过去，要将金条抢过来。

育明抓紧了金条，没让旺哥抢过去。

他和夭夭都目瞪口呆。

"这么说来，五满没有骗人？"有人在旁说道。

他说，说实话，当时跟着去夭夭家里的人很多，大部分人其实认定了五满脑子烧坏了说胡话。他们跟着育明和岳爹坐手扶拖拉机来到这里，不过是凑个热闹。

那时候不像现在，有点儿劳力的人几乎都在外面打工，在外面买了房子，村里的人越来越少，只有过年的时候回来，如同昙花一现地热闹一番，又各奔东西。

那时候的人们忙完了田里地里的活儿，就闲着没事。这个村又不比周边几个田地特别多的村，这个村田地比较少，空闲的时间多。哪里有一点儿鸡飞狗跳，双手闲着的人们就都围过去看。

看热闹的人们见育明真的找到了秧哥口中的金子，大多不禁浑身一冷。这么说来，五满是真的在水库边上碰到秧哥了！

旺哥当时就哆嗦起来。

育明问旺哥："你怕什么？"

旺哥说："秧哥还真的……真的……显灵啦？"虽然秧哥的年纪比旺哥小四五岁，但是他们俩之间没有分这么清，都称作哥。

育明说："你怕什么？你老婆不是懂阴阳吗？"

旺哥说："医生会治病，难道医生就不怕得病？"

岳爹走了过去，笑道："不做亏心事，不怕鬼敲门。有什么好怕的？"

神婆瞪了旺哥一眼，不高兴道："就算他站到你面前，你也不用怕他！你怎么连我都不如？"

育明将金条给了夭夭，要夭夭好好保存。

夭夭转手就将金条交到了他的手里。

他说，他没想到夭夭会立刻将这么贵重的东西给他。他吃了一惊，慌忙推回去。

其他人看到夭夭将刚刚挖出来的金条塞给他，目光中透露出诧异和不可言传的神色。

神婆当时就恼了起来，骂道："夭夭！你男人才走多久呢？你就把这个家给他当了？你心里还有我这个姐姐吗？还有你姐夫吗？还有亲人吗？"

夭夭将他推回的金条硬生生又推了过去，她将金条塞到他手里的时候，双手攥住了他的手，不让他松开。

他说，至今他还记得，那是一双柔软而又冰凉的手。柔软到他的心也软了，冰凉到他的心也感到阵阵寒意。

夭夭见众人用别样的眼神看着她，尴尬地笑了笑，说道："姐姐，我一个弱女子，家里又没有男人，金条放在这里，金条不安全，我也不安全。我放在他这里暂且保管，等要用的时候，我再找他要。刚才姐夫不说了吗？他怕秧哥找他，我把金条放你家里，姐夫晚上就该睡不好觉了！"

育明一听，这也有道理，于是打了个圆场，让夭夭按照自己的意思办。

旺哥瞥了好几眼那黄灿灿的金条，想要又有些犹豫。

岳爹见金条已经安置妥当，便说要回去继续挖花生，叫育明开手扶拖拉机送他回去。

育明却说："我们既然已经答应了夭夭让她去水库见见秧哥，您呢，不如留在这里吃饭，晚上去水库把秧哥喊出来跟夭夭见一面。省得以后再跑第二趟。您觉得呢？"

夭夭见育明这么说，急忙点头。

跟着来的那些人本来就是喜欢看热闹的人，听到育明提出这样的建议，赶紧纷纷附和，有的拉住岳爹的衣服，生怕他跑了。

他说，当时他的心情比较复杂。他想让夭夭见见秧哥，了却心愿，又不想她见秧哥，免得以后天天挂念。

他以为当时除了他之外，其他人都想岳爹留下来。

但是他猜错了。

第一个站出来反对的人是夭夭的神婆姐姐。

"绝对不行！"神婆脸上满是愤怒。

育明似乎没想到神婆会反对，他问道："怎么不行？刚才我们都答应你妹妹了。这是你妹妹的愿望。"

神婆望了一眼夭夭。夭夭没有说话。

有个看热闹的人不满地说："五满昨晚不还见过吗？怎么夭夭见就不行？"

神婆说："撞邪跟招鬼不一样。撞邪撞着了就是撞着了。招鬼容易送鬼难！招鬼是要付出代价的！那五满撞着了还差点成了秧哥的替身呢，你们去招他，不知道会造成什么样的后果！"

在场的大多数人对神婆的能力将信将疑。住在这里的人分三种，信的人信她，不信的人完全不信她，还有大部分人是半信半不信。

他曾问岳爹相不相信神婆的能力。

岳爹说，信又怎样？不信又怎样？世上有多少人不信佛，但寺庙里几千年来从不缺烧香的人。

虽然当时在场的人对神婆的态度不一，但是没人不相信她说的"招鬼容易送鬼难"那句话，其中包括提出让夭夭见秧哥的育明。

育明还在城里的时候就听说过这句话，并且在他居住的小区发生过一件印证这句话的离奇事情。

他那个小区是一个纺织厂的职工小区。他的父母亲和住在这个小区的人一样，都是旁边纺织厂的职工。

这件事情他是听他的父母亲讲的。

这个小区里有个老人去世了，老人有一儿一女。按照那时候的惯例，一般是儿子接老子的班。但是这位老人的儿子不愿吃苦，常年拿着老人的钱在外面逍遥快活，不常回家，不管老人生老病死。所以老人退休前女儿就接了班，在纺织厂上班，一家人在这个小区居住。自然地，女儿一直料理老人，最后包揽后事。

老人去世不久，刚好是七月七那天，儿子从外地回来，要将姐姐赶出去，说那是老人留给他的家产。

老人的女儿便说，我现在养一大家子人，你一人吃饱全家不饿，不如等你成了家之后我再让出来。

儿子不肯，大哭大闹，宣称今晚要去十字路口烧纸，要喊老爷子回来给他做主。

女儿以为他只是说说，没想到他真的买了许多纸钱回来。吃过晚饭，他抱了纸钱出了小区，在小区前面的十字路口一边烧纸，一边大声诉说姐姐的各种不是，痛哭流涕地叫喊老爷子回来护犊子。

他的哭喊声吸引了许多街坊邻居。

知道缘由的人说他不孝无赖，不知道缘由的人说他姐姐六亲不认冷血无情。

他见有人为他抱不平，哭得更是涕泪滂沱。

没想到他这一哭一闹，老爷子还真就回来了。

13.

他烧完纸回来的时候，就感觉到背后有人跟着，甚至听到窸窸窣窣的脚步声。但是每次他突然回头，却看不到人影。

回到家里后，他睡在以前他睡的房间。他姐知道他没有地方住，把他以前睡的房间清理出来了。

半夜他忽然被一个声音唤醒。

他迷迷糊糊地听到老爷子喊他的小名。

睁开眼后，他汗毛倒立。他甚至隐隐约约闻到了以前老爷子身上散发的气息。老爷子生前爱抽烟喝酒，那是一种烟味酒味和老年人独有的气味混在一起的气息。

他爬了起来，坐在床头，努力让自己变得镇定。

不一会儿，他从睡房里看到客厅有一道人影极快地闪过。

他鞋都没有穿就跟了过去，刚到客厅，只见老爷子的遗像莫名其妙滑落，相框上的玻璃摔碎了。

他姐和姐夫听到客厅里玻璃破碎的声音，也出来看发生了什么事。

见老爷子的遗像在地上，他姐赶紧去收拾，一不小心划破了手指，在老爷子的遗像上抹了一条血痕。

遗像本来都是黑白照，抹了一道血痕之后，看起来更加古怪。

他对他姐说，姐，我感觉老爷子跟我回来了。

他姐骂道，别瞎说！

自那以后，他常常听到奇奇怪怪的声音，仿佛老爷子在房里走动，有时候还会听到一声咳嗽。

他找了会看阴阳的人来。那人说，你把老爷子招回来了。

他问，那可以送走吗？

那人说，招鬼容易送鬼难。现在过了送走他的最好时机，只能等到明年七月七再想办法。

他本来已经联系好了想买这个房子的人，但是出了这种事后，原来有意向的人改变了主意。谁也不想买一个凶宅来住。

他跟买主说，要不等一年了再买。

买主说，招鬼容易送鬼难。到时候你说送走了，谁知道是不是真的送走了？

他卖房无望，住在这里又总感觉到老爷子在，精神紧张，一段时间后就受不了了，打消了要回房子的念头，再次离开株洲，去了他以前逍遥自在的地方。

据那个姐姐说，老爷子在房子里住了一年，等到第二年七月七之后，房子才恢复宁静。

育明跟许多人说过这个故事。

这里也发生过许多类似的故事。

以前有个跟育明同一年下放到这个地方的姑娘，那姑娘是从湘西来的，不久嫁给了本地的人。新婚后大约两个月就到了插秧的季节。

有一天她去水田里插秧，等到插完天色已晚。她回家时要经过一个小池塘，很多人会在那里洗掉脚上的泥。那天她在那里洗脚时失足落水。她的丈夫见她迟迟不回，到处寻找，可是找不到她，直到后来她从水底漂浮起来。

她的丈夫痛不欲生，以至于精神失常。他天天到了吃晚饭的时候去那池塘边喊她的名字，叫她回家吃饭。

别人听了心里既感慨又害怕。

有人劝他不要这样，对他说："你这样喊，万一把她从水里喊起来了怎么办？"

他不听，仍然天天去池塘边喊了一遍又一遍。

大约过了半年，有一天，他突然兴冲冲地对别人说她回来了。他说他早上起来的时候看到家里地上有湿脚印。

别人都不信。

那天之后，他没再去池塘边呼喊。

周边的人们终于觉得安宁了。

可是几天之后，被泡得不成样子的他也漂浮在了那个小池塘的水面上。

人们把他捞了起来，发现他手里抓着一条围巾，那围巾是湘西姑娘来这里的时候带来的。

有人便说他是被那姑娘带下水的。

心软的人不信，说，他对姑娘那么痴情，姑娘怎么下得了手？

有人回答说，人死之后，有的还认识亲人，有的就忘了。可能那姑娘已经不记得他是谁了。

随后那人还举出一个例子来，说谁谁谁家的长辈去世了，却常常回到家里来吓人，吓得一家人不得安宁。那是因为那个长辈不记得生前的人和事了。

至于秧哥，育明他们当然没有认不认识这方面的担忧。秧哥既然还记得五满，记得家里还藏有金条，就不会不记得夭夭。

育明那天晚上去水库之前又说，他催促岳爹当晚就去水库边找秧哥，也是隐隐担心过些日子秧哥不记得夭夭了。记得的话，秧哥可能不会拖夭夭下水；要是不记得了，秧哥为了脱身，肯定要拖夭夭下去。

夭夭的神婆姐姐没能阻止夭夭要见秧哥的决心。

在育明他们来找金子之前，夭夭就想见见秧哥，可是秧哥虽然天天晚上作祟，却不能见上一面。夭夭想跟他说，家里还有她和孩子，以后不要来打扰他们。找到金子之后，夭夭更想见一见秧哥，当面问问他，为什么家里藏着金子，他却要投水？

夭夭没有把她的想法告诉所有人。在他们留下来吃饭的时候，她只告诉了他一个人。

14.

他说，夭夭把她的想法告诉他的时候，他非常感动，夭夭这是把他当自己人了。但他也有一丝不安，夭夭的神婆姐姐和旺哥看他的眼神中带有敌意。

他不怕死去的秧哥，但怕活着的人这样看着他。因为就算学了艺，他也不能把神婆和旺哥捉起来。

他安慰夭夭说："秧哥可能怕治病把金条花完了却治不好，不如留给你们。"

夭夭从桌上的菜碗里夹了一块青菜，摇头说："不可能。你是不了解秧哥，他跟我吃饭的时候专挑菜里的瘦肉吃，不让给我的。"

他确实没想到秧哥是这样的人。

"那你当初怎么选择了他呢？"他问道。

夭夭撇嘴道："我头一回到这里吃饭，秧哥就将瘦肉往自己碗里夹，被我姐姐用筷子打了手，他才给我夹。我以前不知道，还以为他是体贴的人。"说完，夭夭将那块青菜放在自己碗里，没有吃。

他从那时起开始讨厌夭夭的姐姐。

恰好这时候夭夭的神婆姐姐凑了过来，问道："你们俩说什么悄悄话呢？不能让我这个做姐姐的听一听吗？"

夭夭说："我说秧哥自私得很，他是不会把金条留给我的，他要回来，怕是想把金条也带走。"

神婆说："人为财死鸟为食亡，谁不自私？你不错啦，我刚来这里的时候，别人都欺负我。我后来懂了一点儿阴阳，别人才开始怕我。你说，为什么人活着的时候别人不怕，非得死了才怕？"

神婆喝了一点儿谷酒，枯黄的脸上难得地出现了一点儿红色，仿佛被谁在左边脸上刮了一耳光，又在右边脸补齐了。

神婆平时好点儿酒。据夭夭说，她姐姐在娘家的时候从不喝酒，来这边之后才开始喝，不过每次只喝小半杯，没有不行，多了不喝。

旺哥放下碗筷，走过来拉住神婆，说道："喝多了吧？"

神婆说："不敢喝多。"

旺哥将神婆拉回去坐下。

吃过午饭，还要等吃了晚饭才能去水库边。这么多人闲得无聊，便坐在了屋前的地坪里晒着太阳扯家常。

左邻右舍的人也自己端着椅子或者凳子过来了。有的带来了还没打好的毛衣，有的带来了还没拆完的毛衣。那时候很多毛衣是拆了旧毛衣的毛线打出来的。打毛衣不是为了穿，是为了打发时间。

有的人带了花生来剥，有的人带了针线来缝，有的人带了孩子来掏耳朵剪指甲。各有各的事，但不妨碍谈天说地，家长里短。

还没上学的孩子们也爱热闹，在周围追打逗闹。

那时候的村里常有这样的画面。很多人聚在某户人家屋前，你一句我一句，有说有笑。等到太阳快落山，各自收起各自的活儿，拿着自家的椅子板凳散去。

现在村里已经很少有这样的场面了。人们在各自的家里坐着看电视也不会出来闲坐晒太阳。

等众人坐好之后，夭夭才提了一个小木凳出来，怀里抱着打了一半的毛衣和拆了一半的毛衣。

她看了看众人，她的神婆姐姐朝她招手，示意她坐过去。

他说，夭夭却走到了他的身边，将拆了一半的毛衣丢在他的腿上，然后在他旁边坐了下来。

夭夭打一会儿毛衣，毛线不够了，她就扯一扯，他腿上的毛衣就散了一圈。

"拿好了，别落下来。"夭夭对他说。

他赶紧将毛衣抓在手里。

毛衣有淡淡的香气。那是夭夭穿过的。

众人的话题散乱，天南海北地聊，聊着聊着还是回到了秧哥的身上。

有人担心地问岳爹："岳爹，你说秧哥还会记得我吗？"

育明开玩笑道："你不会欠过秧哥的钱，怕他提起来吧？"

其他人笑了起来。

岳爹说："怎么说呢，人到了那个时候，就像做梦一样，有些事情记得，有些事情不记得。有些没有的事情也记起来了。"

那人问："没有的事情怎么会记起来？"

岳爹说："每个人来到这个世上的时候，都把以前的事情忘记了。等到他去世，那些事情可能又记起来了。"

旁边有个人说："神保他妈妈好像就是这样，你们没有听说过吗？"

有人说听说过，有人说没有听说过。

育明没有听说过，便问那人："神保是那个搞建筑设计的神保吧？"

神保确实是建筑设计师，常年在外，很少回来。神保很小的时候就没了父亲，五个兄弟姐妹全靠母亲一个人养。当地政府刚好有一个公费进修的名额，给了好几户人家，人家都不要。那时候很多人没那么重视读书，少一个人就少了一份劳力，少了一份收入。拿了名额的话，不但少了一个劳力和收入，还要全家供着那个人在城里的吃喝。像神保家里没有了主要的男劳力，想要供一个人去城里进修就更困难。但是神保的母亲接了这个名额，非得让神保放下锄头镰刀，脱下草帽泥鞋，去城里进修了五年。这五年神保的母亲什么事情都做过，甚至一度出去要饭。她把节省下来的钱全部寄给了神保，保障他的学习。

神保学完回来，却没有安排到工作。认识的人都笑话他，更笑话他的母亲。

他的母亲从不说他，反而托人给他在国道边找了一个摊位卖早点，专门卖给过路的司机。

如此又两三年后，镇上要做一个工厂的住宿楼，碰巧找到了神保。从此神保成了正经的建筑设计师，做的项目也越来越大。曾经笑话过他和他的母亲的人们这才明白了神保母亲的长远目光。

可是就在神保事业最好的时候，他的母亲因劳积疾，与世长辞。

在他母亲的葬礼上，神保哭得痛不欲生，责怪他母亲不给他回报的机会。

他母亲去世后不久，有一次他在建筑工地遇到一个刚好送完建筑材料的长途货运司机。那司机以前经常在他的早点摊吃早餐。

那司机不知道神保是这里的建筑设计师，更不知道他家里的变故。司机见了神保就说："我说你怎么没有卖早点了呢！原来到这里上班来了！"

神保连连点头。

那司机又说："你是不是太忙，常年不回家？"

神保又点头。

那司机说："你得空还是多回去看看吧。我偶尔跑原来那条线路，还看到你妈妈站在你原来卖早点的地方，好像盼着你回去。"

神保大吃一惊，来不及跟司机解释就离开了工地，急忙往他原来卖早点的国道边赶。

他在国道边找了半天，什么也没有找到。

那天他坐在国道边等了一整夜。等到第二天蒙蒙亮的时候，他被冻醒了。

他看到一片朦胧的雾气中有个熟悉的人影。

他冲了过去，跪在那人面前大哭。

他的母亲见他大哭，一脸茫然。

"孩子，你是怎么了？为什么这么伤心？"他的母亲问道，声音跟以前一样温和。

他大哭道："您为什么要走那么早啊！不让我尽尽孝！"

他的母亲迷惑道："你是谁呀？怎么说这样的话？"

他一愣，哭道："我是神保啊！我是你儿啊！你辛辛苦苦带大的儿啊！"

他的母亲摇摇头，冷静得很。

"我儿在宁州呢。"然后，他的母亲又说了她儿子叫什么名字。

神保后来忘记了当时他母亲说的那个名字。不过他确定母亲说的不是"神保"，也不是神保的其他兄弟姐妹。

他后来在地图上找了宁州那个地方，云南和甘肃都有叫宁州的地方，但是显然不是他母亲说的那个宁州。因为那条国道不到那两个宁州。

他问他母亲："那您站在这里做什么？"

他母亲说："我来看看有没有顺路去宁州的车。"

无论他怎么提示，他母亲就是记不起他，也记不起曾经那些含辛茹苦地送他进修的往事。

等雾气一散去，他母亲就不见了。

15.

后来神保常去国道边曾经摆过早点摊的地方，可是再也没有碰到过他的母亲。

原本从来不信鬼神的神保找了一位据说是能看阴阳的人，询问为什么他的母亲不认识他。

那个人跟他说，你来到这世上的时候，记得以前的事情，但是不会说话。等你会说话了，却把以前的事情都忘记了。阴阳分两界。阳界的生是阴界的死，阳界的死是阴界的生。你的母亲到了那边，也会渐渐忘记今生的事情。她会有新的亲人。无论你们在这一生有多么难以割舍，恩深情重，也只是这一生而已。此生过后，无论是爱是恨，此后都不会再爱了，也不会再恨了。

夭夭以前没听说过神保这件事。提及的人便将此事给她讲了一遍。

夭夭听完，不甘心地说道："神保的母亲怎么这么狠心？"

育明说："又不是她自己想忘掉。"

夭夭又说："要是秧哥忘了我，我要刮他十几个耳刮子。"

有人打趣道："你就不怕他把你拽到水库里去？"

夭夭说："那我拽着你们，要拖就多拖几个下去，看看谁脱身谁留在那里！"

众人大笑。

闲扯了一下午，又在夭夭家吃过晚饭，育明便催促岳爹带领众人去水库。

这时候夭夭却有点害怕了。她从家里拿出一条长绳来。

他见了长绳，问夭夭："你拿这个干什么？"

夭夭说："我怕秧哥拖我下水。"

他问："你想捆住他？"

夭夭说："不是，我要把我们都连在一起，要是谁被秧哥拖住了，我们一起把他拖上来。"

旺哥走了过来，笑道："要是把他拖回来了，他天天要跟你睡觉吃饭，你就不怕？"

夭夭将绳子往旺哥身上一套，说道："要是拖下去了，让你给他做个伴。"

旺哥吓得急忙取了绳子往地上一丢，又呸了几口，说道："谁要跟他做伴！"

夭夭说："他活着的时候，你们俩不是很要好吗？喝酒的时候称兄道弟，有福同享有难同当。现在他要爬起来，你怎么不搭把手？"

其他人纷纷附和，说旺哥应该去把秧哥背回来。

育明问岳爹："要不要备点儿纸钱？"

岳爹说："那就备一些吧。"

育明又问："要不要做个招魂幡？"

岳爹说："那就做一个吧。"

招魂幡很简单，找一个桌面大小的红纸，剪成长条镂空状，然后系在一根小竹棍上就行了。育明刚到这个地方的时候对这里的丧葬习俗很好奇，常常主动帮道士打锣，道士念经的时候听得仔细，道士做法的时候看得仔细，很快他就学会了剪招魂幡。

　　夭夭见岳爹什么都听育明的安排，心里开始打鼓。她不放心地问岳爹："您这也随他，那也随他，是不是没信心让我见着秧哥啊？"

　　岳爹笑了笑，说："那都是形式。烧纸钱嘛，烧的是念想。烧香呢，烧的是虔诚。要是你从心底里相信，就不在乎那些。"

　　岳爹一边说着，一边从兜里掏出一个塑料袋来。他从塑料袋里掏出一撮烟叶子和一张草纸，利索地将烟叶子卷了起来，然后点燃。

　　很长一段时间里，岳爹自己种烟叶子，抽自己做的烟。在那时候，这不是什么稀奇事儿。很多人都这样。

　　夭夭看着岳爹将烟点燃，轻叹一口气，说道："秧哥还在的时候也喜欢抽自己卷的烟。买的烟不抽。有时候我会帮他卷。"

　　岳爹说道："这样的话，我们去了水库边上，先点上一根卷烟。"

　　夭夭问："您是怕他不出来，用烟诱他吗？"

　　他赶紧凑过来听。

　　岳爹点点头，说："是。哪怕他忘记了你，可能闻到卷烟的气味，会想起很多生前的事情，也会想起你。"

　　夭夭好奇地问："他会因为卷烟的气味想起我？"

　　岳爹说："人记东西啊，有时候是记在气味里，有时候是记在声音里，有时候是记在味道里，有时候是记在颜色里，还有时候是记在温度里。你有时候以为自己忘记了的事情，会突然因为一件别的事情而想起来。"

　　他在我面前说到这里的时候，我深以为然。

　　多少年后，身在北京的我每次听到蝉鸣，便会想起炎热夏季在画眉村的一棵桑树下仰望耀眼的阳光的下午。偶尔经过环卫工人推着剪草机的草坪，闻到打碎的草汁气息，我便会想起十多年前在画眉村坐在田埂上看着爷爷他们收割稻谷的情形，顺带想起那些飞虫从稻田里跳出来随即隐没在田埂的绿草丛里，想起藏在树荫下的茶罐，想起里面茶水的味道和粗大的茶叶，以及罐底有一层沉淀下来的渣。

我以为那些琐碎的记忆早就消失了，原来它们一直在那个时间的那个地方，如此清晰真实。反倒是走在喧嚣街头的我变得虚幻，像是那时候的我幻想出的未来。

"神保最后一次遇见他母亲的时候，如果带上一件他母亲长久陪伴过的东西，说不定会让她想起以前的事情。"岳爹说道。

但是岳爹随即说道："不过这也不是好事。所以一个人去世了，我们要把他曾经常用的东西烧掉。"

16.

夭夭说："以前常见人在葬礼后烧掉亡者生前用过的东西，不明白为什么有些东西明明还可以用却要烧掉，听了你这么说，才知道原来还有这回事。"

岳爹说："其实也不只是为了让亡者安心地走，也为了让活着的人免得睹物伤情。那些东西上面不只有亡者的记忆，也有活着的人的记忆。"

夭夭忍不住眼泪下来了。她长叹一口气，幽幽地说道："为了彼此不影响，竟然要做这么残忍的割舍。"

岳爹说："所以我劝你不要去水库边见他。可是你不听。"

夭夭抹了一把眼泪，嘴角挤出笑意，说道："我本来不想为难大伙儿，您能答应我，我都记在心里的。"

岳爹说："你别急着说这些，我们去是一回事，他见不见是另一回事。"

等太阳完全落了山，又等天色暗了一些，他们几人打着手电筒到了水库堤坝上。

岳爹问："当初他是在哪里投水的？"

夭夭指了指有牛桩的地方。其中一个牛桩已经被拔走，在堤坝上留了一个洞。那应该是五满遇到秧哥的地方。

岳爹便对育明说："在那个地方烧纸吧。"

育明将招魂幡插在那个洞里，准备烧纸。

这时候突然起风了，风不大，却让育明刚刚划燃的火柴熄灭了。那时候打火机很少见，烧饭点烟都是用火柴。本地人将火柴叫作"洋火"。

育明让别人拿着纸钱，他一手护着火柴盒一手去划。火柴划燃了，可是刚靠近纸钱又被风吹灭了。

夭夭的神婆姐姐将纸钱拿了过去，转过身护着纸钱，再让育明点。

育明终于又划燃了一根火柴，他将火柴放在纸钱下面。火焰像舌头一样舔舐神婆手里的纸钱。

他说，那一刻，他以为纸钱就要点燃了。

但是火焰在纸钱上舔了好一会儿，纸钱也没有被点燃，火柴烧到了育明的手，疼得育明扔了火柴。

"怎么回事？"育明捂着被烧到的手指问道。

神婆说："应该是秧哥不收钱。"

众人听神婆这么一说，顿时都感觉身体被风吹凉了一截。

岳爹则淡然一笑。

育明问："这么说来，你觉得秧哥今晚是不会出来了吗？"

神婆想了想，说："等我劝劝他吧。"

然后神婆面对着水库大喊："秧哥！我们来看你了！你没必要躲着，你想拉五满下水，就像青蛙想吃虫子，猫想吃老鼠，没什么不好意思的。我们知道你在水底下不好受，冻皮又冻骨。你藏在家里的金条我们找到了，我们就来告诉你，你不用担心了。夭夭也来了，就想见你一面。"

说完，她双手合十，对着被风吹得如鱼鳞一样的水面念叨了一会儿谁也听不清的话。

育明凑到岳爹耳边，悄悄问道："您知道神婆这是念的什么咒语吗？"

岳爹摇头。

育明问："还有您不知道的？"

岳爹笑着说："我听都听不到，怎么知道？"

这时候，神婆回过身来，走到育明面前，甩了甩手里的纸钱，说："好了。点吧。"

育明怀疑地问道："真的可以了？"

就连旺哥都看得一愣一愣的。

神婆看了旺哥一眼，撇了撇嘴，说："我是夭夭的姐姐，他多多少少会给我一点儿面子。你说对不对？"

他说，秧哥还在的时候确实比较听神婆的，毕竟是神婆把夭夭介绍给了他。

风没有一点儿停下来的意思。

育明又划燃了火柴，小心地送到神婆手里的纸钱下面。

这次纸钱居然轻轻松松点燃了！

一同过来的人顿时看神婆的眼色不一样了。

"还真有两下子。"有人窃窃地说。

育明赶紧递给神婆更多纸钱，让她几张几张地叠在一起烧。风将纸钱的灰烬吹得漫天飞舞，仿佛突然飞来了许多黑色的蝴蝶。

堤坝上的人纷纷避开那些黑色蝴蝶，生怕沾上了晦气。

他偷偷看夭夭。夭夭的脸平静如水，水上还结了一层冰，没有丝毫表情。

天天眼睛的余光感觉到他在看她，她朝他看来，他赶紧避开天天的目光。

天天见岳爹沉默地站在水边，问道："您不像我姐那样说点话吗？"

岳爹问道："说什么样的话？"

天天说："念点儿经什么的，或者说点让他归来的话。哪怕是喊一喊他的名字，像喊魂那样。"

岳爹笑道："你都是从哪里知道这些的？"

天天说："我看别人不都是这样的吗？"

看热闹的人跟着起哄，要岳爹喊一喊。

岳爹摆手道："他会来的。我喊不喊他都会来的。"

众人惊讶不已。

"您知道秧哥一定会来？"有人问道。

岳爹没有直接回答他，却说："要是他不会来，我喊也没有用。"

他说，当时岳爹侧头看了一眼旁边的他，问道："你说是不是？"

他不知道怎么回答。那时候他还没有学到什么东西。

"他就要来了。你没有感觉到吗？"岳爹又问他。

可是除了风有一点儿凉之外，他什么都没有感觉到。

几个人听岳爹这么说，将手电筒往水里照。

这时候，水里突然哗哗地响起来。

众人吓了一跳。

旺哥面色煞白。

就连正在烧纸的神婆也吓得手一抖，好多没点燃的纸钱从她手里飞了出来，仿佛许多只翅膀硕大的白蝴蝶。

17.

他说他没想到刚才还胸有成竹的神婆也会被水里的声音吓到。

夭夭显得非常镇定，镇定得不像是她。

他看到晃动的手电筒的椭圆形光照在水面上，水面上出现了一只手掌。那只手掌苍白得如开水泡过的鸡爪。那只手掌在水中晃动，弄出哗哗的水声。

夭夭冷冷地问道："他这是要我们把他拉上来吗？"

说完，夭夭往水边走去。堤坝比较陡，她走着走着就蹲了下来，脚往水里探，手扶着堤坝上的石头。

等他反应过来的时候，夭夭已经踩在水里了，水淹过了她的小腿。

他恍了一下神，然后喊道："夭夭！他会把你拖下去的！"

出来的时候，夭夭还拿了长绳，害怕被秧哥拖下去。此时她却忘记了危险。

育明先于他冲了过去，拽住了夭夭。

他赶紧上前，帮忙拉住夭夭，顺势将绳子套在了她的手臂上，将她跟自己连在一起。

夭夭一边试图挣脱一边喊道："他叫我们拉他上来呢！你们就这样看着？"

育明劝道："他已经死了，他这是诱惑别人下去做他的替身。五满已经上过一次当了，你不要中了他的计！"

这时候，那只手掌的旁边冒出了许多气泡，仿佛下面有一条大鱼。

夭夭拼命往水中间走，她一脚在水中踏空了，倒在了水里。

他急忙跳下去将她抱了起来。水冷得让他不禁浑身哆嗦。浑身湿透的夭夭在他的怀里，也浑身哆嗦，就如他刚刚从水库里捉起来的一条大鱼。

　　夭夭的鞋子掉了一只，他看到了夭夭苍白的脚。他低头看了看，不知道那只鞋子沉到哪里去了。

　　出门的时候他就注意到了，夭夭穿的布鞋跟往常不一样。她脚上的布鞋是新的，颜色鲜艳。那时候一般只有过年过节或者出门走亲戚的时候才穿新鞋。鞋面上绣了花，还绣了鹤。夭夭的绣工很好，花和鹤都活灵活现。可是在他看来，鹤不是什么人都能穿的，在这个地方，鹤是仙人坐的，只有人过世的时候才穿这个。

　　这时候他明白了，原来夭夭已经有了赴死的打算。

　　旺哥扑通一下跪在了堤坝上，朝着那只手掌磕头，一边磕头一边呼喊："你别来找我们！这都是你的命啊！"

　　神婆稍稍镇定了一些，也呼喊道："金条交给夭夭了，你就放心吧！"

　　那只手掌拍了一下水面，沉了下去。接着一件蓝色的衣服浮到了水面，鼓成了一个包，但很快又沉了下去。仿佛秧哥只是在水里潜泳，刚刚在下面翻了一个身，往更深的地方去了。

　　夭夭在他怀里挣扎要跳下来，她大喊："你别走！家里有金条，你为什么还要抛下我们？你不是自私得很吗？这时候怎么不想着自己了？"

　　水面恢复了波光粼粼的样子。秧哥并没有回答她。

　　他安抚夭夭："他已经走了。"

　　夭夭停止了挣扎，趴在他的肩膀上哭了起来。

　　岳爹叹了一口气，说道："他还会来的。"

　　旺哥刚刚缓和一些，听岳爹这么说，又吓了一跳。他问道："他还会来？"

　　岳爹点点头，说："刚才他可能是看到我们来的人太多了，所以没有出来。很显然，他的执念还没有消失，他不会就此安宁的。"

旺哥嘴唇颤抖地问道:"他不会来找我吧?"

神婆啐了旺哥一口,骂道:"你这是嫌自己不够晦气是吧?他找你干什么?你能超度他还是把他拉上来还是怎么的?"

旺哥干咽了一口口水,说道:"他在世的时候跟我关系这么好,肯定会来找我的。他已经找过五满了,他肯定会找我。"

神婆失望地看着旺哥说:"你能不能像个男人?"

然后神婆抬起手来摸旺哥那张恐惧的脸,温和地说道:"你别害怕。我有办法让他不再出现。"

岳爹好奇地问道:"你有办法?"

神婆点头。

旺哥脸上的恐惧渐渐消失。他不太相信地问道:"你真的有办法?"

神婆说:"只需要一个竹篮子,我就能让他不再回到这里来。"

岳爹一下就明白了神婆要做什么,喃喃道:"这样不太好吧?这样做的话,对秧哥太狠毒了。"

夭夭一惊,双眼惊恐地往岳爹看去。那眼神就如被捉住的老鼠一般。

神婆说:"只能让他受苦了,总不能让活着的人受罪吧?"

18.

夭夭警觉地问她的神婆姐姐:"你要做什么?"

神婆说:"你就别管了。"

"我怎么能不管?他是我的丈夫!"夭夭脸上有了愤怒的表情。

神婆见她发怒,劝道:"哎呀,什么丈夫不丈夫的,那都是他生前的事情了。下午不说了吗？生前再相亲相爱，死后毫无关系。我还活着呢，你姐夫也活着，我们才是一家人。"

"你……"夭夭急得说不出话了。

神婆又安慰道："再说了，我也不是那种下手毒辣的人，不会太为难秧哥的。你就放心吧。"

他在旁边想为夭夭说一句话，但是刚开口，就被神婆噎了回去。

神婆瞪了他一眼，说："清官难断家务事。你还是外人，就不要管我们家的事情了。"

神婆的话不只是说给他听的，也是说给旁边所有人听的。她怕其他人干涉，所以用这句话堵住所有人的嘴。

神婆又假惺惺地对他说："你要是想管，也不是不可以。等你娶了夭夭之后再说。不过话又说回来，秧哥为什么晚上在家里闹？还不是因为你常常往他家里跑，他放心不下。"

被神婆这么一说，夭夭也没话可说了。

从水库回到村口，所有人便散去，各回各家。

育明先将岳爹送回画眉村，再回了自己家。

他说他走到了自家门口，又转身离开，飞快地踏着陡峭的石阶，直奔夭夭家。

他敲了夭夭家的门，惊动了隔壁人家的狗，狗吠声一直不停，仿佛随时会跳出来咬他，但终究没有出来。

夭夭刚到家不久，已经脱了被水浸透的衣服，然后倒了水在脚盆里，准备擦洗之后换上干净的衣服睡觉。

听到敲门声，夭夭先问了一句："谁呀？"

他说："是我。"

夭夭走到了门后，犹豫了一会儿，说道："你来干什么？"

他说："那个……要不……"

夭夭说:"不行。"

他说,那时候的门都是木头做的,用久了,中间的门缝就很大。从门缝里可以看到门后的闩,也可以看到门后的人。他看到了披着衣服的夭夭,衣服的扣子没有扣,她用手抓着衣服,露出的地方像是月光照在上面。但那晚没有月光。

他想起夭夭嫁到这里的那天晚上,他和好几个同龄人躲在墙角下偷听。这里有"听洞房"的风俗。房里的人知道外面墙角下有人偷听,便不敢声张,行事要偷偷摸摸的。

他和几个听洞房的人听不到声音,于是将手指从门缝里伸进去,将门闩缓缓拨开了,蹑手蹑脚靠在了洞房门外。

那晚他们几个差点就得手了,可是他一脚踩在一个软绵绵的东西上,他们立刻听到了一声凄厉的猫叫。

夭夭拿着鸡毛掸子冲了出来,见人就打。

他们只好抱头作鸟兽散。

他的手上被夭夭抽了好几条红印子,火辣辣地疼了几天。

此时他看到门缝后面的夭夭,手上曾经被抽过的地方又疼了起来。

"你走吧。我要洗漱睡觉了。"夭夭说道。

他回到家,手上的疼痛就消失了。

第二天,神婆在水库边上作法。很多人跑去看。

夭夭没有去。她在家里晒糯米坨坨。糯米坨坨是糯米粉捏成的,像一块块小石头,只有鸡蛋的一半那么大。她将糯米坨坨放在竹筛里,然后搭了楼梯,将竹筛放到屋顶上晒。

她不去,但有人告诉她水库边上她的神婆姐姐作法的每一个细节。

神婆带去了一个竹篮子,但是竹篮子是没有底的。她在水库边又念了许久别人听不清也听不懂的词,从她的语气和表情看来,她时而在劝慰秧哥,时而又在咒骂秧哥。神婆的丈夫旺哥站在她身后,脸色枯黄。他恐慌地看着神婆做着他看不明白的事情。

当别人跑到夭夭这边来，说到这些的时候，夭夭神情自若，一副无所谓的样子。

神婆在水库边折腾了一个多小时，然后烧了一堆纸钱。

跑来围观的人有些失望，觉得没有什么意思。

纸钱快烧完的时候，神婆指着水库边的一座山，对着水里说道："你看到没有，那座山上开满了映山红。"

当时正值秋季，映山红要到春天的时候才会开。每年春天，那整座山会被映山红映得红彤彤的。

可是这个时候山上是没有映山红的。

围观的人里有人说："这时候哪有映山红？"

神婆看了说话的那人一眼，说道："你懂什么？阴阳两界是颠倒的，我们这里是秋天，那边正是春天。他们看到的山，满山的红色，红得像血！"

提出疑问的人赶紧闭了嘴。

神婆的脚边堆了厚厚一层灰，正在燃烧的纸钱让靠得太近的人感到脸上发热。

之所以人还没有都走，是因为很多人想看看神婆脚边的另一个东西——没有底的竹篮子到底是用来做什么的。

接着，神婆将竹篮子提了起来，扔在纸钱的火堆里。

别人告诉夭夭神婆把竹篮子扔进火堆里的时候，夭夭问："她给秧哥烧篮子干什么？"

神婆看着燃烧起来的竹篮子，又对着水里说道："秧哥，你去那山上摘满一篮子的映山红回来，就能得到超度，离开这个鬼地方。"

夭夭听到别人说出这句话的时候，浑身一颤，几乎站立不住。

夭夭扶着楼梯，虚弱地说道："没底的竹篮子什么时候能装满映山红？她这是要让秧哥困在那座山上啊。"

19.

夭夭赶到水库边上的时候，她姐姐和看热闹的人都已经走了。

她疯了一般跑到她姐姐家里，发现姐姐家大门紧锁。

她问隔壁的人。人说，神婆早上拿着纸钱和没有底的竹篮子走后还没有回来。

她知道，她姐姐有意躲着她。

她不甘心，找隔壁的人要了一把椅子，坐在她姐姐家门前等。到了吃午饭的时候她也不走。隔壁的人说，你姐姐怕是在别人家吃饭去了，要不你吃了饭再来？

夭夭没有走，她在神婆姐姐家门口继续等待。

等到吃晚饭的时候，家家户户的屋顶开始冒起炊烟了，神婆还是没有回来。

她没有办法，只好先回了家给两个孩子做饭。做饭给孩子吃了之后，她自己没吃饭就回到姐姐家门前。

等到月上树梢的时候，旺哥先回来了。

他见夭夭还坐在他家门口，假装惊讶道："你在这里干什么？"

夭夭说："我姐呢？"

旺哥说："我管得住你姐吗？她想干什么就干什么。"

"亏了秧哥活着的时候跟你那么好，有酒一起喝，有肉一起吃，有口粥都要喊你来。你就忍心把他骗到山上去采花？"夭夭说道。

旺哥摊手道："夭夭，这可不怪我啊。这个主意不是我想出来的。要找还得找你姐说去。再说了，他们都说了，人死了就会渐渐把活着的人忘了。说不定他现在看到我们都不知道是谁了，是不是？话又说回来，不过是让他去采花嘛，又不是让他上刀山下火海。"

"那为什么给他没有底的竹篮子？"夭夭说。

旺哥皱着眉说："要是给他好篮子，他采完花就回来了。"

夭夭说："你把我姐叫来，再去烧一个好篮子。我宁可他在水库里作祟，也不要让他像月亮上砍树的吴刚一样。"

旺哥抬头看了一眼天上不甚明亮的月亮。

这里的人从小就听说月亮上除了嫦娥还有个吴刚，吴刚被罚在月宫砍一棵桂树，桂树随砍即愈。因此吴刚常年伐桂，而始终砍不倒这棵树。

"那秧哥就成神仙了。"旺哥笑嘻嘻说道。

夭夭一愣。原来做神仙是这样的吗？这样的神仙做了又有什么意思？

夭夭的神婆姐姐见躲不过，只好回来了。

神婆对夭夭说："我答应你，等秧哥忘了世上的人，我就放他下山。"

夭夭问："你知道他什么时候忘了世上的人吗？"

神婆说："得空了我去山上问他。"

夭夭问："问他是不是还记得我吗？"

神婆说："当然不能问起你，也不能问起他以前认得的任何一个人，虽然有些人他可能确实已经不记得了。也不能问起他以前做过的事，虽然有些事他可能确实已经不记得了。你问了，他本来不记得的可能会想起来。"

夭夭问："那怎么问？"

神婆说："问他，你是谁呀？"

夭夭问："为什么这么问？"

神婆说："我要假装不认识他，他才会想自己是谁。想起了自己，就记得起以前；想不起自己了，说明以前都忘记了。一个人是不是自己，并不是他简单地说是或不是决定的，而是要看他是否记得以前的经历。记得多少，就还有多少自己；忘记多少，就丢失了多少自己。"

夭夭想了想，好像没有什么话可以反驳她的神婆姐姐，她自己也拿不出其他更好的办法，只好快快地回了家。

那一夜，夭夭家里安静得很。她心想，也许秧哥正在山上采映山红吧。那边应该正是大白天。

20.

后来有一次他到夭夭家坐的时候，夭夭跟他说，那天晚上她从姐姐家回来之后，在秧哥不再作祟的一片寂静之下想明白了许多事情。她想明白了人们为什么要把这边叫阳间，那边叫阴间。她想明白了过世的人为什么要把这边的事情全部忘掉。她想明白了人们为什么大多怕黑怕鬼。她想明白了为什么猫会被当作有灵性的化身。她还想明白了许许多多的事。在那个夜晚，她似乎想通了人世间所有的事情。

她彻夜未眠。第二天醒来，她没吃早饭就跑到他家门前，发现他家的门还关着，还没有人起来。她只好回去做饭，喂了孩子，等到鸡出了笼，狗开始叫，太阳开始升起，她又跑到他家门前。

他的妈妈正提着一个木桶，木桶里都是要洗的衣服，要往洗衣池塘那边去。

他的妈妈见着了夭夭，打招呼说："夭夭，衣服洗完啦？"

她说："还没呢。"

他的妈妈说："糯米坨坨晒干啦？今天的太阳比昨天的好哦。"

她想起她的糯米坨坨还在屋顶上，昨晚回来得太晚，忘记搭楼梯拿下来了。糯米坨坨要是吃了露水，之前做的事情就都白费了。要是老鼠在上面跑过，那就不能吃了。她的两个孩子盼星星盼月亮，就盼着吃一顿糯米坨坨。

她心中一慌，赶紧往回走。

回到家，她去屋顶上取糯米坨坨，下楼梯的时候筛子一滑，糯米坨坨摔在了屋檐下，像是冬季已过没有来得及化的雪。

她气得扔了筛子，蹲在摔碎了弄脏了的糯米坨坨边上哭。

哭完抹了眼泪，她忽然忘记了昨晚想通的那些事情。虽然想通时候的那种激动和透彻的心情就像春天开始融化的河面，但是她已经忘记了当时自己是因为什么而透彻，而融化。

再次见到他的时候，她想说她已经想通了的事情，但是说不出来了。那个东西就在她的肚子里，就在她的心里，可是找不到什么话可以把它说出来说清楚。

他觉得夭夭说得太神奇了，问道："有这么神奇吗？"

夭夭笑道："那晚我好像变成了无所不知无所不晓的圣贤。"

他问道："那你再想想，给我说一点儿，哪怕是一点儿看看。"

夭夭摇头说："想不起来了。"

他说："那真是可惜。"

夭夭说："可惜什么呀？一点儿也不可惜。"

他问："你不觉得可惜吗？"

夭夭说："想通了又有什么用呢，还不是要照常生活？"

她自己发了一会儿呆，又说："还不是要照常生活？"

自那晚之后，秧哥确实没再在家里作祟了。夭夭睡觉前没再听到脚步走动的声音。

他说，这让他有些失落。因为他不知道自己还要不要去画眉村。

因为夭夭不需要他帮忙捉秧哥了。

第二年春天，本该是映山红漫山遍野的季节，可是水库旁边那座山上居然一朵映山红都没有。

人人都说山上的映山红被秧哥摘走了，所以今年一朵映山红也没有。

甚至有人说晚上从那条山路上经过的时候，曾经看到过一个人在路边摘映山红，那个人一边摘一边说："我都摘了好几天了，怎么还不够一篮子？"

经过口口相传，这种说法变得五花八门。

有人说，路过的人看到了摘花人的脸，就是秧哥。

有人说，路过的人看到秧哥走过的地方有水迹。

还有人说，秧哥拜托路过的人给夭夭传话，要夭夭给他带些映山红来。

这下夭夭坐不住了。

她不得已再次去找她的神婆姐姐。上次神婆在水库边做法之后，夭夭心中有气，没再去过姐姐家。

神婆早就听说有人在山上遇到了秧哥。她也早就做好了面对夭夭的准备。

夭夭刚到神婆姐姐面前，神婆就说："夭夭，你别急。这几天你姐夫生病了，我得先照顾他。等你姐夫好一点儿，我亲自上山去会一会这个阴魂不散的秧哥！"

21.

大约五天后，神婆决定上山去找采花的秧哥。

神婆算过日子，也看了老皇历，老皇历上写着"诸事不宜"。用神婆的话说，这边诸事不宜的日子，那边便是好日子。

她是在天黑之后上山的。上山之前，她杀了一只雄鸡，取了鸡血，用鸡毛蘸了往脸上涂，涂得满脸通红，活像被太阳晒坏了。

那时候她的丈夫旺哥还没有好。她涂了鸡血后走到旺哥床边，要旺哥看看哪里没有涂到。旺哥又接过鸡毛，将她漏掉的地方涂满。

旺哥问她："你涂这么多鸡血干什么？"

神婆说："入土之后，生人和死人是不能再见面的。但是夭夭天天找我闹，我只能用雄鸡挡住脸去见他。这样的话，就算见了他，他也看不到我的脸。"

神婆后来跟人说，她上山后秧哥果然没有认出她来。

神婆说，在找到秧哥之前，她在水库旁边的那座山上转了好几个圈。她不能喊秧哥的名字，因为她要假装不认得秧哥，只能悄无声息地找。

山上的道路不好走，没有道路的树林里更是难走。以前这座山的路没有那么难走。那时候人们都在灶里烧火，少不得枯枝烂叶和晒干的稻草。山上的落叶，树上的枯枝，田里的稻草，路边的牛粪，都会被人们捡走，用来烧火或者作其他用处。因此，山上的落叶枯枝杂藤都会被弄走。

后来人们开始烧煤，再后来烧煤气，烧电。山上杂草丛生，落叶厚积，兔子在山上都跑不起来。

由于秧哥采花的事情被传开，这座山上少有人来，落叶多了，草藤蔓延，路就难走了。

神婆说她在山上走了大约两个小时，终于碰到了秧哥。

她看到秧哥的时候，秧哥背对着她。秧哥的背上落着透过树叶后斑驳的月光，仿佛是山上的一块石头。要不是先看到那个熟悉的竹篮子，神婆可能就错过秧哥了。那个竹篮子神婆以前用过很多次，要不是被老鼠咬坏了底，她还舍不得烧掉。

神婆说她先看到了竹篮子，然后看到了提着竹篮子的手。那只手她也认得。她用筷子敲过那只手。

提着竹篮子的秧哥正在摘一枝映山红。他摘的动作非常缓慢，可能是他太累了。

神婆没有叫他，而是慢慢地走到了那个竹篮子旁边。

她说，山上本来是有映山红的。她看到秧哥要摘的那朵映山红鲜艳得很。秧哥摘了下来，往竹篮子里扔。映山红从竹篮子里漏了下去，落在地上。而秧哥全然不觉。

秧哥的脚边有一只刺猬。等映山红一落地，刺猬就蜷缩成一团，从映山红上面滚过。映山红被刺猬扎在了背上。乍一看让神婆想到摘了花插在鬓边的老太太。

神婆跟人说，难怪那座山上没有看到落花，原来是被刺猬带走了。

在秧哥身边看了半天的神婆没有说一句话。

她等秧哥先发现她。

可是秧哥对已经站在他身边许久的神婆毫无察觉。他专注于摘花，一边摘一边说："一千六百三十五，一千六百三十六，一千六百三十七……"

神婆一脚踩住了秧哥面前的映山红。

秧哥这才注意到神婆。

秧哥抬起头来，看了看满脸鸡血的神婆，说道："让一让。"

神婆不说话。

神婆跟人解释说，她之所以不说话，是怕秧哥听到她的声音想起她是夭夭的姐姐。但她不能一直不说话，她想先看看秧哥的反应。

她看到秧哥两眼透着疲惫，看起来似乎比他在世时要苍老一些。

秧哥见她没有抬脚，有点儿紧张地问道："你也要采花吗？"

神婆摇头。

秧哥松了一口气，说："不是就好。这山上的映山红太少了，我一竹篮都没有采满。"

神婆见他没有认出她，便问道："你是谁？"

秧哥被她这么一问，眉头拧了起来，思索了许久。

神婆又问："你为什么在这里采花？"

秧哥眉头拧得更紧，眼神中一片茫然。

"我不记得了。"秧哥困惑地说。

神婆说："不记得了？"

秧哥说："嗯。反正我在这里采了好久了，我只记得，等我采满这竹篮子，就可以下山去。"

神婆问："下山去做什么？"

秧哥又思索了许久，摇头说："不知道。或许下山去了就知道了吧。所以我得先采满一竹篮的映山红。"

神婆后来跟人说，听到秧哥这样回答，她就知道秧哥已经忘记了生前的事情。是看到他的人故意吓人，说要天天带映山红的话是假的。

神婆指着秧哥手里的竹篮子，说："你看你的竹篮子底漏了，花都被刺猬扎去了。什么时候才能采满竹篮子？"

秧哥这才扭头看了看竹篮子。

秧哥脚边的刺猬立即跑到旁边的灌木丛里去了。

秧哥为难地笑了笑，说："我看它浑身是刺，还以为它是板栗呢。"

神婆说："这山上又没有板栗树。"

秧哥仰起脖子看了看头顶的树，说道："是哦。这里又没有板栗树。"

神婆指着月亮所在的方位，说："你这样摘是摘不满的。我给你指条路。你从这条路下去，一直往那边走，去找一个会修竹篮子的师傅，把竹篮子修好了再来摘映山红吧。"

22.

神婆说，她眼前的那条路通向一座又一座山，顺着那条路走，会离这里越来越远。路最后通到哪里，她也不知道。她只想尽快让秧哥离开这里。

秧哥看了一眼神婆指出的路，脸上难得地出现了一丝笑意。

神婆说，看到秧哥脸上的笑意，她忽然心中一慌，以为她的计谋被他看出来了。

但是秧哥接下来乖乖地提着破篮子往那条路走去。

神婆在秧哥身后跟了一段路，发现秧哥连头都没有回一下，终于放下心来。她站住，看着秧哥越走越远，最后跟夜色混为一体。

她急急忙忙回了家，洗去脸上的鸡血。

旺哥见她回来，忙问找到秧哥没有。

神婆将前后经过说给他听了。

第二天，神婆又将同样的话给夭夭说了一遍。

夭夭难以置信地问她的神婆姐姐："你就这样把他打发走了？"

神婆摊手道："我还能怎样？让他继续在山上采花？还是让他回到水库里去？"

夭夭说："你让他上山，本就是一个空头承诺。现在你又给他一个空头承诺！你让他走到哪里去？"

神婆说："我嫁到这里来的时候，你姐夫还说让我衣食无忧，什么活儿都不用做呢。你也不想想，就我这个做姐姐的是真的关心你帮助你。那个天天说要把秧哥捉起来的人呢？他到哪里去了？能帮上你什么忙？"

他那天像往常一样去了画眉村，坐在岳爹身边，央求岳爹收他为徒。

岳爹说："我不是不收你。学这种东西不是好事。哪怕你成了袁天罡那样的天师，能上天遁地，撒豆成兵，最后你会发现你什么都改变不了。要走的还是会走，要留的还是会留。"

其实那时候神婆已经通过别人给岳爹传话了，说秧哥的事情是她家里的事情，外人还是别插手的好。

秧哥走后，旺哥的病很快就好了。

旺哥天天往夭夭家里跑，一会儿帮忙烧火，一会儿帮忙劈柴，一会儿帮忙挑水。

他说他去夭夭家的时候经常碰到忙前忙后的旺哥。

这样没几天，育明来了夭夭家，给夭夭带来一个消息。

育明说，在二十多里外的一个叫罗家坳的地方，有人晚上出来的时候碰到了秧哥。

育明带了那个人来。育明叫那人作拐罗。

"拐"在本地方言里是"凶"的意思。拐罗就是凶罗的意思。拐罗是在道上混的人，曾经群殴的时候失手杀过人，坐过十多年牢。出狱后，拐罗性情大改，老老实实地种田，没有成家。

拐罗说，他是一个很偶然的机会去城里粜米认识秧哥的。那时候秧哥挑不起米担子，肩膀磨破了皮。拐罗的箩筐里没装那么多米，就把秧哥担子里的米倒了一些到他的箩筐里。

秧哥感激不尽。两人挑着担子走了一路聊了一路。可是拐罗到了目的地后，忘记把箩筐里的米还给秧哥了。

等他去找秧哥的时候，秧哥已经走了。

后来他打听过秧哥，可是他也只知道别人叫"秧哥"，并不知道秧哥是哪里人，住在哪个地方。

他心里便觉得自己一直欠着秧哥的，说不定以后还会见面。

没想到，他前几天居然见到秧哥了！

拐罗说，他碰到秧哥的时候，秧哥正在一条小河边徘徊。当时夜幕已经降临。那条小河上原来是有一座小桥的，可是前不久发大水的时候小桥被冲倒了，一直没有修好。

刚看到秧哥的时候，他没有认出来。等秧哥转过头来看到他的时候，他立即认出了秧哥。

拐罗说，当时他心想，莫非秧哥打听到他住在这里，找到这里讨米来了？

紧接着拐罗觉得自己猜错了。因为秧哥看到他的时候，眼神空洞，表情没有任何变化，仿佛已经不记得他了。他看到秧哥手里提着一个竹篮子。奇怪的是竹篮子没有底。

拐罗主动欣喜地迎上去，打招呼说："哎，这不是秧哥吗？我欠了你好几十斤米，可算是碰到你了！"

23.

让拐罗意外的是，秧哥居然一脸迷茫。

"欠了我好几十斤米？"秧哥挠头问道。

拐罗看到秧哥的指甲缝里有红色的东西。他不知道，那是秧哥摘映山红时弄上的。

"你是谁呀？"秧哥接着问道。

拐罗愣了一下，以为自己认错了人，可是仔细看了看，眼前的人确实是秧哥无疑。

"我是拐罗啊。你忘记了？那次我跟你一起籴米，你担子挑不起，我倒了一些米到我的担子里。后来我忘记还给你了。对不对？"拐罗提示道。

拐罗看到秧哥茫然的眼睛里慢慢有了光，好像秧哥的眼睛里有个提着灯笼的人从里面往外走。

秧哥变得有些兴奋，他的脸皮下面仿佛有什么东西在跳动。

他抓住拐罗的手，用力地晃，好像他们两人曾经有过过命的交情。

拐罗被秧哥一抓，顿时感觉一阵寒流穿透了他的身体，身上起了一层鸡皮疙瘩。拐罗冷得打了一个战。

"我好像有点想起来了。"秧哥的手如冰冷的铁钳子一样抓着拐罗的手。

拐罗说："你这都能忘记？"

秧哥有些急地问道："你再说说，多说一点儿，我还做了什么？"

拐罗说："我跟你聊了一路，我听到你说你堂客叫夭夭。我后来问你没有问到，又问别人认不认识一个叫夭夭的。可是还是没人知道。"

在当地的方言里，"堂客"是妻子和女人的意思。

拐罗说，听到夭夭这两个字，秧哥的眼睛更亮了。

秧哥兴奋地松开了拐罗的手，在原地转了好几圈。

"夭夭！夭夭！对！我想起来了，我的堂客叫夭夭！"秧哥自言自语道。

拐罗纳闷得很。这个人记性差到了什么程度？居然忘记了自己的堂客叫什么名字？

"你怎么连这个都忘记了？"拐罗问道。

秧哥长吸了一口气，缓缓吐出，然后说道："我也不知道怎么就忘记了。不是我想忘记啊，是自然而然就忘记了。我有什么办法？不过你这么一说，我不但想起了堂客的名字，还想起了好多跟她相关的事情，又顺带想起了很多跟她没有太大关系的事情，还想起了很多跟她没有关系的事情。"

拐罗越听越觉得奇怪，又问秧哥："秧哥，你提着这个没有底的竹篮子跑到这里来做什么？"

秧哥说："找人修竹篮子啊。你这里有没有会修竹篮子的篾匠师傅？"

拐罗问道："这么破的竹篮子还修什么修？"

秧哥看了竹篮子一眼，似乎这才反应过来，说道："对哦。都成这样了，还不如买个新的。我怎么会为了修一个竹篮子跑这么远的路？"说完，他回头看了看他走过的路，更加茫然。

拐罗笑道："人有时候就是迷迷瞪瞪的。我年轻的时候看啥都不顺眼，总要跟什么东西过不去似的。后来不小心犯了大错，坐了牢，我才好像从梦中醒来一样——我之前都干了些啥？"

秧哥说："这么说来，你也死过一回？"

拐罗点头笑道："对对对，说起来，我也算是死过一回。都这么晚了，又碰得这么巧，不如到我家里喝点酒暖一下，住一晚了再回去。"

秧哥忽然神情低落，垂下头来。

"我还回得去吗？"秧哥幽幽地说道。

拐罗不以为然，拉着秧哥往他家的方向走。

"你走得来，就回得去！只是现在太晚了，喝了酒，明早我挑一担米送你回去！"拐罗说道。

"走得来，就回得去……"在去拐罗家的路上，秧哥反复地说这句话。

　　到了拐罗家，拐罗搬出泡了地虱子的谷酒，给秧哥倒了一盅，给自己倒了一盅。

　　那个时候，很多人把地虱子泡在酒里，尤其是身上有跌打损伤的人常喝这种酒，据说这种酒对跌打损伤和痨病有很好的治疗作用。

　　拐罗坐牢的时候落下了一身的伤病，常年泡这种酒喝。

　　但是也有人说这种酒其实对身体有百害而无一利。因为地虱子生长在非常潮湿肮脏的地方，阴气重，秽气重。

　　秧哥闻了一下面前的酒，顿时惶恐不安，面目狰狞。

　　拐罗嘲笑道："你不喝酒的吗？就算不喝酒的，也不至于怕酒怕成这样吧！"

　　秧哥眼睛都不敢直视酒盅。他抬起手挡住视线，说道："我以前喝酒的。我也不知道为什么，现在看到它就害怕。"

　　24.

　　人们将那些游灵叫作不干净的东西。可能人们信奉"以其人之道还治其人之身"的道理，人们相信不干净的东西也怕不干净的东西。用狗血、大粪之类的秽物驱赶不干净的东西这样的传闻并不少见。

　　拐罗说，当时他没有想那么多，后来想了想，才明白秧哥为什么害怕泡过地虱子的酒。

　　夭夭催促问道，他喝了吗？

　　拐罗说，秧哥本身是不喝的，但是经不住他再三地劝，秧哥闭上眼睛，像是喝中药一样抿了一口。

　　喝完一小口，秧哥立即倒在了地上打滚，捂住肚子喊疼。

　　拐罗见他这么痛苦，急忙出门去喊村里的赤脚医生。

等他喊了赤脚医生来，秧哥却不见了。

赤脚医生非常生气，认为拐罗喝多了酒产生了幻觉。

赤脚医生走后，拐罗怎么想都觉得不对劲。

他在地上到处寻找秧哥曾经来过的痕迹，却意外发现桌子下面有一只鞋。鞋子是新的，上面绣了花，还绣了鹤。鹤绣得活灵活现，扬着脖子，张着翅膀，仿佛就要飞起来了。

他捡起那只鞋，发现鞋子湿漉漉的，仿佛刚刚洗过。

他在房间里找了好几遍，没有找到与它相配的另一只鞋。他想了想，这一天除了秧哥之外再没人进来过，这鞋子应该是秧哥掉的。可是为什么他会带一只女人的鞋来？而且不是一双？

他越想越觉得怪异。于是，他找到他们那边常年守着一个土地庙的老人询问。那时候每个村都有一个土地庙，土地庙没有正常的庙那么大，或者说，土地庙特别小，通常只有半人高，面积不过卧牛之地。一般来说，小孩被吓到的话，村里如果没有其他懂阴阳的人，就会带到看守土地庙的人那里询问看看。

可是土地庙的老人什么都不知道，他要拐罗去土地庙放一挂鞭炮，让土地公公保佑他不受邪灵侵扰。

拐罗没去放鞭炮。他觉得老人是在敷衍他。

让他没想到的是，最后帮到他的竟然就是那位老人。

那位老人将拐罗的遭遇说给别人听了，听的人觉得离奇，又说给别人听。就这样，一传十，十传百，很快人尽皆知。

很快有人找到拐罗，告诉拐罗说，秧哥是某某地方的人，早已投水死了。由于秧哥经常作祟，被他的神婆嫂子骗到山上采花，后来他的神婆嫂子让他去修竹篮，他又被骗得不知道走去了哪里。

拐罗吓了一跳。

不等拐罗去验证真假，秧哥那边的育明找了过来，找到了拐罗家里。

育明说，他是听到拐罗遇到秧哥的传闻之后找来的。

好事不出门，坏事传千里。拐罗欠了秧哥几十斤米，没人关心。拐罗遇到过世的秧哥，人人好奇。让人们好奇的事情总是传播得非常迅速。

拐罗跟育明又说了一遍他遇到秧哥的过程。

育明告诉他说，秧哥确实早就投了水，因为在水库里作祟，被他的嫂子骗到山上采花，后来又被他的嫂子骗下了山，从此不知所踪，没想到跑到这里来了。

当育明说到神婆在山上碰到秧哥，跟秧哥说话的时候，拐罗激动地说："难怪他说他不记得堂客叫夭夭！"

育明说："这下可好，你让他想起了生前事。他肯定是回去了！"

育明的这句话吓了拐罗一跳。拐罗说给夭夭听的时候，夭夭也吓了一跳。

"这可怎么办？他已经回到山上了吗？还是到水库里去了？"夭夭问道。

拐罗摊手道："我哪里知道？我怕他回来了你们却不知道，所以要育明带我来告诉你们。"

育明安慰夭夭说："你别害怕。如果回来了，我们想办法对付他就是。"

夭夭想了想，说："昨晚我没有听到以前那种动静。莫非他还没有回来？"

育明怀疑道："不会吧？这中间差了一两天呢。怎么走，也该到了才是。"

拐罗连连点头。

育明又说："要是没回来，会不会是去了别的地方？"

夭夭问："他还要去哪里？"

那时候，村里只要来了一个陌生人，就会引起周围大部分人的注意。人们会猜测那个人是谁家的亲戚，或者跟谁家有什么关系。在那个大部分人生活在熟人周围的环境里，陌生人是特别显眼的。

拐罗跟着育明走上那条陡峭的石阶的时候，就有很多双眼睛落在拐罗的身上，随着他一路到了夭夭家。

那些闲来无事的人聊来聊去，居然没有一个人知道拐罗的来历。这让那些好奇的人们浮想联翩，更加心痒痒。在这些人的世界里，从来容不下他们不理解的事情。他们要想方设法知道真相，或者知道他们认为是真相的真相。

在夭夭和育明讨论秧哥到底去了哪里的时候，有两个熟人走到了门口，跟夭夭打招呼。

这个地方的人们闲来无事喜欢串门，坐在别人家里喝点茶，聊些柴米油盐，鸡毛蒜皮。这个习惯至今仍是这样。这有好处，邻里之间显得亲近。这也有不好的地方，谁家都藏不住任何秘密。

去别人家之前，不用提前约好，顺路一走，到谁家就在谁家坐一坐。哪怕是哪天要去比较远的地方走亲戚，路过某户人家，见家里有人，就可能落脚，歇一口气，喝一口茶。

那天夭夭不愿意让左邻右舍听到秧哥要回来的事情，但是不能把进了门的人赶走，只好笑脸相迎，搬来椅子，泡上茶。

"秧哥不来这里还能去哪里？你姐姐家呗！"闲人接了茶便说道。

这一句话点醒了夭夭。

育明连连点头，说道："肯定是去你姐姐家了！当初是你姐姐让他上山采映山红的！他要找你姐姐算账！"

25.

夭夭听育明说秧哥去了她的神婆姐姐家，不禁笑了。

育明问："你笑什么？"

夭夭说："你又不是不知道我姐姐是做什么的。秧哥怎么可能去找她？"

拐罗说："此一时彼一时。那时候秧哥不知道你姐姐骗了他，或许对你姐姐没有那么大的怨气。现在他知道是你姐姐使的法儿，肯定对你姐姐很大的怨气，找她报复也不是不可能。"

夭夭不以为然。

可是拐罗的话像是自己长了脚，很快就跑到了神婆的耳朵里。

传话的人要神婆这几天注意一点。

神婆破口大骂道："我注意什么？他敢来，我就一碗鸡血淋他头上！当初我是为了住在这里的所有人不受秧哥的恐吓，才把他引到山上去的。后来也是为了过路的人不害怕，才让他一直往外走的。我又不是为了自己，我怕什么！倒是你们这些人，巴不得我没落得一个好下场！"

这时候，旺哥从后面的厨房里走了出来，他捂着手指，说道："吵什么呢，害得我不小心切到了手指。"

神婆急忙将旺哥的手指放到嘴里用力吸，又扯了一条布缠了起来。

他说他那天从画眉村回来，天色已经暗了。他刚走到山前的大路上，就有人拦住了他。

拦住他的人打趣道："夭夭的男人回来了，你要小心点。"

他听出蹊跷，忙问缘由。

待人将前前后后发生的事情讲给他听之后，他也紧张起来。

他连家都没有回，先去了夭夭家。

到夭夭家门前的时候，他看到一双绣了花和鹤的鞋挂在外面。那是夭夭在水库边丢了一只的鞋。

拐罗将那只遗失的鞋还给夭夭了。

进了夭夭的家，他喊了好几声，夭夭没有回答他。

夭夭家隔壁的邻居听到喊声过来了，告诉他，夭夭在天还没暗之前就出去了，出去之前将孩子托付给了邻居，大概不会很快就回来。

他问邻居，夭夭说过要去哪里没有。

邻居摇头。

他回家吃了晚饭，又来夭夭家看了一回，夭夭还是没有回来。

邻居又过来了，说，夭夭出去的时候提了半袋米。

他不知夭夭提半袋米做什么，他放心不下，去了神婆家里。

他看到神婆的时候，神婆正蘸了鸡血在门口两边的墙壁上画弓箭模样的符。这种符一般只有刚刚办过丧事的人家才画，据说能起到保护宅舍、遣退神煞的作用。

他一看就知道，这符是用来对付秧哥的。

"忙着呢？"他对神婆打招呼道。

神婆回头看了他一眼，将符画完最后一笔，才回应道："可不吗？你是为了秧哥的事过来的吧？"

他点点头。

神婆端着一碗鸡血走到他面前，将碗往他手里塞。

"你也怕了？哎，刚杀的雄鸡，你拿回去，也在墙上画一对这样的符。"神婆说道。

神婆的手上都是血。

"我不要这个。"他说。

神婆哼了一声，说道："秧哥要是能回来，不光会找我，也会找你。"

他说："我不怕他。我不是来问你怎么对付秧哥的，我是来找夭夭的。"

神婆将碗放到了窗台上，说道："她没来我这里。"

他说："夭夭把孩子托付给隔壁了，都两个多钟头了，还没回来。"

神婆朝夭夭家的方向望了望，说："她去哪里了？"

他说："我要是知道，还来这里找她做什么？"

神婆问："你没问问她隔壁的？"

他说："隔壁的人说夭夭出去的时候提了半袋米。"

神婆脸色突然一变，说道："提了半袋米？那个傻妹子不会是找秧哥去了吧？"

经神婆这么一提醒，他觉得这个可能性非常大。拐罗说秧哥想起了生前事，可她和神婆都没有发觉秧哥回来，夭夭必定认为秧哥是在回来的路上被什么耽搁了。因此，夭夭很可能沿途去寻找秧哥。

但他不明白找秧哥和半袋米有什么联系。

26.

神婆拿了两个手电筒出来，给了他一个，说道："赶紧走！我们去找夭夭！"

他问神婆："你知道夭夭在哪里？"

神婆说："还用说吗？肯定是在我给秧哥指的那条路上。"

他又问："要不要把旺哥也叫上？"

神婆步履不停地说："他？他怕鬼！"

他只好跟了上去。

他跟着神婆走到了水库边，沿着一条小路上了山。手电筒的电池没有多少电，灯光微弱。夜里的山路看起来如同一条白色的布带，飘飘忽忽。好几次他差点摔倒，脚下要不是绊到了石头，就是踩空了。

神婆却走得稳稳当当，如履平地。

他一边奋力追赶，一边问道："你说夭夭找秧哥就找秧哥，干吗还要提一袋米？"

神婆说："这叫作问米。我们娘家经常用这种方法将阴间的人带到阳间来问一些话。比如问他在那边过得好不好，想要什么之类的。阴间的人如果过世太久了，即使知道回来的路，也没有办法回来。路上有诸多障碍。如果在路上撒了米，就可以驱逐其他的障碍，让阴间的人顺利回来。"

他问道："你的意思是，夭夭认为秧哥没有回来是因为路上有阻拦，所以她用米给秧哥开路去了？"

神婆说："是的。但是这个傻妹子以前从来没有接触过那些东西，不懂得其中的规矩。万一她问米问来的不是秧哥，而是其他不该问来的东西，那就糟糕了！"

"还有其他东西？"他一脚深一脚浅地问道。

神婆站住了，看了看四周的草木，又看了看前面的路，说道："这里藏着不知道多少东西，只是普通人看不见。"

他正伸出手要推开一根挡路的树枝，听神婆这么说，吓得赶紧收回了手，低头弯腰从树枝下面钻了过去。

明明神婆前面没有任何遮挡，她却绕了半个圈才继续往前走。

等他走到那个地方的时候，神婆突然提醒道："你别从那里直接过来。你绕一下，别踩着那个小老头了。"

他顿时毛骨悚然，急忙往后退了一步，然后绕了一个大圈，跑到神婆身边。

可是他什么都没有看见。

神婆领着他继续往前走。他们已经到了山顶，要开始走下坡路了。

他还频频回头看刚才绕过的地方。

神婆严厉地说："别看他！小心把他惹怒了！"

他不敢再回头看。

"你怎么知道那里有个小老头的？"他问道。

下坡路神婆反而走得慢一些了。一脚踩空的话，说不定整个人会翻滚到山下去。

神婆说："前年有个小孩子被吓到了，昏昏沉沉，无精打采。他家里人抱来找我。我怎么弄也弄不好。我就问小孩子白天的时候去过哪里。他家里人告诉我小孩子去过的地方。于是，我抱着小孩子重走了一遍他白天走过的路。走到刚才那个地方的时候，小孩子突然不哭了。一走开，小孩子又哇哇地哭。我就知道，那个地方有问题。于是我从那里一路撒米，撒到那小孩子的家门口。那小老头就跟着来小孩子家里，上了他家里一个大人的身，那大人的神态和说话的语气都变了。我一问，原来是小孩子白天经过那里的时候吐了一口痰。痰落在小老头的头上。所以小老头故意吓小孩子，吓得小孩子丢了魂儿。我代小孩子给他道了歉，又让小孩子家里人给他烧了纸。他才放过了小孩子。小孩子很快就好了，活蹦乱跳的。"

他听得后悔问了神婆这个问题。

神婆接着说："我后来问了，那小老头生前就小肚鸡肠，死后埋在那里，却被踏成了路。好多人上山挑柴的时候在那里摔过跤。"

"原来在山上摔跤还有可能是被其他的东西绊到了？"他问道。

神婆点头道："有的是，有的不是。"

他不由得更加担心夭夭遇到其他的东西。

"夭夭——"他大喊。

他希望夭夭早一点听到他的声音。

神婆却打了他一下，发火道："别乱喊！小心把她的魂儿喊回来了，人却还没回来！"

27.

"你好歹在画眉村跟着岳爹一段时间了，没吃过猪肉，也见过猪跑了。这点儿忌讳都不晓得？"神婆说道。

他说："岳爹说阴阳本有，禁忌全无。他不在乎这些。"

神婆嘟囔道："既有阴阳，就有禁忌。你可别跟着他学了，照这样下去，耗个三四年你都学不到什么。"

他没有心思跟神婆讨论阴阳，他只想快点找到夭夭。

就在这时，他脚下打了个滑，摔了个猪啃泥。他双手撑地想要站起来的时候，忽然心中大喜。

"找到了！找到了！"他欣喜地叫喊。

神婆问道："找到什么了？"

他顺手抓了一把松散的泥土，从里面挑出一些白色的颗粒，递到神婆眼前。

"找到米了！"他高兴地说道。

神婆立即用手电筒照着他的手。

"还真是！"神婆意外道。

"可能她在这里经过的时候，袋子被山上的刺给刮破了，米漏了她都不知道。"他说道。

正是这些米让他脚底打滑摔了跤。

有了米的指引，他和神婆走得更快也更明确了。他一边走一边想，是不是神婆说的那些其他的东西也会因此尾随夭夭？

几十年后坐在我面前的他说，有些事情不能想，一想就会发生。

我问，后来你发现确实有其他东西也跟随在夭夭后面吗？

他说，刚开始并没有发现。

那天晚上，他和神婆沿着漏了米的路飞快下了山，然后一直往东南方向走。他发现夭夭没有走好走的路，有时候走的是大路，有时候走的是小路，有时候走的是田埂，有时候走的是草丛。

他想象得到夭夭心急如焚地往拐罗那边奔走的样子。

他心中一热，他并没有因为夭夭对秧哥如此上心而不高兴。他反而觉得很感动。即使是故去的人，夭夭也没有不管不顾。

终于，他们在下山后五六里的地方看到了夭夭的身影，听到了夭夭的声音。

夭夭似乎已经在走回头路了，一边走一边喊："秧啊！回来哟！秧啊！跟我走！"

秧哥生前夭夭常叫他"秧啊"。这种称呼习惯是夭夭从娘家那边带来的。神婆有时候也叫旺哥"旺啊"。

他看到夭夭的身影的时候，想要喊她一声。但是想起神婆刚刚提醒过的话，他只好忍住不喊。

他加快脚步，想要迎过去，神婆却将他拉住。

神婆蹲了下来，示意他也蹲下来。

他蹲了下来。

神婆小声说道："夭夭这是在给秧哥叫魂。你先别过去。秧哥要是看到你来了，你想想他是什么感受？"

他想了想，觉得神婆说得有点儿道理。

"那你过去先看看？"他说。

神婆神秘兮兮地摆手，说道："我也不能过去。要是她把秧哥叫来了，我过去的话，会吓到秧哥。"

他说："秧哥怕你不成？"

神婆说："说不准。人怕鬼，有的鬼也怕人。我们先躲在这边，看看夭夭到底是怎么回事。要是她真的把秧哥叫来了，我们就让夭夭一个人把秧哥带回去。要是她没有把秧哥叫来，我们再出来，陪夭夭一起回去。"

只要夭夭安然无恙，他就放心了。他点点头。

于是，他和神婆躲在草丛后面往夭夭那边看。

他是头一回碰到叫魂这样的事，既好奇又紧张。

他看到夭夭走得很慢，一边走一边抓一把米撒出去，然后像是喊秧哥回来吃饭一样喊道："秧啊！回来哟！"

又像是秧哥眼睛看不见，她接着喊道："秧啊！跟我走！"

远处的山林里有一只猫头鹰，夭夭每喊一次，那猫头鹰就叫一回，仿佛它在代替秧哥回应。

旁边的神婆小声说道："夭夭小的时候被吓过，我妈给她叫过魂。看来她是学会了。"

可是他往夭夭身后看，却没有看到秧哥的影子。

他不由得怀疑起来，问神婆道："这样喊有用吗？"

神婆也往夭夭身后的路上看。

"说实话，我也不知道。"神婆说。

神婆话音刚落，他就看到夭夭身后十多米的地方有一个佝偻着的黑影！

"快看！"他扯了一下神婆，自己后背出了一层冷汗。风一吹，凉飕飕的！

那个黑影似乎怕夭夭发现，一直不远也不近地跟着，偶尔往树后或者草丛里躲一下。

他心想，秧哥应该是怕吓着夭夭，所以不让她看到。

看来秧哥尚有一丝善念留存。

28.

他说，那时候夭夭应该是不知道后面跟着一个人的。

夭夭还在一边撒米一边呼唤秧哥。

当夭夭走到一个小池塘边的时候，夭夭身后那个人影忽然脚步加快，迅速与夭夭接近。

还没等他和神婆反应过来是怎么回事，夭夭就听到了身后急促的脚步声。她惊恐地转过身，发出一声尖叫。

那人影往夭夭扑了过去，将夭夭扑倒在地。

夭夭发出"唔唔"的声音。

他能料想到，夭夭被捂住了嘴巴。

接着，他听到哗啦落水的声音。

神婆惊道："糟糕！秧哥要把她拖下水！"

他赶紧从草丛里跑了出来，往小池塘边奔去。

"救命啊！救命啊！"落水的夭夭大喊。

这个地方离有人家居住的地方太远，哪怕是白天在这里大喊，大概也不会有人能听到她的喊声。何况现在是晚上。

他汗毛倒立！他觉得那个人影应该不是秧哥的。既然秧哥记起了生前事，就不至于拖夭夭下水。

莫非这个小池塘里也有寻找替身的水鬼？莫非夭夭真的招来了其他不干净的东西？

他不知道自己是不是那个东西的对手。

他跑到了池塘边，看到了在水中扑腾挣扎的夭夭，也看到了那个拼命将夭夭的头往水里按的东西。

那东西浑身漆黑，脸丑如猴子。

传言说，水鬼也叫水猴子，落水的人在冰冷入骨的水中待久了，就会生出长长的毛，变得像猴子一般。水猴子在水中力大如牛，上了岸则手无缚鸡之力。

夭夭奋力扑腾，溅起无数水花，水花落在她的头上，将她的头发打湿。打湿的头发黏在额头和眼前，让她看不清。即使他来到了岸边，夭夭也没有看到他，只是一味地扑腾和撕心裂肺地呼喊。

他顾不得水猴子的力量到底有多大，立即跃身而起，跳进了小池塘里。

水猴子一心对付夭夭，根本没有注意到他。

他只会狗刨，但是水性还算可以。那时候的水塘或水库都非常干净，每到炎热夏天，很多小孩会去水塘或者水库游泳。不像现在，凡是有水的地方基本都被污染了。家里大人也不放心小孩在野外水域游泳，游泳大多要在分好了水道的游泳池里。游泳的姿势也有标准，蝶泳蛙泳等，几乎不见狗刨。

那时候除了育明这样少数从城里来的会蝶泳蛙泳，其他人都是狗刨式。

他用狗刨式靠近那水猴子，然后一拳打在水猴子的脑袋上。

水猴子一下被打得有点懵，夭夭趁机摆脱了水猴子，一手拽住了池塘边的草。

夭夭回头一看，又惊又喜又怕地说："你……你怎么来了！"

他正要回答。那水猴子反身抓住了他的脖子，掐得他说不出话。

他急忙奋力划水，同时一脚往水猴子踢去。

水里的阻力太大了，他踢到了水猴子，可是踢到的时候脚软绵绵的，没有什么力气。

好歹水猴子因此松了一下手。

他立即对着夭夭大喊："快上去！"

夭夭抓着草喊道："那你怎么办？"

水猴子又迅速掐住了他的脖子，让他说不出话。

他想再踹水猴子一脚，但是水猴子学乖了，轻易躲开了他的脚，然后更加靠近他，将他往水下摁。

后来几十年里，夭夭经常来他家里坐，他经常想象着那晚要是他和夭夭都被溺死，是不是两人也会在水里相对而坐。

那晚要不是神婆从岸上扔了一块石头下来，要不是石头打在了水猴子的头上，他和夭夭很可能都没有机会爬上岸。

他对神婆有怨气，但那晚之后，他不知道自己该如何面对神婆。

神婆扔了石头之后，伸手要将夭夭拉上去。

夭夭却朝着他游过来，双手抓住水猴子的肩膀往后拽。

夭夭一边拽一边喊："要走一起走！要死一起死！"

其实这个时候他已经感觉到水猴子没了力气。水猴子抬起一只手护住被石头砸到的地方，另一只手也渐渐松开。

此时神婆在岸上破口大骂，怎么难听怎么骂。

他猜到神婆不敢跳下来，于是凭着"鬼怕恶人"的信念，用污言恶语吓唬水猴子，也算是尽了一份心尽了一份力。

29.

关于"鬼怕恶人"这种说法，我很长一段时间里不太理解。鬼都是已死之人，怎么会怕凶恶的人呢？

　　小的时候，我曾问过爷爷很多次，爷爷都只是笑笑。

　　后来我长大了，偶然一次我又在爷爷面前随口一问。爷爷终于回答了困扰我多年的这个问题。

　　爷爷说，很久以前，有个叫艾子的人。有一次，他出游时走到了一座寺庙旁边，这寺庙很矮小但是看起来很庄严。寺庙的前面有一条比较宽的水沟，来往的人颇为不便。艾子看到有一个人走到了水沟边，徘徊了一会儿，回头看了看寺庙，发现寺庙里有一个大王的雕像，于是拿了庙中大王的雕像横放在水沟上，踩着木头雕像过去了。艾子大吃一惊。不一会儿，又有一个人走到了这里，看到大王的雕像架在水沟上，叹息说："神像竟然受到像这样的亵渎侮辱！"于是，那个人将雕像扶起，用衣服擦拭雕像，然后捧着雕像放回寺庙的神座上，再三拜祭之后才离去。艾子刚要走，此时听到寺庙中有声音说："鬼王您待在这里许多年，一直以来享受乡民的供奉和祭拜，如同神明。今天却被愚昧无知的人侮辱了，为什么不施加灾祸给他来责罚他呢？"接着，艾子听到鬼王说："既然这样，那么灾祸应该施加给后面来的那个人。"先前的声音问："前面来的那个人用脚踩了大王，侮辱了大王，却不把灾祸施加给他；后面来的那个人将大王扶起来送回庙里，对大王恭恭敬敬，反而施加灾祸给他。这是为什么呢？"鬼王说："前面那个人已经不信鬼神了，我又怎么能加给他灾祸呢！"艾子听了，感慨万千，心中叹道："鬼真的是怕恶人啊！"

　　我听了之后，也为那后面来的人抱不平。

　　爷爷又说，人不也是这样吗？往往能伤害到你的人，都是你关心在乎的人。你不在意的人，一般来说很难伤害到你。鬼神和人其实没有太大的区别。

　　也有人问过神婆，为什么鬼怕恶人。神婆说，自古以来都是这样说。

神婆不知道"鬼怕恶人"的缘由,但这并不妨碍她信奉这件事情。

那天晚上,神婆在岸上骂得喉咙里几乎吐出血沫子。

在水猴子突然丧失力气,从水里漂起来的时候,神婆一度以为是她的污言恶语起了作用。

夭夭拽着水猴子没有松手。

那一刻,他感动得几乎哭出来。

他看着夭夭拼命救他的样子,感觉这么多日子以来吃的苦得到了回馈。这也是后来几十年的时间里,他处处维护夭夭的原因之一。

后来他要买那块岳爹说过不适合建房的地方做宅基地,有人说过那个地方住人的话比较凶险,他就想到那天晚上夭夭在水里拼命的样子。

"哪怕是水鬼,我都不怕。还怕住在凶险的地方?"他对人这么说。

但是他在我面前说出了真心话。

"你爷爷跟我说过鬼怕恶人的意思。我不怕它,它就拿我没办法。"他说。

"阴阳本有,禁忌全无。"他又立即补充说。

30.

夭夭拽着水猴子的时候,看到他在水里发呆,忍不住嚎叫道:"你是不是吓傻了?快点上来呀!"

他并不是吓傻了,他只是看呆了。夭夭误以为他是被吓到了,这让他难以接受。

"我没有！"他大喊道。

为了证明他的胆量，他决定把水猴子拖到岸上去。

他抓住了水猴子的脚，将水猴子往水边拖。

岸上的神婆吓得两腿哆嗦，冲着他喊道："你拖着它做什么！"

他说，那天晚上他要不是受了夭夭的刺激，最后把水猴子拖上了岸，估计神婆会恨他一辈子。

我问他，为什么神婆会因为这个恨你？

他说，等我把水猴子拖上了岸，我们才发现这个水猴子并不是水鬼，而是夭夭的姐夫、神婆的丈夫。

他将水猴子头上的头套扯了下来，才发现被拖上来的是旺哥。

"怎么是你？"他惊讶地问道。

旺哥已经不省人事，眼睛紧闭，面色苍白，嘴巴一张，吐出一条刁子鱼。刁子鱼还是活的，蹦跳了几下，居然跳回水里游走了。

神婆见是旺哥，立即扑了下来，用力地摇晃旺哥，喊道："你这个天杀的！你这个天杀的！"

夭夭哆哆嗦嗦地看着旺哥，除了冷以外，似乎没有什么感觉。

他看了看夭夭，觉得夭夭表现得有些奇怪。

夭夭冷冷地看着躺在地上的旺哥，问道："你是怕我把秧哥喊回来吗？"

旺哥软绵绵地躺着，仿佛一条不小心跃出水面落在了岸上的鱼。他应该是听到了夭夭的话，他一张嘴，没说出话，却又吐了一摊水。

旺哥要说的话仿佛都溶在了水里，被岸上的泥土听了去。

"你是怕秧哥报复你吗？"夭夭又问。

神婆停止了摇晃旺哥，侧头瞪了夭夭一眼，愤愤道："夭夭，你说什么疯话？"

夭夭一把抓住了神婆的衣领，大吼道："那姐夫为什么想淹死我？"

神婆将夭夭的手扯开，说道："我怎么知道？说不定你姐夫中了你丈夫的邪，才要把你也拖下水！"

夭夭嘴角一弯，冷笑地看着她的神婆姐姐。

那一刻，他以为夭夭也中了邪。

那天晚上，是他背着水淋淋的旺哥回的家。夭夭跟在他后面，默不作声。神婆一路上叨叨不停地说："你这个天杀的！你这个天杀的！"

回到村口后，夭夭突然说了一句："你送他吧。我先回去了。"

神婆不满道："你姐夫都这样了，你还回去？"

夭夭没有搭理神婆，自己往石阶上去了。

他不能走，走了就没人背旺哥。他只好将旺哥送到家。

扶着旺哥躺下之后，他忍不住问神婆："旺哥是真的中邪了吗？"

神婆说："肯定是的。他最近常常生病，早有预兆。我应该猜到的。"

神婆要给旺哥换衣服擦洗，他便先回去了。

走到了家门口，他又放心不下夭夭，于是去了夭夭家门前。

正要敲门，他听到里面有水哗啦啦的声音，应该是夭夭洗澡。

他抬脚要走，却听到夭夭在里面说："门没闩。"

他的心一颤。

里面的水声停止了。

"那个……"他想了又想，不知道该说什么。

里面没有回应，夭夭在等他往下说。

"那个……你别着凉了。"他说。

"知道了。"夭夭在里面说。接着，水又哗啦啦地响了起来。

他突然说："秧哥不会是旺哥推到水库里去的吧？"

里面的水声又停了。

他听到夭夭在小声地抽泣。

他着急了，推了一下门，门吱呀一声开了一条缝。他急忙缩回了手，不敢再推。

夭夭的声音在里面响起："你有证据吗？"

他说："我哪有证据？我就是这么猜想的。秧哥那么自私的人，家里藏着金条，怎么会投水？旺哥把你推到水里去，是怕你真的把秧哥叫回来吧？"

夭夭说："我姐说旺哥是中了邪。"

他埋怨自己道："可惜我不会这门艺。不然我可以看出来旺哥到底是不是中了邪。"

夭夭说："看得出来又怎样？"

"看得出来的话，他就是做贼心虚！他就是推秧哥到水库里的凶手！"他激动地说道。

"证据呢？"夭夭问。

他叹了一口气。

这时候，一只肥胖的猫从门缝里钻了出来，"喵呜"地叫了一声。

他不敢进入的地方，这只猫进出自如。

31.

那只胖猫在他脚边停下。

他蹲下，将那胖猫抱了起来。他在胖猫的身上闻到了淡淡的洗澡水的香味。那是肥皂被水洗过之后的气味。

那时候人们洗澡都用硬肥皂。为了节省，有时候要用缝纫线将肥皂割成小块慢慢用。

他捧着猫，贪婪地闻了又闻。

"今晚很谢谢你。"里面的夭夭又说道，"谢谢你这么晚了还去找我。要不是你，明天大家都会说，我是去叫秧哥的时候被秧哥拖下水做了替身。"

他放开了猫。猫落地无声，顺着墙角往外走了。

夭夭说得对。要是他和神婆没有去找她，她就被旺哥摁在那个小池塘里了。不用说，人人都会认为夭夭是在问米的时候被秧哥拖下水的。

"我明天找旺哥问个清楚。"他愤愤道。

"算了吧。他会说是他想杀了我吗？"夭夭说道。

他犹豫了。他犹豫的不是明天要不要去询问旺哥，而是对于旺哥要迫害夭夭这件事。

"我觉得……旺哥不至于要杀了你吧……"他说道。

夭夭叹道："或许对于你们这些从小在这里长大的人来说，旺哥不可能做这样的事情。但是对于现在的我来说，他可以非常残忍。"

"他应该……不是这样的人。"他说道。

里面又响起哗哗的水声。

他不知道自己该走还是继续站在这里。

就在他要走的时候，夭夭又说道："如果是别人家里不安宁，你也会去画眉村学艺吗？"

他脸上一阵热，像是烤火时靠炭火太近。

他轻咳了一声，说："那个……当然……不会。"

夭夭说："是吧？每个人都不只是一个人，对不同的人，他就是不同的人。"

"什么意思？"他没太听懂。

后来他才知道夭夭的意思。

夭夭叹气道："你背旺哥走了一路，背上也湿透了。快回去洗一下，换上干净衣服。"

他将推开了一条缝的门合上，回头往自己家走。

走到半途，他忽然听到有人喊他。

他扭头一看，石阶旁边的一棵石榴树后面站了一个人。

他走近去，才看出那人是育明。

"你怎么大半夜的跑这里来了？"他问。

育明左看右看，似乎怕被别人发现。

"你从夭夭家过来的？"育明问道。

他愣了一下，随即说："是。"

育明问："夭夭没事吧？"

他说："没事。"

育明将他拉到石榴树下，高兴道："没事就好。"

他见育明似乎知道今晚会发生一些事情，便问道："今晚的事情，你是怎么知道的？"

育明不住在这里，能知道这里的一举一动，这让他非常惊讶。

育明又左看右看，然后凑到他的耳边，小声说道："五满告诉我说，今晚秧哥会回来。我在这里等他呢。"

他后背冒起一阵冷汗，往四下里看了看。

育明说："这里不方便说话，到你家里去说。"

他便领着育明下了石阶，走到了他家门前。

这时候已是半夜三更。月亮却愈发地亮了，不说近处，连远处的一景一物都能看得清清楚楚。

他的父母早已睡下。家门紧闭。

他先从外面打开了自己睡房的窗户，然后从屋檐下拿了一根晾衣的长竹竿，从窗户里伸进去。

他的睡房有两扇门，一扇门通往堂屋，另一扇门通往另一边。本来挨着他的睡房还有一户人家，住的是他伯伯一家。在他的父亲和伯伯分家之前，这扇门就存在。

那时候一户人家的兄弟姐妹多。姐妹嫁出去，不用分房屋。兄弟各自成家，就要将原来的房子划分出来，这就叫分家。因此，那时候好几户人家住在同一片屋檐下的情况是非常常见的。

后来他伯伯拆了这边的房子，在别处另建了新房子。于是，他睡房的另一扇门暴露在外。

有时候回来得晚，又不愿意吵醒父母，他就用晾衣竹竿将那扇不常开的门戳开。

开了门，他领着育明进了房间。他给育明倒了一杯冷茶，然后问道："五满说今晚秧哥会回来？"

育明可能在那石榴树下等了许久没有喝茶，将一杯冷茶一饮而尽。

他又给育明倒了一杯。

育明说："是的。所以我在太阳下山之前就来这里等着了。"

他不太相信。夭夭用问米的方法出去找秧哥都没找到，秧哥怎么会自己回到这里来呢？

32.

"怎么可能？"他摇头说。

育明又一口将冷茶喝了一半，然后瞪着他问道："你不信？"

他摇头说道："当然不信。"

育明猛地拍了一下身边的桌子，桌子上的茶杯震得跳了一下，茶杯里的水波纹荡漾。

"不信就好！我还以为你会相信呢！"育明激动地说道。

他不明白育明为什么这么激动。

"五满说的就是假的。包括他之前说在水库遇到秧哥，都是假的！"育明说道。

他一惊。这倒是他没有想到的。

育明继续说道："五满说遇到秧哥，都是做给夭夭的姐姐和旺哥看的。"

育明的这番话他反而不太相信了。要是五满没在水库遇到秧哥，那后面所有的事情都不成立了。要是没有五满那件事情，神婆不会将秧哥骗到山上去采映山红，秧哥不去采映山红，别人就不会碰到秧哥，那样的话，神婆就不会叫秧哥去找人修没有底的竹篮。秧哥要是没有听神婆的话，拐罗就不会遇到秧哥，更不可能带秧哥回家喝酒。拐罗没有遇见秧哥，秧哥就不会记起生前事，不会想要回来。没有发生的这一切前提，夭夭就不会去问米寻找秧哥的游魂。那么他今天晚上就不会跟着神婆去找夭夭，也不会发生后面发生的所有事情。

"五满没有碰到秧哥？"要不是现在已经是半夜，他恨不能立刻拉着育明去找五满说个清楚。

育明见他着急，反而懒洋洋地往椅背上一靠，颇有兴致地看着他。

育明越不着急，他就越着急。

"你倒是说清楚啊！这是怎么回事？我明天会找五满的，你要是骗我，我跟你没完！"他有点儿生气了。

育明这才重新坐直了身子，一本正经地说道："这是我和五满商量好了演给旺哥看的。"

"演给旺哥看？你们干吗演给他看？"他问道。

"其实今晚发生的事情，也让你对旺哥产生了一点点怀疑。不是吗？"育明反问道。

育明说得对。当发现要把夭夭拖下水的不是水猴子而是旺哥的时候，他已经开始怀疑旺哥了。虽然神婆说那是旺哥中了邪，但是他很难相信。

"是的。旺哥把夭夭拖下水，这个你也知道？"他问道。

育明说："何止知道。我是看着他戴了头套跟在夭夭后面的。当时要是你没有下水去救夭夭，我就会出来救她。"

"当时你也在？"他惊讶道。

"嗯。我跟着旺哥好久了。我知道，他迟早要发作的。"育明说得旺哥好像生了一种随时会发作，但是不知道什么时候会发作的病。

"你……怀疑……"他的话还没有说完，育明就点头。

"是的。秧哥是旺哥推下水的。"育明说道。

这句话吓了他一跳。

"五满确实晚上经过了水库，但不是我去找你和岳爹的那次。五满看到旺哥背着喝醉了的秧哥到了水库边上，但是没有其他人看到。五满将这件事藏在心里好久了，但是老藏着会藏出病来。五满怕他说出来没人会相信，所以他找到我，要我帮他。"育明说道。

"所以……五满故意说在水库边上看到了秧哥，还差点被秧哥拖下水？"他惊问道。

育明又小嘬了一口冷茶，仿佛喝的不是茶，而是酒。

"这是我出的主意。说实话，五满考虑得很对。我没有亲眼看见秧哥是怎么投水的，我都不可能五满说什么我就信什么。他要是在外面乱说，别人也不会相信，反而可能激怒旺哥。所以，我要他配合演了这出戏给旺哥看。我也要看看旺哥的反应，才能确定五满说的话不是信口胡诌。后来旺哥的种种反应让我相信，五满的确没有骗我。我相信夭夭的姐姐其实也知道事情的真相，她知道旺哥是最怕秧哥回来的人，所以先是假装作法，烧了一个没有底的竹篮子，说是让秧哥到山上采映山红去了，并且怎么采都采不满那个竹篮子。她这么做，是为了安抚旺哥。"育明说道。

他立即质疑道："可是后面不是有人看到秧哥在山上采花吗？要是没有这回事，别人怎么会看到秧哥？"

育明笑了笑，说道："那是我让人故意这么说的，为的是传给旺哥听。"

"是你让人这么传的？"他没想太明白。

"夭夭的姐姐之所以这么做，是为了让旺哥安心。如果让那神婆得逞，秧哥的事情就这样不明不白地过去了。我之前让五满造成的假象，也就起不了什么作用了。"

他想了想，育明说得有道理。如果旺哥相信秧哥上山采映山红去了，那这件事情就算过去了。

"可是……那座山上确实没有映山红。"他还是不太相信。

育明站了起来，自己去拿了茶壶，给茶杯添满。

育明一边倒茶一边说："这件事可真是苦了五满。他连着好几个夜晚没有睡好觉。我让他连夜去把那座山上的映山红采光了。"

"这么说来，那个神婆没能让秧哥采花，却让五满去采了。"他皱眉道。

育明倒好茶，拿着茶杯回到座位上，点头说道："嗯。所以说，神婆的方法没有折磨到秧哥，可是折磨到了五满。我想，那个神婆发现那座山上真的没有映山红的时候，也吓了一跳，没想到自己作法真的有效果吧？"

33.

他不得不承认，育明让五满采完一座山上的所有映山红这一招太高明了。住在这一片的所有人几乎都相信了神婆将秧哥骗到山上采映山红这件事。他不知道神婆得知那座山上没有映山红的时候是什么心情，但他知道，旺哥已经坐不住了。

他问育明："那天你去画眉村请岳爹，岳爹也没有看出来吗？"

育明说："岳爹一去就看明白了，但是可能他知道事出有因，没有说出来。那天岳爹不想去水库边上，不想答应夭夭要见秧哥的要求。就是因为他知道，秧哥是不可能在水库里出现的。"

他回想岳爹带他们去水库之前的情形，是育明问岳爹要不要准备纸钱，岳爹说："那就备一些吧。"是育明问岳爹要不要做个招魂幡，岳爹回答说："那就做一个吧。"那时候他就在想，岳爹怎么什么都听育明的安排？

现在他终于明白了，原来岳爹已经发现了端倪。

"可是那天晚上秧哥不是在水库里出现了吗？"他问道。

育明说："那是五满。五满的水性很好。因为怕被认出来，所以那次他在水下没有出来。"

"是五满？"

"嗯。你忘了吗？那天晚上夭夭的姐姐想破坏我的计划，抢了纸钱在手里。我去点燃纸钱的时候，她在袖子里藏了水袋，用水袋里流出的水将纸钱打湿了。她想造成秧哥不想出来的假象。亏得那天岳爹在这里，岳爹大概知道了其中的猫腻，所以笃定地说秧哥会出来。那个神婆怕丢失自己在这块地方的威信，换了干燥的纸钱让我点，纸钱这才点燃。"

他这才知道，那天晚上在水库边发生的事情并不是他看到的那么简单。

育明摇了摇手中的茶杯，让茶杯中的茶水像漩涡一样转动起来。这个漩涡由他一手造成，尽在他的掌握之中。

"那么，拐罗遇见秧哥又是怎么回事？拐罗也是按照你安排的吗？"他问道。

他停止摇晃茶杯，说道："当然。夭夭的姐姐为了安抚旺哥，编造了她让秧哥去修竹篮的谎言。这次她学聪明了，她不再说秧哥去了哪里，免得有人说在哪里碰到了秧哥。她想再次破坏我的计划。话说回来，她应该不知道这都是我制造出来的假象。我自然不能让她得逞。于是我找到了拐罗，其实拐罗早就找到过秧哥，还了米钱。我让拐罗说他在那次粜米之后没再找到秧哥。拐罗以前犯过事，后来一直没有机会弥补，总想着做些好事。我跟他说，如果能让秧哥的真相露出水面，让害死秧哥的人得到惩罚，也算是做了一件功德无量的好事。他就答应了。"

"所以从头到尾，是你在和夭夭的神婆姐姐较量？"他吁了一口气。

育明笑道："没想到吧？"

"还有一件事情我没想明白。"他说道。

"什么事情？"育明问道。

他走到床边，从床头下面的枕头里抠出一条黄灿灿的东西。

"这个金条。"他掂了掂金条，"五满说秧哥告诉他家里的夹壁里有金条。这是怎么回事？"

育明瞥了金条一眼，说道："夭夭没有嫁过来之前，秧哥跟五满的关系很好，经常一起喝酒。有一次秧哥喝得有点多，跟五满说了夹壁里藏了金条的事。"

"所以你和五满借着这个事让旺哥相信五满确实在水库碰到秧哥了？"他问道。

育明点头。

"我们也想借着这件事让夭夭醒悟过来，秧哥是不会自己投水的。从夭夭后面对她姐姐和旺哥的态度来看，这件事让她对旺哥和她姐姐产生了怀疑。"育明说道。

"今晚，旺哥果然对夭夭下手了。"育明又说。

"可是，旺哥为什么要把秧哥推下水库？"他问道。

育明将茶杯放到一旁，说道："这也是我想弄明白的地方。"

众所周知，因为夭夭和神婆的关系，旺哥和秧哥一直处得不错——至少在外人看来是这样。没人见过旺哥和秧哥发生过什么矛盾，甚至没有吵过一嘴。

34.

"会不会是五满跟你开了个玩笑？他说他看到旺哥把秧哥推到水库里去这些话是假的？或者……他看错人了？"他想不出旺哥谋害秧哥的理由，只好从头怀疑五满。

育明说："那旺哥为什么会反常？为什么今晚要将夭夭拖下水？"

"也对。"他已经没了主意。

他突然又想起一件事。

"在五满说他遇到秧哥之前，夭夭说家里有动静，她感觉是秧哥。后来我家楼板上也有响动。那天晚上我不在，是我妈遇到了。你说，如果这一切都是假的，那这两件事怎么解释？"

育明一愣，问道："你家楼板上有什么响动？"

他便将他妈妈那天晚上听到秧哥声音的前后经过说给育明听了。

育明惊讶得站了起来。

"难道秧哥的魂儿真的还在这里？"育明有些紧张地说。

他一听，顿时头皮发麻。

育明又说："夭夭家里有动静，其实是五满弄的鬼。但是你家里出现秧哥，我们确实不知道。"

"夭夭那边是五满弄的动静？"

育明说："五满以前不是跟秧哥玩得好吗？从小就玩得好。五满说秧哥小时候经常带着他从秧哥家后面阁楼的门爬进去，然后从阁楼的小窗户那里钻到睡房的楼板上，再从楼板上面的空门走到堂屋的大梁上面，然后套上麻绳，顺着墙溜下来。"

他回想了一下秧哥家的格局。秧哥家后面确实有个小阁楼，常年放着给牛过冬吃的半黄半青的稻草。但是他从来没有上去过，不知道从那里可以偷偷钻到正屋里去。

不过这对他来说也不算太意外。他刚才就是用晾衣竹竿开的门。

那时候的人很节俭，有的锁少了钥匙，不够全家每人一把，又舍不得花钱换新锁，就只好想一个只有自家人知道的独特的开门方法。

有的人家徒四壁，夜里打开门睡觉也不怕被偷。

育明解释说："秧哥刚被发现掉入水库的时候，五满就想提醒夭夭秧哥死得不正常，可是想不出什么好办法，就假装秧哥闹鬼。他跟我说，他以为夭夭会叫神婆来看，顺带吓一吓旺哥。可是最后他没闹出什么名堂。所以他来找我想办法。这才有了他在水库遇到秧哥的事情。"

"原来是这样。那天晚上到我家楼板上来的，不会也是他吧？"他心存侥幸地问道。

育明摇摇头，说："肯定不是。不然他会告诉我的。"

"那是怎么回事呢？"他按住太阳穴，脑袋里一阵阵地疼。育明告诉他的这些事情让他的脑袋一下子消化不了。尤其这件育明都不知道的事情让他很费脑筋。

他和育明都没有说话，两个人都拧着眉头。

他觉得一时半会儿想不明白楼板上的事情，便将话题转回秧哥身上。他问育明道："那你下一步准备做什么？"

育明说："我之所以来找你，把这些事情说给你听，就是为了接下来计划做的事情。我希望你能帮我们。"

他说："只要是我能做到的，我都可以做。"

育明说："你明天去旺哥家里一趟，跟他说一些话。"

"说什么话？"他问道。

育明说："你就问问他，能不能给你包一些腊肉饺子。"

"腊肉饺子？腊肉还能做饺子？"他迷惑道。

这个地方的人一年到头很少吃饺子，即使做一回，也是用猪肉做馅儿，没见人用过腊肉馅儿。

育明摆手说："你别管能不能，你就这么问，问他一句之后，转头就走。要是他拦住你问，你就假装没有问过这句话，什么都不记得。"

"为什么要假装不记得？"

"你就当是中了邪吧。问了之后，你就回来。他要是不让你走，你也不要担心。我会在附近接应你。"

他问道："育明，你到底想做什么？"

育明卖关子道："你很快就会知道了。我和五满计划了这么久，旺哥已经从不信邪变成信了，就差你这一把火了。"

35.

第二天中午吃饭的时候，他往自己的饭碗里夹了一些菜，从自己家走了出来，一边吃一边往神婆家走。

那时候只要不是正式场合，很多人吃饭时不在饭桌旁边吃。有的人坐在门口吃，有的人走到外面吃，还有的人端着饭碗到别人家看看有什么好吃的菜没有。也有相互交好的人家，在吃饭的时候盛一碗菜或者汤送到另一户人家去，让别人家也尝一尝。

那时候大部分人穷，生活拮据，自己一旦有了好吃的，时常会惦记别人吃不吃得到。

现在人们生活相对富足，过得也比较讲究了，吃饭的时候不再随便串门，觉得那样不够体面，连坐在门口吃饭的习惯也渐渐消失。有的老人还改不了老毛病，吃饭的时候坐到了门口边上，年轻的晚辈便会说老人往年留下的习惯不好。

不过确实有一些狡猾的人吃饭的时候端着一碗米饭出去，挨家挨户串门说话，顺便夹一筷子菜，下一口饭。等碗里的饭吃完，差不多串了十几户人家，吃了十几样菜。

他说，他以前吃饭的时候从不串门的，但是为了完成育明交给他的任务，他只好端着碗走了好长的石阶，抵达神婆的家。

神婆和旺哥也正在吃饭。孩子在学校食堂吃午饭，中午是不回来的。

神婆和旺哥见他端着碗进了门，有点儿惊讶。因为他们俩知道他是不怎么在吃饭的时候串门的。

旺哥立即起身迎他，笑道："来，吃点儿菜啊！"

神婆也微笑示意。

他想起育明昨晚说的那些话，再看旺哥时心里一阵发慌。这可是杀过人的人啊！

旺哥的脑袋上缠了白色的纱布。

他知道，那应该是他父亲给旺哥包扎的。

他不想吃神婆家的菜。以前他听人说，神婆家里的米和菜跟别人家的不一样，她种菜的时候会往菜里加一种药，煮饭之前会用一种特殊的水淘米。这样炒出来的菜和煮出来的饭只能他们自家人吃，别人吃了会生病拉肚子好几天。

他不知道神婆家的饭菜是不是真的这么做的。很多人这么说，就有很多人这么认为。

"我这里有菜呢。"他用筷子指着碗里的菜说。

神婆放下碗，一手拿着筷子，一手拖开一把椅子，说："坐。"

旺哥又说："昨晚多亏了你，不然我就犯大错了！"

他看了看旺哥的脸，忽然觉得人的脸好可怕。

他一刻也不想在这里多待。

于是，他用筷子敲了一下碗。

这里的人们是很忌讳吃饭的时候敲碗的。要是小孩子敲了碗，大多会招来大人的一顿打。在这里，人们认为只有叫花子要饭的时候才敲碗。

神婆和旺哥见他敲碗，都愣了一下。

接着，他以不同于往日的平淡口气说道："菜我不吃，你能不能给我包一些腊肉饺子吃？"

刚才还一脸讨好的旺哥立即神色大变，眼睛里满是恐惧！

神婆的手一颤，手里的筷子掉了一根，还有一根在她迅速回过神来之后抓住了。

他怕露馅，说完立刻转身往外走。

他刚跨出门槛，神婆就追了上来，拦住了他。

"你……你为什么要吃腊肉饺子？"神婆问道。

他努力克制内心的情绪，假装茫然说道："什么腊肉饺子？"

神婆迷惑问道："你刚才说的啊？"

旺哥也走了过来，整个人如虚脱了一般，颤声道："你从哪里听来的？"

他说："我刚才说什么了？"

旺哥扶着门框，似乎不会放他走。

旺哥瞥了一眼神婆，说道："我和她都听到了。"

"腊肉还能包饺子？我听都没听说过，怎么会说这样的话？"
他假装不可理喻。

旺哥和神婆相互看了一眼。

"见鬼了！我怎么端着碗跑到你们家来了？"他低头看了看手
里已经凉了的碗。

36.

他说，他到了神婆家里才发现他拿的那只碗是破碗，不过是补
好了的破碗。碗口有一道裂缝延伸到了碗底，又回到另一边的碗口
上来。两边裂开的碗口上都打了铜钉，铜钉像个爪子，将已经破裂
的碗生生拽在一起。

那时候人们什么东西都补，衣服破了补，锅漏了补，鞋底坏了
补，碗破了也能补。

那时候曾有一个匠人挑着担子到村里镇上行走，号称什么都能
补。天底下没有他补不了的东西。

就连耳朵都能补。

以前村里有个养牛的老头睡觉的时候被老鼠咬掉了一只耳朵，
那老头白天喝多了酒，竟然没有感觉到疼。后来老头拦住挑着担子
的匠人，问他："你不是说天底下没有你不能补的东西吗？你看我
这耳朵能不能补？"那匠人居然给老头补了一个耳朵。

那耳朵好是好，跟老头原来的耳朵几乎一模一样，但是老头说，到了夜里，那只耳朵总听见以前听不到的很多奇奇怪怪的声音。

有人问老头："都是些什么声音？"

老头说："吵得厉害，好像很多人在吵吵，什么声音都有。有男人打牌的声音，有女人抽泣的声音，有小孩追来追去打闹的声音，还有风呼呼吹的声音，有远处鸟叫的声音，有水流哗啦啦的声音，也有火车哐当哐当开过的声音，汽车经过时突突的声音。好像在一个特别热闹人多车密的地方。"

听的人便笑那老头："您这是享福啊！晚上住到大上海去了！"

老头说："享什么福？感觉楼板上和地底下都有声音，吵得我睡不着。"

有人说："这么繁华的地方哪有什么楼板？您应该是住在大楼里，那都是楼上楼下传来的声音。您这楼附近怕是有火车也有汽车经过。"

老头说："怕不是大上海，里面还有个女的声音特别大，比其他声音都要大一些，好像就在门外喊一样。"

又有人问："那女的喊的什么话？"

老头便学了一句。

有人一下就听出来了，说："果然不是大上海！这是成都话。"

老头赶紧问道："我天天晚上听到她这么说，但是不知道她说这句话是什么意思。你快告诉我，她这说的是什么意思？"

那人说："快点开门。"

老头问："快点开门的意思？"

那人说："是啊。"

老头问："要我开门做什么？"

那人说："那谁知道？等那个给你补耳朵的匠人来了，你问问他是怎么回事。他可能知道。"

可是那个以前隔三岔五就从人家门前吆喝过去的匠人自此之后再也没有出现过。

两年之后，那老头去世了。

老头去世前突然大喊一句："别吵了，我这就给你开门！"

围在老头身边的亲人们吓了一跳。

接着，亲人们看到老头脸上浮现微笑，眼睛里一片柔情。从来没有人看到老头有过这样的神情。

"你可来了，我们一起走吧。"老头喜滋滋地说了这么一句，就闭上了眼睛，断了气。

他说，他发现手里的碗是补过的破碗之后，立即想起这个补耳朵的老头来。

他有一种感觉，这个补过的碗跟那老头补过的耳朵一样，是带着邪气的。

他恍惚觉得，刚才他对神婆和旺哥说的那些话，并不是他自己要这么说的，而是另外一个人说的。

他说，在那一刻，他的嘴里忽然泛出一种腊肉饺子残留的味道，有腊肉那种熏味儿，也有饺子皮尚未煮透的半生不熟的味儿。

这里有句人人都听说过的口头禅——腊肉腊肉，见火就熟。

腊肉在柴火的浓烟下熏过两三个月才能成。因此，腊肉本来就接近熟了。如果腊肉做饺子馅儿，确实容易饺子皮还没熟，腊肉就烂熟了。

他心想，这或许就是没人用腊肉做饺子馅的原因？可是育明为什么要我这么问呢？神婆和旺哥为什么又这么害怕？

他的脑子里一片混乱。

情急之下，他居然将那补过的碗扔了出去。

碗落在屋檐下的排水沟里。

排水沟是排成一排的大石头做成的。石头不规则，大的半个脸盆大，小的茶杯那么小。只有石头才能经得住常年四季的屋檐水敲打。虽然有"水滴石穿"这样的说法，但短暂一生的人们大多看不到完整的过程。

碗碰到石头的瞬间再次破裂，成为碎片，和饭菜混在了一起。

神婆见他把碗扔了，更是一惊。

"你把好好一只碗扔了干什么？"神婆问道。

"有邪气！"他说。

这句话是他发自肺腑的真心话。

但是这句话让神婆更加相信他刚才中了邪。

37.

旺哥听他说"有邪气"，急忙趴到排水沟那里，像狗一样对着那堆饭菜嗅。

神婆骂道："你傻啊？邪气是你闻得到的吗？"

旺哥尴尬地爬了起来。

他要走，神婆拉住了他。

"你昨晚是不是碰到什么了？"神婆问道。

他不知道该怎么回答神婆。他想了想，昨晚一直跟在神婆身边，并没有碰到神婆不知道的东西。育明没有告诉他说完话之后怎么办。一时之间，他愣在原地。

"好像没有。"他犹豫了一会儿，然后说道。

神婆喃喃道："也对。你自己怎么知道自己中没中邪呢！"

他感觉到，此时无论他说什么，都像是刻意说的，而神婆都会认为他说的都是真的。

旺哥惊慌地看着他，小声地对神婆说："不会是他来了吧？"

神婆神色凝重。

他心想，旺哥说的他到底是谁？

不过不管旺哥说的那个他到底是谁，那个他一定是让旺哥和神婆恐惧的人。不，那个他一定不是人，人是不会让另外一个人中邪的。除非那个他跟秧哥一样是已经往生的人。

可是除了秧哥，还有什么人会让旺哥和神婆如此慌张呢？昨晚绕过那个看不见的小老头的时候，神婆都没有一丝慌张。

他怎么想也想不明白。

"你说……是不是他？"旺哥抓住神婆的胳膊，紧张地问道。

神婆没有回答旺哥，她眼睛死死地看着他，看得他不知道怎么办才好。

突然，神婆嘴里冒出一句叽里咕噜的话来。

他没听明白。

神婆又说了一遍："黎点来佐咧？"

这次他听清楚神婆说的什么了，可是他听不懂神婆说的是什么意思。

神婆问："你听不懂？"

这次他倒是听懂了。他点点头。

就连旺哥都没有听明白神婆之前说的那句话。

旺哥问道："你刚才说的什么？咒语吗？"

神婆心烦意乱道："你少说两句行不行？"

他在心里默念神婆刚说过的话，念了一遍又一遍，生怕忘记了。

神婆叹了一口气，对他说："你要是最近感觉身体不舒服，记得来找我。"

他说："我没有不舒服。"说完，他又在心里默念那句话。

神婆挤出一丝笑意，说："你看，你的饭都撒了，就留在这里吃吧？"

他知道，神婆并不欢迎他在这里吃饭，说这话不过是客套。

他也不想留在这里吃饭。这种诡异的氛围让他心神不宁。

"不了。下次吧。"他鬼使神差说了"下次吧"这几个字。他自己都没弄明白为什么要说"下次吧"。他明明是不想在神婆家吃饭的。

他说，他感觉中了神婆的套。神婆说他中了邪，他就隐隐约约有了中邪的样子。仿佛中不中邪不在于他遇到了什么，而在于神婆怎么说。

回家之后他想了想，神婆应该是真的有让人觉得自己中了邪的能力的。神婆说她让秧哥上山采映山红之后，很多人都认为秧哥到山上去了。神婆说她让秧哥修篮子去了之后，很多人都认为秧哥真的离开了这里。

他在家里休息了两天，然后又去了画眉村。

让他意外的是，岳爹见到他后的第一句话是"你怎么丢了魂儿一样"。

当时岳爹正在屋后的菜园里浇水。瓜架下新种了几个黄瓜秧儿，岳爹拿着一个葫芦瓢一个坑一个坑地浇水。

他心中暗惊。这都被岳爹看出来了？

从神婆家里回来之后，他确实一直不太舒服，说不清楚的不舒服。

"夭夭她姐说我中了邪。"他说道。

没有育明的允许，他不敢将事情缘由说给别人听。那几天里，育明因为株洲的亲戚办寿宴去了株洲，计划的事情只能暂搁。

岳爹一只手从葫芦瓢里抓了抓水,然后大拇指扣住食指,食指往他的脑门一弹。食指没有碰到他的额头,但是手上的水洒在了他的额头上。

他感觉脑门上一阵沁凉。

那阵凉意从他的脑门直透到心里。

"好了吧?"岳爹温和地笑了笑,信心十足地问道。

他感觉身体上的不适快速消失了,浑身充满了劲儿。他甚至想去搬一块磨石泄泄身上多余的劲儿。

"好了!"他惊喜地说道。

岳爹又继续给瓜架下的秧苗浇水。

他模仿着神婆的口气,将那句咒语一般的话说了一遍。

岳爹问道:"你刚才说的什么?"

他问道:"我想问问您,这句话是什么意思?是咒语吗?"

岳爹摇头说:"没听说过。"

38.

后来他又问过几个人,并且叫被问的人不要说出去。可是被问的几个人都说从未听到过这样的咒语。

几天之后,育明从株洲回来了。

他找到育明,将他去神婆家的事情说给育明听了。

育明听到他说出神婆那句咒语一般的话时,大吃一惊。

他见育明神色一变,知道育明听出这句话的意思了,急忙问:"这句话说的是什么?"

育明沉默了一会儿,说道:"这是粤语。"

他一愣。他没想到这个看起来土生土长的神婆居然会说粤语。

"她说的是，你怎么来了？"育明说道。

他感觉背后一阵阴风吹来，吹得他透心凉。

显然，神婆这句话问的不是他。

"所以说，她知道我假装想要吃腊肉饺子的人是谁？"他问育明。

育明捏着下巴想了想，说道："她和旺哥为什么会害怕这个想要吃腊肉饺子的人呢？"

他问道："你那天为什么要我问神婆能不能包一些腊肉饺子？"

育明说："其实我让你去说那句话，是因为我以前打听到，秧哥在水库里被发现之前的三四天，神婆去一户人家借了半条腊肉。"

"借腊肉？那不是很常见吗？再说了，借了腊肉，你怎么就知道她是要做腊肉饺子？"他问道。

那年头借什么的都有。米没有了，找人家借米，等秋收了再还。家里来客人了，碗不够了，找人家借碗，用完洗干净再还。有时候还需要借椅子。家里的孩子馋了，想吃豆子了，家里没有，便有找人借半升豆子的时候，来年地里种的豆子熟了，还半升多一些。

这都是很常见的。

育明说："借腊肉的人跟我说，神婆来借腊肉的时候手里提着一袋子饺子皮，是刚从外面买了饺子皮回来。平常吃饺子的人就很少，买了饺子皮的话，一般来说必定顺便再买一点儿新鲜猪肉。可是神婆手里只提了饺子皮，没有提新鲜猪肉。"

在这个地方，饺子从来不会用青菜做馅儿。

育明继续说道："可是第二天，神婆就把半条腊肉还回来了。腊肉已经洗过了，但没有下刀。"

"她准备用腊肉的，可是由于什么原因没用上腊肉？"他猜想道。

育明点头道："嗯。但是我不知道是什么原因让她没有做成腊肉饺子。有人发现秧哥在水库里漂起来的时候，那应该是秧哥出事之后三四天的事情了。也就是说，秧哥出事那天应该就是神婆去借腊肉的那天。我后来对了五满看见秧哥落水的日子和借腊肉的人记得的日子，果然是同一天。"

"难道神婆本来给秧哥做腊肉饺子吃的？"他问道。

育明摇摇头，说道："五满看到秧哥落水的时候是晚上。如果腊肉饺子是做给秧哥吃的，那么晚上应该已经吃上了，怎么会第二天把腊肉还回去？何况秧哥又没有吃腊肉饺子的喜好。"

他有点糊涂了，挠头问道："那是怎么回事？"

育明想了想，说道："那天神婆家里应该还有一个人。那个人不但喜好吃腊肉饺子，还会说粤语。"

他更不明白了。

"还有一个人？难道……秧哥不是旺哥推下水库的？是另一个人？"他毛骨悚然。

如果是这样，那么此前育明就冤枉神婆和旺哥了。

他想起神婆说那句"你怎么来了"时的眼神。

"把秧哥推下水库的……或许就不是人……"他说出的话把他自己吓了一跳。

育明听了，也变得慌乱起来。原本以为尽在掌握之中的事情，显然现在已经超出了他的意料。

"能吓到旺哥的是秧哥。能吓到神婆的，应该是比秧哥还要邪的东西吧？"他小声地自言自语道。

育明抬起手揉了揉眼皮，略显疲态。

"肯定是比秧哥还要邪的东西。但是，那是什么呢？"育明说道。

39.

他说，他和育明想了许久，没能想明白那个比秧哥还要邪的东西到底是什么。

至于接下来该做什么，他和育明没了主意。

等他准备走的时候，育明突然说："或许夭夭那里能问点儿什么出来。"

他犹豫了。他本来就不想把夭夭牵扯进来。现在突然多了一个比秧哥还要邪的东西，他更不想让夭夭以身犯险。

其实更重要的是，他不想让夭夭知道秧哥投水的真相。他不知道夭夭知道真相后承不承受得住。

但是他后来问了夭夭一句话。

"你姐姐会说粤语吗？"他问夭夭。

夭夭正在菜园里摘辣椒。

"应该会一些。怎么啦？"夭夭警觉地看了他一眼，停止了摘辣椒。

他故作轻松地说："没怎么。就是偶然一次她跟我说了一句话，我没听懂，但是听起来很像广东话。"

夭夭低头去看辣椒树上的一根红得像火的辣椒，说道："她怎么说的？"

她没有摘那个已经成熟的辣椒。

他走过去，帮她摘了下来，放在她的菜篮子里。

"应该是骂我的话吧？她好像很不喜欢我跟你走得近。我猜她是想骂我，又怕我听懂，所以换了我听不懂的话来骂。"他说道。

他并不是不想跟夭夭说那句话，而是担心夭夭去问她的神婆姐姐。这样的话，神婆就知道他没有中邪了。打草惊蛇之后，她必定从此提高警觉，那么秧哥的事情就没办法弄清楚了。

"这样啊。"夭夭笑了一下，开始寻找红了的辣椒。

他看得出来，夭夭不愿意谈她的姐姐会说粤语这件事。

难道夭夭也知道比秧哥还要邪的东西？他忍不住这样想。

这个想法让他感到不安。

如果夭夭也知道那个东西存在的话，她为什么要帮神婆保守这个秘密？那么，那个让她们害怕的存在曾经到底是个什么样的人？

他越想，问题就越多。

会不会夭夭其实知道秧哥是怎么死的？但是她为了保守那个更邪恶的存在的秘密而不能说出来？

他越想越怕。

事情肯定没有那么简单。他能确定的只有这一点。

摘完辣椒，走出菜园的时候，夭夭突然扯了一下他的袖子。

走在前面的他回过头来。

"我姐会粤语这件事，你不要让村里其他人知道。好吗？"夭夭用近乎央求的口气说道。

他愣住了。

他不知道怎么回答夭夭。

"好不好？求求你。"夭夭的语气更加卑微。

他无法拒绝。

"从现在开始，我不再跟其他人提这件事。"他说道。

"谢谢你。"夭夭长吁一口气，如释重负。

"嘁，这有什么好谢的。"他说道。

离菜园不远的地方有口水井。夭夭提着装了辣椒的篮子到井边，打了水上来洗辣椒。

那时候住在山这边的所有人都要来这个水井挑水。挑水的人要起早，早的话，水井里的水几乎在井口，将水桶往水里一丢，斜着一拉，桶里的水就满了。来得晚的话，水就浅了许多，挑水的人得匍匐在井边上，将桶丢下去之后来回地扯，然后拉着绳子吊上来，费力气得多。

人离不开水。

那时候的早晨，女人们在水塘边洗衣捶衣，水花四溅。男人们去水井打水挑水，水洒一路。人们相互打招呼，鸡鸣狗吠，鹅飞鸟鸣。

而今每家每户都有了水井，有的甚至用上了自来水。女人们不去水塘边洗衣了，男人们也不用去水井边挑水了。只有鸡起得早，咯咯咯地侵扰懒睡人的美梦。

当年养活数百人的水井，被人遗忘。那水井似乎能感应到人们的心思，它也懒了，水不再涨，唯有周边的野草疯长，将井口覆盖。要不是本地人，都不知道那里曾有过一口井。

夭夭一边洗辣椒一边说："你在画眉村学了这么久了，知道什么东西最邪吗？"

他立即想起那个让神婆都害怕的东西来。常言道"言者无心，听者有意"。此时他却感觉到"言者有心，听者也有意"。

"不知道。"他说道。

"最邪的莫过于女人和小孩。"夭夭说道。

这种说法让他无法理解。

"为什么这么说？"他问道。

井水很凉，夭夭洗辣椒的手冻得像红玛瑙一样，几乎要透明了。

"因为越弱的越容易受欺负。怨气也就越重。"夭夭说道。

40.

天天见他不太相信，又说道："你想一想，戏里唱的，故事里讲的，电视里放的，都是女鬼或者化生子才让人害怕。如果是个男的冤魂，再怎么厉害，也好像没有那么吓人。"

这里的人把小鬼叫作化生子，被认为是大不吉。化生二字来源于佛典中的"凡化生者，不缺诸根支分，死亦不留其遗形，即所谓顿生而顿灭"。

他想了想，好像确实是这么回事。

"你怎么突然跟我说这个？"他问道。

天天说："我看到这口水井，想到娘家那边以前有位姑娘投了水井。"

他心想，这口水井不是经常看到吗？怎么突然这时候想到了娘家的事情？

天天说："娘家那边的水井比这个水井要小一些，井口要高很多。之所以井口加高了很多，是因为据说很久以前有人失足落入水井，夜夜在井里哭。后来有人说，落井的人虽然捞上来了，但是可能还有东西在井里。于是，周边的人们决定淘井。"

那时候的水井每隔几年或者水质出现了问题人们就会淘一次。淘井的方式是将井里的水全部取出，直至见底。这不是一件容易的事情，因为井底有不断出水的源泉。

天天说："但凡是从这口井里挑水的人都来了，他们挑了一整天，终于将井里的水挑干了。"

"发现什么了吗？"他问道。

天天说："他们发现了一个瓷娃娃。"

"瓷娃娃？"他一想到瓷娃娃的样子就觉得诡异。

天天捏了一个拳头，说道："是的，大概我的拳头这么大。是个女瓷娃娃。但是掉入水井的人是个男人。有人说，那个男人掉入水井身亡，很可能是这个女瓷娃娃的邪气带来了厄运。"

"后来呢？"他的兴趣渐渐被勾起来了。

"后来啊，这个女瓷娃娃交给了其中一个挑水的人，要那个人把瓷娃娃砸掉。那个人拿了之后没有砸。他偷偷留了下来。"

"为什么不砸掉？"他问道。

夭夭说："他拿回去后的那天晚上，有一位姑娘来找他，说是有东西落在这里。他跟那姑娘说，我知道这东西是做什么的。那姑娘顿时害怕得很。他要求那姑娘委身于他，不然就会砸掉瓷娃娃。姑娘害怕他砸掉瓷娃娃，于是答应了他。"

他问道："那个瓷娃娃是做什么的？"

夭夭没有直接回答他，却说："我不是跟你说过吗？越弱的越容易受欺负，怨气也就越重。瓷娃娃很容易破裂，所以邪气得很。那个人正是看到了瓷娃娃的这个弱点，故意等着那姑娘来的。"

他在脑海里搜索夭夭讲的故事里每一个细节。神婆害怕的是瓷娃娃吗？还是那个留着瓷娃娃的人？还是寻找瓷娃娃的那位姑娘？

他几乎可以确定，夭夭的故事应该跟神婆害怕的东西有联系。

夭夭不会平白无故讲这么一个故事的。他是这么认为的。

夭夭说："因为害怕他砸掉瓷娃娃，她天天晚上都要来找那个人。几个月后，那个人瘦得跟猴子似的，只剩皮包骨了。有人想到是那个瓷娃娃作祟，便问他处理掉瓷娃娃没有。他说没有，然后把遇到的事情说了出来。别人劝他尽快砸掉瓷娃娃。他不听。渐渐地，挑水的时候，他只能挑小半桶了。后来他在一次挑水的时候终于承受不起水桶的重量，掉到水井里去了。瓷娃娃从他身上滑落，落水之前碰到了井口的石头，裂了一条缝。"

他赶紧问道："摔坏了？"

夭夭说："没有。瓷娃娃又掉进了水井里。附近的人们又淘了一次井，把瓷娃娃捡了上来。这回人们拿着瓷娃娃到处寻找那位姑娘。没过几天，人们在水井里发现了一位姑娘。她害怕被人们找到，自己来这里投井了。"

41.

"那位姑娘为什么要投井？那个瓷娃娃到底是做什么的？"他问道。

能让一个人害怕到宁可死也不说出秘密的东西，必定不是普普通通的东西。

可是夭夭没有给他答案。

"那个男人和姑娘死后，谁也不知道那个瓷娃娃到底是怎么回事。因为那姑娘投井自尽了，人们只好不再追究。"夭夭说道。

"那个瓷娃娃最后被砸了吗？"他追问道。

他心想，也许砸掉之后可能发现什么不为人知的秘密。

夭夭说："奇怪的是，后来谁也不知道那个瓷娃娃去了哪里。到底是丢在了什么地方，还是被什么人拿走了，谁也不清楚。那个瓷娃娃就这样不见了。因为已经死了两个人，没有人再敢去问去追究。有人认为瓷娃娃可能又掉进水井里了，这次没有人去淘井，反而捡了好多石头来，扔进了井里，将那口井填平了，再也不担心别的人或者什么东西掉下去。"

"后来呢？"他问道。

夭夭说："还有什么后来？"

他说："什么事儿都有后来吧？后来那口井没有出过其他的事

儿了吗？"

天天摇头说："没有了。"

随即天天突然想起了什么似的，点头说道："对了，填了井的那个地方被用来做宅基地，建了一栋房子。"

他惊讶地问道："这样的地方还有人敢建房子？不怕吗？"

辣椒洗得差不多了，天天提着篮子站了起来。水从篮子下面漏下来，仿佛下雨。

天天说："听说有人就是要用这样的地方建房子。尤其是身上邪气重的，据说能以邪治邪。"

"还有这个说法？"他想起他的母亲那天晚上听到的声音。

要是我把房子建在这种地方，是不是那种邪祟就不敢来打扰了？他心想。

他说，他后来想买下岳爹说过三岔口那里不适合建房子的那块地，就是因为天天"以邪治邪"的那句话。

我问他，天天给你说这样一件往事就是为了告诉你这个吗？

他说，他当时感觉到天天突然说起的往事并不只是随便说说。

他问天天："你给我说水井的故事，是不是想提醒我什么？"

天天抬起手来，在他的脸上摸了一下。

天天的手仿佛是冰做的，凉得他心疼。

"脸上有片辣椒叶子。"天天笑道。她的指尖上果然有一片辣椒叶子。

"你还没有回答我。"他说道。

天天提着篮子往家走，脚步越来越快。

他去画眉村的时候问岳爹听没听说过瓷娃娃的故事。

岳爹说没有。

他又问："那您知道瓷娃娃一般是用来做什么的吗？"

岳爹说："用处可多了。唯一的缺点就是碰不得。"

他问："为什么碰不得？"

岳爹说："这还用问？太脆了，容易碎，划伤手。"

他感觉到岳爹话里有话，跟夭夭说的故事一样。

他又去问育明。

育明茫然道："她这是要提醒你什么呢？"

他们两人琢磨了大半天，没有琢磨出什么来。

他说："来你这里之前，我去找过岳爹。我觉得岳爹好像明白了一些，但是他说得含含糊糊。"

育明说："我之前去找过他，希望他帮我们拆穿神婆。"

他没想到育明早就找过岳爹了。

"他没答应？"他问道。

育明说："他没说行不行，而是也给我讲了一个故事。"

他感到奇怪。这些人怎么都喜欢讲故事？

"讲的什么故事？"他问道。

"一个土地神的故事。"育明说道。

"土地神？"他丈二和尚摸不着头脑。

42.

育明说，他去画眉村找岳爹的时候，是神婆在水库边烧掉一个没有底的竹篮子之后不久。

育明知道神婆这么做是为了安抚旺哥。

因此，他希望岳爹出面告诉大家——烧掉竹篮子对秧哥起不了任何作用。

只有这样，他才能让旺哥在恐惧中露出马脚。

育明到画眉村后没有找到岳爹。有人告诉育明说，岳爹在老河边放牛。育明去了老河边，老河里流水潺潺，一条老水牛在河边吃草。那个时节老河里的水不深，岳爹坐在原来被水淹没、现在露出水面并且郁郁葱葱的草地上，正在抽自己卷起来的土烟。

站在高处的育明看到离那条老水牛不算太远的水田边有一座极小的庙，那是那时候村村都有的土地庙。

育明走了过去，请岳爹帮忙。

岳爹听他说完，笑了笑，说："这旁边有个土地庙，我给你讲一个土地神的故事吧。"

育明问："讲故事？"

岳爹点头，说道："你别看这个土地庙现在没人来拜，在很久以前，这个土地庙是很灵的，比其他地方的土地庙都要灵。"

育明伸长了脖子去看刚才看到的那个土地庙。因为草地的地势低于河岸，此时他看不到那座土地庙了。

岳爹说："因为灵验，很多不是这里的人也来这里拜。后来有一次，有个在洞庭湖打鱼的人来了这里，说某个日子是捕鱼的好时节，他要去湖上捕鱼，因为老伴去世，没人划船，他不能一边划船一边撒网，所以祈求那天可以刮大风，这样他只要扬起帆就能独自打鱼。到了那个日子，果然狂风大作。没过几天，一个洞庭湖边种果树的人来了，跪在土地庙前痛哭流涕，说是前几天正是果子成熟的时候，大风一刮，树上的果子都落了，全摔坏了。一年的汗水付之东流。那人还说，前些日子来求风的人跟他结过怨，求风的人并没有出去打鱼。求风的人听说这里的土地神灵验，所以特地来求风，为的就是毁坏他的果园。此事过去不久，又有一个人来这里求雨，说他那个地方好久没有下雨了，地里的庄稼都要死了。那人回去之后，果然连着下了好几天的雨。几天之后，一个运盐为生的人来到土地庙前痛哭，说他见天气久旱，准备运几车盐到外地去，路上突遭大雨，损失惨重。后来他打听到原来有人知道他有运盐的打算，提前来这里求雨。从此之后，这个土地庙慢慢地变得不那么灵了，最后一点儿也不灵了。"

育明听明白了，岳爹不清楚他们到底要做什么，无法辨别谁是谁非，所以不能随意插手。

岳爹又说："我父亲一直不让我学这些东西。我问他为什么不让我学。他说，学不会就算了，学会了的话，你这辈子就要学会冷淡点。我问他，为什么要学会冷淡点？他说，只有冷淡点了，才不会随意插手别人的因果。因为你插手了，只知道帮了这个人，却不知道害了哪个人。"

育明离开老河的时候又看到了那座土地庙。育明心想，是不是岳爹早就料到我会来，所以在这里等？又或者是，岳爹猜到事情没有想象的那么简单，才不愿插手？

他问道，难道那时候岳爹就知道还有比秧哥更邪的东西存在？

育明摇摇头。他不知道岳爹那时候是看不清真相，还是已经看清了真相。

最后，他们决定去夭夭的娘家试试运气，打听那个瓷娃娃的秘密。

育明和他都觉得，知道了瓷娃娃的秘密，或许就能知道神婆的秘密。

夭夭的娘家离这里非常远。那时候除了育明这种下放的人，其他人一般来说不会嫁到很远的地方。首先，那时候交通不便，一个人很难有机会长期接触另一个住得很远的人。其次，住得近一些才能在农忙季节互相帮忙。

夭夭每次回娘家要在天还没亮的清晨就出发，走到天开始黑才能到。

那时候交通不便，去市里坐公交花的时间跟走路去差不多。夭夭只有端午节清明节以及正月里的某一天回一趟娘家。

自从夭夭嫁过来之后，神婆从不回娘家。人家问神婆想不想娘家的人，她只说一个字："远。"

43.

他说他第一次去夭夭的娘家是坐育明的拖拉机去的。到了目的地，他浑身骨头疼得厉害，像是被谁狠狠打了一顿一样。因为拖拉机本身就很颠簸，而进夭夭娘家的那条路坎坷得很。他坐在拖拉机的车厢里，颠得像是炒豆子。

他和育明没有直接去找夭夭家，而是顺路打听瓷娃娃的传说。

这里有"十里不同音"的说法。隔一座山，山这边和山那边的口音就略有不同。夭夭的娘家这边虽然口音不同，但他和育明好歹还能听懂，只是稍稍费劲。

这边的人听说他们要打听瓷娃娃的故事，都显得很惊讶。

但是他听到的故事跟夭夭说的几乎没有什么差别。

等人把故事讲完了，他问道："为什么那位姑娘那么害怕？"

讲故事的人却说："这你都不知道吗？只有做那种事情的人会用到瓷娃娃。"

"什么事？"育明迫不及待地问。

讲故事的人却讳莫如深，不肯多说。

他们两人问了好几个人，被问的人都只是笑，不作回答。

只有一位老者大声说了一句："这个邪气得很！"

至于为什么邪气得很，那位老者也不肯多言。

他悄悄跟育明说："难道神婆怕的是瓷娃娃？"

育明蹙眉道："很有可能。但是她为什么要跟你说那句广东话？"

他本来觉得自己已经接近答案了，可是听育明这么问，又觉得自己离答案更远了。

他们找了一户人家借宿，打算第二天再回去。

他们不是没有想过去夭夭家问一问，但是育明担心夭夭家的人走漏消息，没有去打扰夭夭家的人。

他们原本是放弃了的。但是在借宿的人家吃完晚饭后，一个本地的中年男子找了过来，主动问他们为什么打听瓷娃娃的故事。

他说，来找他们的那个中年男子脸上有点儿书生气，衣服也穿得整洁，但是双手粗糙。

那中年男子自称柳尧。

育明说："我们就是好奇。"

柳尧却问道："你们是不是桃桃婆家那边的人？"

育明摸着后脑勺问道："桃桃是谁？"

柳尧说："她还有一个妹妹，叫夭夭，都嫁到一个地方去了。"

育明这才知道他说的是神婆。神婆身边的人们早已忘记神婆原来叫什么名字了。

育明非常惊讶地问他："你怎么看出来的？"

柳尧说："我是听出来的。夭夭偶尔回这里，讲起婆家事情的时候，会说几句你们那边的话。桃桃好多年没有回来过了，她在那边过得好吗？"

育明一愣，尴尬地点头说："还行。还行。"

柳尧叹了一声，说道："那就是不怎么好吧。"

育明看出来这个柳尧对神婆很关心，试探地问道："请问你是桃桃的什么人？"

柳尧微笑摆手道："不是她的什么人。小时候要得好。"

育明半开玩笑半认真地说道："我们那边说要得好，就不是一般的好。"

柳尧笑道："要不是她家里不同意，我和她差点走到一起。"

育明见柳尧也是半开玩笑半认真的样子，不知道他是认真的，还是打趣。

育明顺着他说道："那是有点儿可惜。冒昧问一下，她家里为什么不同意？"

柳尧说："她在广东待了几年，做小生意赚了些钱。要是跟了我，她家里就少了赚钱的来源。她家里还有个弟弟要上学，父母都懒，只能靠她维持。"

他说，这是他和育明第一回听到别人讲神婆过去的事情。

育明说："跟了你还不是可以做小生意？难不成她赚的钱不能给娘家人用？"

柳尧又叹了一声，连连摇头，然后说道："她是靠一个瓷娃娃赚钱的。"

他和育明听到柳尧说出"瓷娃娃"三个字，既惊喜，又迷惑。

惊喜的是他们感觉到终于要听到瓷娃娃的秘密了。迷惑的是神婆如何靠一个瓷娃娃赚钱？

接下来柳尧说的话让他们更加迷惑。

柳尧说："那个瓷娃娃她给我看过，只有半个拳头大。有鼻子有眼睛，外面用襁褓一样的红布裹着。我不知道她是从哪里弄到的。她给那个瓷娃娃买了摇篮，买了衣服，还买了牛奶和玩具。她说，如果她跟了我，是不能生孩子的。因为那个瓷娃娃嫉妒心非常强，不会让别人抢走属于它的爱。"

他和育明听得毛骨悚然。

44.

按照柳尧的说法，那个瓷娃娃不仅给年轻时候的神婆桃桃带来了财运，还让她变得光彩照人。

桃桃在去广东之前，其实长得普普通通。而夭夭从小就比桃桃好看。

桃桃第一次从广东回来过年，左邻右舍发现桃桃换了一个人似的，眼睛愈发亮，脸愈发白，身材愈发好。走过的地方能闻到香气。

柳尧见了她都不敢叫她。

她回来的时候提着一袋子的糖，见人就发。

那时候糖还是稀奇物，只有逢年过节才吃得到。

就连她的亲娘都在门槛上站了半天，看了又看，不相信回来的是桃桃。

很多人来桃桃家看她，听她说夹杂粤语口音的话，羡慕得不得了。

柳尧说，在此之前，他以为自己跟桃桃的距离很近，但是那次再见到她，突然发现他们之间的距离好远，像井里的青蛙跟月亮一样远。

但是很快，人们对桃桃的态度发生了转变。

桃桃再给人们发糖果的时候，人们都偷偷揣进兜里，不再直接打开放到嘴里。等桃桃不在的时候，他们把糖果都扔掉。

桃桃不知道人们背后的行为。但是柳尧都看到了。

柳尧问那些人为什么扔掉糖果。

有人告诉他说，桃桃给的糖果吃不得。吃了会拉肚子。

柳尧去了桃桃家，可是桃桃的父母看他的目光已经跟以前不一样了。他知道，桃桃的父母认为现在他已经配不上桃桃了。桃桃的父母说桃桃不在家，将他赶了出去。

到了晚上，桃桃偷偷来找他。

他问桃桃怎么发生了这么大的变化。

桃桃便拿出了一个瓷娃娃，并且告诉他，因为这个瓷娃娃，她可能没办法跟他在一起了。

她告诉柳尧，如果她不好好伺候这个瓷娃娃，她的生意就会变差，她就赚不到钱给家里，那么天天和她的弟弟就没钱上学。

柳尧说，他看到桃桃拿出瓷娃娃的时候，脸上既温顺又恐惧。他看在眼里，疼在心里。

柳尧说，以前桃桃每次偷偷来他这里，都会跟他亲热。可是那次桃桃没有留下，她说出苦衷之后就匆匆离去。

育明问道："可是神……桃桃跟她男人好像没有什么问题，跟平常人一样。"

柳尧说："那是后来了。后来她摆脱了瓷娃娃，容貌恢复了以前的样子，并且身无分文。她不敢留在熟悉的地方，这才远嫁。并且……"说到这里，柳尧停住了。

"并且怎么了？"育明催促问道。

"并且不敢回娘家来，怕瓷娃娃又缠上她。"柳尧说道。

育明惊讶道："原来这就是她从不回娘家的原因？"

柳尧想了想，说道："应该是这样的。"

育明问道："那她为什么要把妹妹也拉到我们那边去呢？"

他当时心里一惊！莫非天天也养过这种瓷娃娃？

柳尧说："或许是桃桃怕太寂寞，让妹妹在那边做伴吧。"

"桃桃是怎么摆脱瓷娃娃的？"育明问道。

柳尧挠了挠头，为难地说道："这个我不是很清楚。但是我知道，曾经瓷娃娃给予她的一切，它都要夺回去，不仅这样，它还要更多。连本带利。"

他想到夭夭说的瓷娃娃故事里的那位姑娘。他心想，或许那位姑娘是怕那男人摔坏瓷娃娃，不得已委身于他。

柳尧看了看他和育明，担忧地问道："不会是桃桃出了什么事，你们来这里打听这件事吧？她出了什么事？你们能告诉我吗？"

育明安慰道："没有出什么事。以前听夭夭说过瓷娃娃的故事，刚好路过这里，出于好奇，随便问问。"

柳尧似乎略微放心。

"桃桃以前太不容易了，现在难得过上安稳的生活。如果她在那边有什么难处，麻烦你们这些乡亲多多关照。"柳尧姿态卑微地说道。

他听了心里不是滋味。

他没想到神婆以前有过这样的事情，更没想到这边还有一个如此关切牵挂她的人。哪怕她已经跟他没有了任何关系。

临走之前，柳尧又跟他们借宿的那户人家的人说了一番话。说话的时候，柳尧似乎有意避开他们。

柳尧走后，借宿的那户人家的人对他们俩有点儿敬而远之的意思。

45.

等到他和育明准备洗脸睡觉的时候，户主都只是远远地指了指一口有木盖的水缸，示意他们自己去取水。

他们两人取了水，马马虎虎地洗了脸洗了脚，然后去睡觉。

他们一人睡一头。

育明翻来覆去，垫被下面铺了很多稻草。由于这张床长期没有人睡，底下的稻草开始发霉了，有一股淡淡的腐烂气味。

"哎，你说柳尧为什么要来跟我们说这些？"育明问道。

他想了想，说："他知道我们要问什么，所以来跟我们说明白啊。有什么不对吗？"

育明说："我觉得他有所隐瞒。"

他问道："他隐瞒了什么？"

育明说："不知道。"

经过一天的折腾，他有些困了。于是他说道："那就睡觉吧。"

育明却一下子坐了起来。

他紧张地问道："又怎么了？"

育明说："柳尧没说神婆以前做的是什么生意。"

他问道："和做什么生意又有什么关系？"

育明眯起眼睛思索了片刻，说道："你说柳尧是个非常穷的人吗？"

他的脑海里浮现出柳尧的模样，说道："看他那张脸，应该是读过一些书的。衣服也讲究。但是看他那双手，又不像是做轻松活儿的。以前家里条件应该挺好的，现在差了些，但家境不会太差吧？"

育明用力地点头，说道："问题就在这里。他说神婆以前做的是小生意，赚了些钱。那样的话，神婆的父母怎么会看不起那时候的柳尧呢？"

"你的意思是神婆以前赚了很多钱？不仅仅是养家的钱？"他问道。

育明说："如果到了神婆的父母看不起柳尧的程度，那必定不是小数目。柳尧在刻意掩饰神婆做的生意！"

说完，育明从床上蹦了下去，光脚站在地上，似乎现在就要去找柳尧问个明白，一刻也不能耽误。

地上凉，育明急忙跳起来，踩在鞋子上。

他提醒道："你就算现在去找柳尧，他也不会告诉你神婆做了什么生意。要是他想告诉你，就不会刻意掩饰。"

育明顿时蔫了。月光从外面照进来，落在育明的脚下，仿佛育明是一个神明的雕像。但这雕像一副垂头丧气的样子。

他不禁想起岳爹说过的那个土地神。

面对人心，神明也有无可奈何的时候。

"睡觉吧。明天再说。"他说道。

他说，其实那个夜晚他也无心睡眠。但是能有什么办法呢？

他是从心底里敬佩育明的，育明为了秧哥的死亡真相做了太多。育明做这么多仅仅因为曾经秧哥对他比较关照。而旺哥跟秧哥打得火热，如一家人一般，却将秧哥推入水库。一时之间，他回想了一生之中交往过的所有人，有近的，有远的，有亲的，有疏的。到底哪些人是真情挚意，哪些人是泛泛之交，恐怕不是眼前能看到的。他忽然担心起来，怕将真心太多赋予不该赋予的人，太少赋予应该赋予的人。

很快他又坦然了。哪有什么办法区分给谁的真心是该给的，给谁的真心是不该给的？反正是没有办法，想了也白想。

他想起夭夭以前说她一夜之间把世间的事想明白了。可是第二天她又全忘记了。

"想通了又有什么用呢，还不是要照常生活？"他记得那时候夭夭是这么说的。

这时候他才深切体会到夭夭说这句话时的无奈。

人都困在生活里，就像鱼都困在水里。

46.

第二天起来的时候，他闻到了一股更浓的腐烂味儿。

他发现育明不见了。

外面下起了淅淅沥沥的雨，屋檐下的雨水仿佛帘子一般挂了起来。雨水落在屋檐下的石头上，如乐器演奏一般有节奏。帘子之外的世界朦朦胧胧，仿佛梦还没醒。

他发了一会儿愣，正要出去，育明却迎面跑了进来。

育明身上被雨水打湿，跑进来的时候似乎身后带了一阵雨雾。

"你猜我问到了什么？"育明兴奋地问他。

"问到了什么？"其实他想都不用想，就知道育明肯定是问神婆做生意的事情去了。可是他忽然不敢说出来，怕说出来之后希望破灭，就像惊醒了一场梦一样。

他说，他年轻的时候时常觉得自己身处梦中，随时可能被惊醒。尤其是自从去画眉村学艺之后，这种感觉更甚。

他说，可能画眉村就是一个梦境。每个去过的人都如做了一场梦。

他说，如今他偶尔再去画眉村，常常不敢相信自己年轻的时候来过这里。曾经的泥路少人走了，如今长满了荒草。曾经的池塘没人洗衣了，如今洗衣石上长满了青苔。曾经的老房子没人住了，断壁颓垣如一座座墓碑。

他说，哪怕现在已经活了大几十年，也怕某天突然醒来，走到夭夭家前，发现夭夭正在晾衣，面容是几十年前那样。

我问他，好多人想回到过去呢，您怕什么？

他说，那我这几十年就白等了。

我不明白他说的是什么意思。

他的担心是多余的。即使是几十年前他在夭夭娘家打听瓷娃娃的那个早晨，他也没有像梦一样醒来。

育明告诉他说："我问到神婆以前做的是什么生意了！"

"是吗？"他感觉育明下一句话是"我跟你开玩笑的"。

"你猜猜看。"育明卖了个关子。

"很邪门的生意？"他猜道。在他看来，依靠邪气的瓷娃娃才能维持的生意，很可能本身就是邪门的生意。

育明摇头。

"你是从哪里问来的？"他不想猜了，于是反过来问育明。

育明说："我昨晚想了很久，这里的人都对瓷娃娃忌讳，问不出什么来。唯一可能不忌讳的人应该是本地的神婆。"

"本地的神婆？"他不得不佩服育明。要问忌讳的事情，就要问平时人们忌讳的人。

育明点头说："是的。所以我一大早就出去问这里有什么人可以帮我解梦。很快我就找到了本地的神婆。"

按照育明的说法，他去找神婆的时候外面还没有下雨。等他找到人人认为可以给他解梦的神婆后，雨就下了起来。

那个神婆问他，你要解什么梦？

育明说，我昨晚做了一个奇怪的梦，梦里有位姑娘拿着一个包了红布的瓷娃娃来给我看。

他听育明说到这里，更加佩服育明。育明将柳尧讲述的往事变成了梦，以解梦的名义询问背后的真相。

"神婆怎么说？"他迫不及待地问道。

育明说："神婆认为我昨晚碰到不干净的东西了。她跟我说，很久以前在这个地方，这种瓷娃娃是青楼里卖艺的姑娘常备的邪物。那些姑娘认为这种瓷娃娃嫉妒心极强，绝对不允许别人夺走主人的爱，所以不会让客人在主人的身体内留下种子。因此，这种瓷娃娃虽然是邪物，但可以让姑娘们的生意不受影响。"

"姑娘们的生意？"他问道。

育明说："嗯。她是这么说的。巧不巧？柳尧昨晚也说桃桃以前做小生意。"

他一惊，想起夭夭说的那个水井的故事。

夭夭的故事里那位姑娘害怕的是别人说出关乎她身份的秘密？他恍然大悟。

夭夭讲的故事和柳尧讲的故事虽然不一样，但仿佛是两个有着相同谜底的谜语。他这才理解夭夭讲那个故事的意思，夭夭是在警告他，如果追寻得太深，可能会让她姐姐走投无路。

柳尧没有告诉他们真相，也是为了帮助桃桃保守秘密。

柳尧讲的往事都是真的，但是对于他们来说，这些往事又是假的。

"这么说来，神婆桃桃害怕的并不是什么邪物，而是她的过往？"他说道。

育明脸上的欣喜渐渐消失，缓缓点头。

"没想到，她一个不怕邪祟的人，却怕真实的自己。"育明叹道。

"难道秧哥是发现了这个秘密，才被推入水库的吗？"他问道。

对于旺哥推秧哥下水的原因，他和育明一直没有想通。

现在他似乎找到了答案。

育明说："如果推秧哥下水的是旺哥，那么说明旺哥也知道神婆的秘密。"

47.

他说："既然旺哥早就知道神婆的过去，那神婆还害怕什么？"

在他看来，神婆最怕的应该是旺哥知道她的过去。

育明摇头道："说不定是旺哥害怕别人知道。"

他觉得育明说得不无道理。也许旺哥早就知道了，他可以假装不知道，但是他不能让在他周围生活的人知道。要是这个秘密被别人知道了，他的处境不会比神婆好到哪里去。

他说，其实那个时候，不是没有人做那种生意，也不是做那些生意的人都不被人知道。如果那个人是做那种生意的但是赚了不少钱，认识的人大多虽然背地里嚼舌头，但是当着面的时候和和气气。毕竟自古以来笑贫不笑娼。

偏偏神婆过来的时候一无所有，旺哥也因为贫穷而被人看不起。

他能想到，如果周边的人知道了神婆和瓷娃娃的秘密，他们会怎样笑话旺哥，那些话有多难听。

他想起神婆用粤语问他的那句话，不禁心有余悸。如果当时他听懂了，神婆认为他知道了她的秘密，他会不会像秧哥一样出现在水库？

"可是……神婆那天为什么要跟我说那样一句粤语呢？"他问育明。

"试试你是不是也在广东那边待过？"育明不确定地说道。

他说："不对。我从未去过广东。她不知道的话，旺哥是知道的。在一个地方生活了那么久，我的经历旺哥一清二楚。他们看我的眼神，还有当时的情景，我可以确定他们怕的不是我。"

"那你说他们怕的是什么？"育明在床沿上坐了下来。

他回想那天神婆和旺哥恐慌的模样，说道："那一刻他们相信我确实中了邪。神婆是在跟我身上的另一个人说话。"

育明眉头紧蹙。

他继续说道："五满假装在水库遇到秧哥之前，神婆是不太相信神鬼的。不然她不会假借烧竹篮子来安抚旺哥，后面也不会编出让秧哥去修竹篮子的话。她心知肚明，秧哥根本没有去采花，也没有下山去修竹篮子。但是你和五满还有拐罗让她相信秧哥确实还在这里。从那之后，她变得将信将疑。当我按照你说的去问她包些腊肉饺子的时候，她已经相信邪祟是存在的。"

"是吗？我本来只是想破坏她编造的故事，好从旺哥身上发现破绽。"育明说道。

他说："是的。岳爹跟我说，很多事情说着说着就会变成真的。"

"不存在的东西怎么说也不会变成真的吧？"育明笑道。

他摇头说道："我们不要低估言语的力量。那天我虽然让神婆吓了一跳。但是神婆也让我以为自己真的中了邪。我想，她当时不是没有想过我是骗她的，所以她后面说的话一直暗示我，让我认为自己确实中了邪。后面几天里我就像生了病一样难受。后来我见了岳爹，岳爹抓了一点儿水弹在我的额头上，说这样就好了。我果然顿时浑身舒服了。我问岳爹怎么用水就可以治好我。岳爹说，语言是有很大力量的，有的人把这个力量叫作言咒。比如我现在告诉你，我在老河边看见了一只老虎，你是不是不信？但是过一会儿，另一个人跑来跟你说，他在老河边看到了一只老虎在喝水。你信还是不信？没过多久，又来了一个人跟你说，他刚刚经过老河的时候居然看到了一只老虎。这个时候，你就会想象一只老虎在老河边行走的样子。"

育明说："三人成虎？"

"对。神婆第一回不相信秧哥存在，你让人说秧哥在水库里。神婆第二回不相信，你让人说秧哥在山上。神婆第三回不相信，你让人说秧哥在回来的路上。一而再，再而三，她就渐渐相信了。我和你都知道是怎么回事。但是在她的世界里，邪祟是存在的。这就叫作信之则有，不信全无。"他说。

"这也是岳爹跟你说的？"育明侧头问道。

他笑了笑，说道："不，这是我自己体会来的。在你跟我说明秧哥的真相之前，我也确确实实相信秧哥还在这里。在那之后，秧哥就不存在了。"

48.

他说的一番话仍然不能让育明信服。

他转而问育明："你相信这个世界上有爱情吗？"

育明有点儿懵。

"你相信这个世界上有爱情吗？"他重说了一遍。

育明愣愣地看着他，像是看着一个傻子。

过了一会儿，育明见他不像是开玩笑，于是摇摇头，说道："不相信。"

他说："所以爱情在你的世界里不存在。"

育明轻轻一笑，说道："这世界哪有什么爱情？不过是柴米油盐酱醋茶和相互将就。"

他点头道："嗯。在你的世界里是没有，因为你不相信。但是在我的世界里有，因为我相信。你和我生活在同一个地方，但是不在同一个世界里。"

"信之则有，不信全无？"育明问道。

他微笑点头。

"不做亏心事，不怕鬼敲门。在神婆和旺哥的世界里，邪祟是存在的。因为他们心里有鬼。"他说道。

"好吧。就算神婆确实相信邪祟在你身上出现过。现在我们该怎么办？"向来胸有成竹的育明此时没了主意。

他也犯难了。那天让神婆感到恐惧的东西，就是她最害怕被发现的瓷娃娃吗？瓷娃娃是她娘家这个地方的邪物，可她那天突然冒出来的话却是粤语。哪怕瓷娃娃是听得到的，但恐怕也听不懂外地的话吧？还有，神婆为什么听到"腊肉饺子"也会害怕？难道瓷娃娃喜欢吃腊肉饺子不成？

他的脑海里一会儿浮现出腊肉饺子，一会儿出现瓷娃娃，一会儿听到那句粤语，一会儿想起秧哥。最后脑子嗡嗡嗡地响，乱成了一锅粥。

他说："你让我去说包腊肉饺子，她就吓了一跳。我觉得腊肉饺子跟瓷娃娃之间肯定有什么联系。"

育明迷惑道："腊肉饺子跟瓷娃娃能有什么关系？"

他沉默不语。

育明喃喃道："看来除了柳尧自己愿意说出来，我们是没有其他办法了。"

这时候他的肚子咕咕地叫了起来。

他们两人找到户主，问有什么吃的。

户主给他们每人下了一碗挂面，面底下各埋了一个荷包蛋。他和育明感激不尽。

他们吃完面回到房间，却发现房间里的床铺已经收拾得只剩一个床架子。被子和垫在下面的稻草都被收走了。

他们明白了，这是要赶他们走。

他和育明心知肚明，早上去找神婆的事情必定被柳尧知道了，柳尧不想让他们在这里继续逗留。

中午前，育明启动了拖拉机，准备离开。

听到消息的柳尧来送他们，给他们分烟。

他们明白，表面上是送行，实际上柳尧要看着他们离开才放心。

育明接了柳尧的烟，在手里磕了磕，然后拉着柳尧走到一旁，小声说道："兄弟，事到如今，实话告诉你，我不是顺路经过这里，而是来救桃桃的命的。"

柳尧的脸顿时白了。

育明一手按着柳尧的肩膀，说道："桃桃是什么脾气，你不是不知道。她前不久遇到了一点儿麻烦，但是她又不想求娘家人帮忙。"

育明其实不是很熟悉桃桃的脾气，这么说是为了让柳尧造成他和桃桃走得比较近的错觉。至于不想求娘家人的说法，单从神婆不回娘家这件事上他就知道了。

"她遇到什么麻烦了？"果然，柳尧忍耐不住了。

育明往周围看了看，然后说道："我告诉你了，你可别往外说。"

柳尧连连点头。

"前些日子桃桃撞了邪，只要有人一说腊肉饺子这几个字，她就害怕。我不知道你是不是知道，桃桃在我们那边是懂些阴阳的。一般有人遇到撞邪这样的事情，大多会找她去问。现在她自己撞邪了，我们都没有办法。那个跟我一起来的人跟桃桃的妹妹走得近，夭夭跟他说，可能是跟什么瓷娃娃有关。我们这次过来，其实是想弄清楚她到底在害怕什么，想看看有什么方法能治好她。"育明说完摆出一脸担忧的样子。

"莫非是广东的老懒找到她了？"柳尧紧张地说道。

育明后来跟他说，当听到柳尧说出"广东"两个字的时候，他就知道，真正让神婆桃桃恐惧的谜底马上要解开了。

"老懒是什么邪祟？"育明问柳尧。

柳尧的眼神里充满恐惧。

"对桃桃来说,老懒比任何邪祟都要恐怖又难缠得多。"柳尧说。

49.

育明搜肠刮肚,想不起曾经在哪里听说过名叫"老懒"的邪祟。

"那是一种什么样的邪祟?"育明问柳尧。

柳尧给自己点上一支烟,猛吸了一口,缓缓吐出。然后,他跟育明解释说,老懒不是什么邪祟,老懒是桃桃的远亲,好多年前就去了广东定居,偶尔会来这边的亲戚家走动。因为容貌长得比较老相,据说四体不勤,所以别人叫他作老懒。

十多年前,老懒来到这里,劝桃桃的父母让他带着桃桃去外面赚钱。桃桃的父母有两女一儿都在上学,家里除了种地没有其他收入,负担确实重。不等桃桃的父母下定决心,桃桃自己就答应了。

桃桃以前的学习其实还不错,柳尧从小就是她的同学。但是她知道家里负担不起姐弟三个,所以主动承担起家庭责任。她离开这里的时候跟柳尧说,她不出去挣钱的话,不但她迟早要辍学,她的妹妹夭夭也迟早要辍学。她的父母能坚持送到最后的只有弟弟一个。她现在主动承担家庭负担,可能可以保证夭夭不放弃学业。

从未出过深山的桃桃把外面的世界想得太简单了。她跟着老懒去了广东之后,才知道老懒根本没有什么正经事让她做。老懒逼迫她去做皮肉生意。她抗争了无数次,后来因为好几天没有钱吃饭,饿得昏迷,被老懒趁机拖入了泥潭。从此桃桃深陷其中,放弃了挣扎。

后来桃桃回家来,身上的行头跟以前完全不一样了,也会打扮了。她偷偷找人讨了一个瓷娃娃作为护身的物件。

桃桃的父母从此把老懒当作财神爷,每次老懒来了,她的父母就会找别人家借腊肉做腊肉饺子。这个老懒有个特殊嗜好，不喜欢吃鲜肉馅儿的饺子，偏偏喜欢吃腊肉馅儿的饺子。

柳尧听桃桃说，老懒是在四川某个地方吃过一次腊肉饺子，从此念念不忘。好像除了那个地方，别的地方很少见腊肉馅儿的饺子。

接下来的几年里，桃桃家的生活越来越好。桃桃的父母不但不用担心夭夭和弟弟的学业，还存下了数目可观的钱。

柳尧念着桃桃的好心，并没有看低桃桃，仍然想跟她在一起。但是他家里不同意了。这跟他之前说的桃桃的父母看不起他不一样。他那么说，是为了不让育明起疑心。

因为柳尧家不同意他们在一起，桃桃自知在熟人范围里嫁出去的可能性不大，于是托媒人找离家远的地方说亲。由此她认识了旺哥。

她认为自己对家里付出已经够多了，打算在合适的时候离开老懒，重新开始生活。

让她万万没有想到的是，老懒看到夭夭渐渐长得亭亭玉立，比桃桃还好看，竟然打起了夭夭的主意。

老懒偷偷跟桃桃的父母说，桃桃年纪渐渐大了，生意没有以前那么好了，不如让夭夭也跟着他出去。

桃桃以为她的父母不会答应，但是没想到她的父母习惯了衣食无忧的优渥生活，害怕再次陷入以前的穷苦生活，居然答应了老懒的要求。

桃桃害怕老懒，不敢找老懒的麻烦，只好在家里跟父母大吵了一架。

为了不让老懒和父母得逞，桃桃决定尽快让夭夭嫁人，跟她一起逃离这个地方。

50.

桃桃带着夭夭只见了秧哥一面，就把夭夭和秧哥的婚事定了下来。桃桃知道秧哥是个自私的人，可是她没有时间去寻找一个更适合她妹妹的人。秧哥自然是求之不得，哪里有不答应的？

从此以后，桃桃发誓不再回娘家。

桃桃不回娘家，首先是因为跟家里闹翻了，其次，她若是回娘家，娘家人难免在她身后指指点点。要是旺哥也来了，听到风言风语，桃桃以前的秘密就会暴露。她不想让旺哥知道，所以决意不再回来。

柳尧说，腊肉饺子并不会让桃桃害怕。让桃桃害怕的，是喜欢吃腊肉饺子的那个人——老懒。

育明眼珠子一转，说道："这么说来，是老懒找到桃桃家里去了？"

只有这个原因，神婆才会去找人借腊肉包饺子。

柳尧说道："老懒几年前确实来这里找过桃桃。老懒以前在桃桃身上赚的钱都用光了，他想破坏桃桃现在的生活，把桃桃带回去。但是桃桃从来没有回来过，她家里人不知道桃桃在哪里。夭夭偶尔回来，别人问她，她都说不知道姐姐现在在哪里。只有我知道。"

育明叹道："原来是这样！"

柳尧抓住育明的手，说道："你们既然是桃桃的朋友，一定要帮桃桃保守这个秘密！你们找到老懒，把老懒赶走。桃桃就不会害怕了。"

育明点点头。

但是那时候育明就知道，老懒已经不在人世了。

一个尚在人世的人，是不会让另一个人中邪的。

育明问柳尧："这两年老懒来过这里没有？"

柳尧摇头。

育明说："那你放心。老懒肯定已经死了。"

柳尧目瞪口呆。

育明拍拍柳尧的肩膀，说道："桃桃的样子像是中了邪。我想，让她害怕的不是老懒，而是老懒的魂魄。"

听育明这么说，柳尧反倒笑了起来。

"你笑什么？"育明问道。

柳尧笑道："这世上哪有什么魂魄？之前我以为你们是来打听桃桃的过去的，编了一个瓷娃娃的故事。我是不相信鬼神阴阳这种东西的。"

育明也笑了，说道："信之则有，不信全无。"

"信之则有？不信全无？那到底是有还是没有？"柳尧问道。

育明说道："现在看来，在桃桃的世界里，这种东西还是有的。"

"那你们怎么帮助桃桃？"柳尧问道。

"很简单，告诉她，老懒已经死了。老懒死了，她就安心了。"育明说道。

柳尧轻叹了一口气。育明看不出来他叹气是因为放心了，还是更担忧。

柳尧将烟头丢在地上，脚踩在上面碾了又碾。

"为什么像她这么好的人，就不能过上好的生活呢？"柳尧表情痛苦地说道。

这句话像是一根针扎在了育明的心口上。

来这里之前，育明对神婆有许多看法。那些看法跟认识神婆的大多数人一样。大多数人认为神婆不近人情，有时候凶神恶煞一般。尤其是知道秧哥的死与神婆两口子有关系之后，育明一心想要戳破他们两口子的伪装和掩饰，把她和旺哥视作敌人也不为过。

育明没有想到，神婆曾经竟然是这样善良的人。

育明记得，桃桃刚到旺哥家的时候，还是一个温柔可亲的人。自从变成神婆之后，人们才开始敬而远之。若不是遇上什么奇怪的事，没人会主动去接近她。人人以为是鬼神让她变成这样的，没人知道是生活让她变成了张牙舞爪的样子。

育明和他离开夭夭的娘家之后，他们两人都陷入了前所未有的犹豫之中。

他们两人开始怀疑寻找真相的意义。

他说，他从夭夭的娘家回来后，好些天没有去画眉村。

他天天搬一把椅子坐在家门前的地坪里，懒懒地晒太阳。晒得昏昏沉沉了，他就再拖一把椅子出来，双手搭在椅子的靠背上，将头埋在手臂上睡一觉。

他的母亲见他整天蔫了吧唧，放心不下。她独自去画眉村，问岳爹是怎么回事。

岳爹说："没事。"

他的母亲不信，非得岳爹给出一个可行的解救办法。

岳爹便说："等今晚月亮出来，你站在大门口对外喊三声他的名字。"

他的母亲欣喜而去。

后来他好了过来，知道他的母亲晚上喊了他的名字。他去问岳爹为什么要他的母亲这么做。

岳爹说："我知道你没事。但是你的母亲太担心你，以至于吃不好睡不好。需要解救的是她。喊你的名字，并不是为了让你好过来，而是为了让你的母亲好过来。"

他这才明白岳爹的用心。

岳爹又说："那些想要解救别人的人，需要解救的大多其实是自己。"

51.

他说，育明从夭夭的娘家回来后，再也不提秧哥的事情。每次他开着拖拉机经过这里，油门用力一踩，拖拉机的大烟囱就突突突地冒一阵黑烟，加速从山边的大路上跑过。路面留下一条轮胎磨出的黑色擦痕。

他说，要不是后来神婆发疯，他们就要把这件事忘记了。

他说，经历这件事之后，他发现世上好多的事情被人们忘记了，欢喜的，悲痛的，刻骨铭心的，以为不能忘记的，最后都被忘记了。

他说这话的时候突然眼睛直愣愣地盯着坐在他对面的我。

"有什么力量比时间还要强呢？等我这一辈子的人都过了身，这里发生过的一切，你们这些年轻人都不知道了。这里的人会忘记这里曾经发生过的所有事情。"他的眼睛有惶恐，也有失望。

在本地的方言里，"过身"是过去的意思，也是逝去的意思。这里的人们说一件事过了身，就是不再念着，不再计较的意思。这里的人们说一个人过了身，就是一辈子过完了，离世而去的意思。

过身，说起来跟擦肩而过一样，一样淡然，一样轻巧，如回眸一瞥，如蜻蜓点水。

爷爷在身体很不好的时候曾跟我淡淡说过一句："我都是要过身的人了。"听起来好像茫茫人世间他是个跟我匆匆见面，又要匆匆错过的人。

他说，神婆发疯的那天，他正在房顶上捡瓦。头天晚上屋顶上的老鼠跑得厉害，来来回回的，屋顶上的瓦片咔咔地响。第二天早上吃饭的时候，他的母亲说，昨晚应该是老鼠嫁女，你吃完饭去把屋上的瓦捡一下，免得下雨的时候漏。

他吃完饭就搭了楼梯上了屋顶。

他在屋顶上还没待一根烟的工夫，旺哥就跑到了他家的屋檐下。

"快下来帮我个忙！"旺哥在下面扯着嗓子大喊，喊得脸红得像喝多了酒一样。

他踩在又脆又滑的瓦片上，小心翼翼地往下看。

"等我把瓦捡了。"他说。

旺哥朝着他用力招手，着急道："救人要紧！"

他一惊，问道："救什么人？"

旺哥跺脚道："你下来再说！"

他缓缓地挪到了楼梯那里，旺哥赶紧给他扶着楼梯。

下了楼梯，他问道："什么事？搞得要救火一样？"

旺哥抓起他的衣服往外拖。

"比救火还着急！我堂客发疯了！拿着菜刀乱砍！我都差点被她砍死！"旺哥撸起袖子。他的手臂上果然有几道血痕。

他吓了一跳。

"你多叫几个人啊！"他说道。

旺哥说："不用。你去跟她说几句话就好了。"

他挠头道："我说几句话就能好吗？"

旺哥说："嗯。你到了我家，就跟她说，你放心吧，我再也不来找你了。"

"就这一句话？"他问道。

在旺哥说出那句话的时候，他就明白神婆为什么疯了——神婆还在她相信的世界里没有出来。

曾经让她恐惧的邪祟成了她的心病。她相信老懒的魂魄回来了，她的秘密随时会被公之于众。这个心病潜伏在神婆的心里，一天天地发酵，一天天地化脓，终于今天抑制不住地迸发了。

即使育明和他放过了她，她也无法放过自己。

其实好几天前他就发现了一些不正常的地方。夭夭跟他说，她的神婆姐姐有两三回突然跑到她家里，问她："你看到他没有？"夭夭问："看到谁呀？"神婆却不说出她问的是谁，转头就脚步匆匆地回了家。

他明白旺哥为什么要他对神婆说那句话。用岳爹的话来说，神婆是中了言咒。解铃还须系铃人。只有他假装老懒说出放过她的话，她的心才能安定下来。

在去神婆家的路上，他心里掠过一丝惶恐。旺哥怎么会想到这种办法呢？难道旺哥对他和育明曾经做过的事情一清二楚？只是他害怕真相暴露而假装不知？

很快他又放下心来。旺哥若是知道，神婆今天就不会发疯。旺哥之所以求他这么说，不过是死马当作活马医。

他被旺哥拖到家里的时候，神婆正用一把卷了刃的菜刀疯狂地砍衣柜。

衣柜的镜子碎了一地，柜门上到处是刀痕。

神婆一边砍衣柜一边唾沫横飞地叫喊："别以为躲在里面不出声我就不知道你在里面！"

她头发蓬乱，双眼通红。

52.

衣柜被神婆砍出了一个洞。

神婆一只手从那个洞里伸了进去，手在里面乱抓。忽然，她脸上浮现出笑意，笑得瘆人。

她见他和旺哥过来了，挥舞另一只拿着菜刀的手，大喊道："快来！我抓住老懒了！我抓住他了！他躲在衣柜里！"

在那一瞬间，他感觉神婆真的在衣柜里抓到了一个活生生的人。那个人不是别人，正是老懒！老懒仿佛一直躲在衣柜里，准备冷不丁地吼一声吓谁一跳。

要不是神婆手里拿着菜刀，他当时就会冲上去帮忙将衣柜里的老懒扯出来。

旺哥见状，大喝一声："桃桃你别发疯了！"

他听到"桃桃"这个名字，心中一惊。

其实旺哥有时候会叫神婆的名字，但是人们似乎听不见，也记不住。人们一如既往地叫她"神婆"。在周围人们的世界里，只有神婆，没有桃桃。

神婆奋力一扯，从衣柜的洞里扯出了一截袖子，仿佛是躲在衣柜里那个人的手。

在神婆的世界里，那个袖子里必定是有一只手的，正是那只手将她推入生活的深渊。

神婆手起刀落，袖子却没有断。

她手里的刀已经钝了，连一块布都割不断。

她不甘心，将菜刀在那袖子上来回切割。

旺哥上前抓住她拿着菜刀的手，抱住她，哭道："你不要这样……他不会来了，他真的不会来了……"

他说，当时他站在一旁，喉咙发涩，说不出旺哥叫他说的那句话。他若是说了那句话，那么秧哥的事情就这么过去了。他若是不说，神婆可能好不了。

神婆奋力将旺哥推开，恐慌道："谁说他不会来了？他明明回来了！他就在这里！就在衣柜里！"

旺哥回过头来看着犹豫的他，喊道："你倒是说句话呀！"

他张了张嘴，可是脑海里浮现出旺哥将秧哥推下水库的画面，嘴巴里没有发出声音。

"快说呀！"旺哥放开神婆，跪着爬到他的脚下，抓住他的裤脚。

他说，那一刻，他想到了育明去老河边时岳爹提到的那个土地神。

他曾以为神明高高在上，现在才知道，当有人跪在神明脚下的时候，是把难题都交给神明了。神明才是那个为难的人。

要是育明在这里就好了。他心想。

"求求你救救她！"旺哥抱住了他的脚，用力地摇晃。

神婆又将手伸进了衣柜的洞里乱抓。

他又想起柳尧对育明说的那句话："为什么像她这么好的人，就不能过上好的生活呢？"

他的心口也像育明那样一阵刺痛。

他闭上眼睛，点了点头。

旺哥立即松开了他的脚。

他缓缓走到衣柜边，淡淡地说道："我再也不会来找你了。你放心吧，桃桃。"

神婆顿时停止了拉扯，僵在了那里。

卷了刃的菜刀在她手中歪了，然后落下。

旺哥惊喜不已，浑身发颤，但不敢靠近神婆，怕这一刻的宁静被打破，怕平静的神婆被再次激发。

神婆侧过头来，难以置信地看着他。她的目光仿佛要穿透他的身体，看到他的灵魂。

他不禁低头看了看自己。

神婆的嘴角缓缓拉起，露出一个古怪的笑容。她的眼睛里盈满了汪汪的泪水，但没有流出来。这让他想起清早尚未有人洗衣的池塘，水清得见底。人们将昨日弄脏的衣服在池塘里洗过捶打之后，池塘里的水才变得浑浊。

神婆看了他好一会儿，才转头去看旺哥，表情渐渐恢复正常。

旺哥爬了起来，对着神婆挤出笑，点头说："听到没有？他不会来找你了！再也不会了！你不用害怕了！你再也不用害怕了！"

旺哥走了过去，再次抱住她，像是安慰一个孩子。

神婆脸上的笑容渐渐消失，继而被恐惧填满。

旺哥的脸贴在神婆的耳边，旺哥看不到神婆的表情变化。

站在一旁的他清楚地看到神婆的表情因为恐惧而越来越扭曲。

接着，他听到神婆说出一句毛骨悚然的话。

"他怎么会跑出来？你不是把他埋在后院吗？"神婆浑身发冷一般颤抖着说道。

53.

他身上所有的汗毛都立了起来！

让他汗毛倒立的不是神婆又把他当作了邪祟，而是神婆刚才说的那句话。

原来老懒被旺哥埋在了后院！

刹那间，他明白了神婆为什么会恐惧，为什么之前会说那句粤语，为什么害怕腊肉饺子。

此前所有的迷惑，此刻全部得到了解答。

"老懒被你们……"他恐惧地指着神婆和旺哥。

旺哥松开神婆，抬手抚摸神婆的脸。

他看不到旺哥此时是什么表情。他想要夺门而走，可是两腿发软，抬不起来。

旺哥捡起地上的菜刀，仍然背对着他，说道："是的。他是我杀掉的，就埋在后院的菜地里。"

他终于从巨大的恐惧中回过神来，转身想要往外跑。

可是此时已经晚了。

旺哥迅速靠近房门，一脚往房门踹去。

已经跑到门口的他被房门撞倒。

旺哥抓住他的衣领，将他提了起来。

旺哥的力气太大了。他踮起脚才能勉强够得着地。

但是旺哥随即松了手。

"我不想杀你。"旺哥说道。

他不敢吭声，也不敢跑。

旺哥长吁一口气，说道："我也没想过杀秧哥。"

他瞥了一眼神婆，神婆两眼无神地站在衣柜边，像是一具没有灵魂的行尸走肉。

旺哥捏住他的脸颊，将他的脑袋拧向自己，迫使他看着旺哥的眼睛。

"在娶桃桃之前，我就知道桃桃的秘密，她给我说过瓷娃娃的故事。我不怕你们将这个秘密公之于众。"旺哥咬牙切齿地说道。

他说，这确实让他非常意外。

旺哥提起菜刀，架在他的脖子上。

他的脖子感受到了菜刀的寒冷。即使卷了刃，他也相信，这把菜刀可以轻易地将他的脖子切开。

"我不怕！但是桃桃怕！尤其怕那个老懒。每次他没有钱了，就会到我家里来，找桃桃要钱！如果桃桃不给，他就要在这里把桃桃做过的生意说出去！这些我都忍了，钱我也让她给！可是有一次，他不但要钱，还要吃什么腊肉饺子！桃桃马上去别人家里借腊肉！

那次我不在。那个家伙竟然对桃桃起了心！"旺哥的眼睛鼓了起来。

他一动不动地听旺哥说。

"那天我和秧哥在外面修路，约好去我家一起吃晚饭。散工之后，秧哥先走，我去打酒。刚好秧哥到我家的时候撞见了老懒欺负桃桃。秧哥和老懒打了起来。老懒下手狠毒，竟然一锄头打在秧哥后脑上，把秧哥打死了！"

衣柜边的桃桃哇地哭了起来。

"我提着酒还在外面的时候，就听到屋里叮叮当当的。我急忙冲进屋里，见桃桃衣服被扯破，见秧哥倒在地上。我……我就发了疯一样地揍他！我手上摸到什么，就用什么揍他！我把酒瓶砸在了他的脑袋上……摸到了扁担，就用扁担……摸到了剪刀，就用剪刀……摸到了开水瓶，就用开水瓶……但凡能让我泄愤的东西，都砸在了他的身上……"

他感觉到旺哥抵在他脖子上的手在剧烈颤抖，仿佛刚被宰杀的牛。他曾摸过刚刚被宰杀的牛，那时候牛的肌肉会剧烈颤抖，似乎恐惧，似乎不甘。

"为了不被人发现，我把秧哥背到水库边，造成秧哥不小心落水的假象。我在后院的菜地挖了一个坑，把老懒埋在了那里。我告诉你……上面的菜……长得特别肥……"

54.

"所以……秧哥不是你杀的？"他喉咙发涩地问道。

"我杀他干什么？我是为了不让桃桃的秘密泄露出去，才将他丢到了水库里。我对不住他……"旺哥流出泪来。

神婆抱住被她砍烂了的衣柜，跟着喃喃地念道："秧哥……秧哥……我对不起你……"

旺哥说道："我本来不信什么鬼神。但是后来秧哥竟然冤魂不散……我彻夜睡不着。我不怕老懒来找我，他做了鬼我也不怕他！但是我怕秧哥来找我，我对不住他啊！"

他斜了一眼脖子边上的菜刀，说道："旺哥，你能不能把刀拿开了再说？"

旺哥却更用力地将他的脖子抵住，说道："你和育明去了桃桃娘家，我是知道的。你们跟柳尧说了什么，我也知道。柳尧都告诉桃桃了。"

他心中一凉。

"我是不会杀你的。因为……你们虽然知道了桃桃的秘密，但是没有说出来。"旺哥松了手，将菜刀扔在了地上。

他终于松了一口气，但双腿仍然软绵无力。他扶着墙，等待身体恢复知觉。

旺哥走到衣柜边，扶住桃桃，让桃桃坐在椅子上。

桃桃抓住旺哥的衣服，恐慌地说道："我对不起秧哥！我让他去采映山红，又让他去修竹篮子。我是为了让你不要害怕。我们对不起他！"

旺哥抓住桃桃颤抖的手，帮她将起黏在脸上的头发，温和地说道："我知道，我知道。"

他看着恐慌的神婆，知道她还在育明营造的世界里。那个世界里，秧哥还在到处游荡。

这时候，外面响起喧闹声。

他听到育明在大喊大叫，还有其他人在絮絮叨叨。

很快，育明带着好几个人冲了进来。

育明见了他，他赶紧摆摆手。

育明见他没事，顿时放下心来。

"我听人说旺哥把你叫到他家里来了，赶紧过来看看。怕他对你下手。"育明低声说道。

他摇摇头，说道："育明，我们都错了。"

育明看了看旺哥和神婆，没有说话。

旺哥见了众人，突然一笑，然后轻轻拍打桃桃的背，像哄孩子一样哄她入睡。

神婆似乎确实累了，靠在旺哥的肩膀上睡着了。

那天，他带着众人去了旺哥的后院，在菜地里长势最好的辣椒树下找到了老懒的骨头。

他说，他走进菜地就看到了那片辣椒树。他从来没有见过那么茂盛的辣椒树。一般的辣椒树不过膝盖那么高，但是那片辣椒树几乎齐腰，并且叶子绿得晃眼，辣椒肥大，以至于他没有看到那一片之外的其他相较之下瘦小得可怜的辣椒树。

其实菜地里全部种的辣椒树，没有其他蔬菜。

任何一个人如果走进这个菜地，都会奇怪菜地的主人为什么只种辣椒。

他很快就明白了，旺哥和神婆哪有心思在这里精耕细作？

旺哥被抓走后，他和育明去看了旺哥几次。

旺哥说："现在倒是能睡安稳觉了。以前晚上经常惊醒，不是梦见秧哥找回来了，就是梦见老懒从菜地里爬了出来。"

旺哥还告诉他，旺哥曾经爬到了他家的楼板上，模仿秧哥吹口哨吓唬他的母亲。

秧哥在世的时候，旺哥跟秧哥学过吹口哨，模仿得很像。旺哥说他学吹口哨最初的目的是劝桃桃不要当神婆。旺哥跟桃桃说："不是说吹口哨会吸引不干净的东西来吗？你看我怎么吹口哨，还不是一点儿事都没有？"

桃桃跟旺哥说："我之所以当神婆，是岳爹给我指明的道路。"

旺哥不信，笑问她："岳爹什么时候给你指的这条道？"

桃桃说："说来也不是他给我指的路，是我听了他说的话才走这条路的。岳爹曾说，为什么算命的都是瞎子呢？用阴阳的道理来说，是因为那些人看不见泄漏天机带来的改变，所以无碍。用生活的道理来说，是老天要给他们留一口饭吃。你穷得家徒四壁，我也身无分文，俗话说天无绝人之路，所以我学着瞎子走了这条路。"

听桃桃这么说了之后，旺哥没再跟她较劲。可是后来五满在水库碰到秧哥，桃桃三番五次骗走秧哥，这让他又相信这世上是有因果报应的。

旺哥说，之所以去吓唬他的母亲，是因为他常去夭夭家。

旺哥觉得，是他把秧哥背到了水库，是他亏欠秧哥，所以要帮秧哥看着夭夭。

55.

他问旺哥，你既然觉得亏欠秧哥，要帮秧哥看着夭夭，可是为什么那天晚上要把夭夭拖下水？

旺哥笑了。

他问旺哥，你笑什么？

旺哥说，你不相信我是中了邪吧？的确，我没有中邪。我那天晚上之所以把夭夭拖到水里，只是想吓唬吓唬她，让她放弃。我怕她真的把秧哥叫回来。死都已经死了，打死他的老懒也死了。把秧哥叫回来有什么用呢？结果只有一个，那就是真相大白，把我抓起来。那时候我怕被发现，现在坦然了。

旺哥被抓之后，神婆带着孩子离开了这里。

他们曾经居住过的房子没多久就塌了，成了野猫的乐园。附近的人们经常在夜晚听到那里传来猫叫声，好像谁躲在那里大声哭泣。

过了十多年，旺哥刑满释放。他回来看了一眼倒塌的房子，去早已满是荒草的菜地走了一圈，便离开了。从此再也没有回来过。

有人说，旺哥去了神婆那里，那里没有人知道他们的过往。

而夭夭一直留在这里。

他说，后来家里给他说媒，他不同意。他的母亲以性命相逼，他只好顺从。可是新婚之夜他喝多了，竟然歪歪咧咧地走到了夭夭家门口。他敲了好久的门，夭夭没有开。新娘子听人说了他和夭夭之间的事，一时想不开，就把自己挂在了屋前的板栗树上。等他醉醺醺地回来，经过板栗树下时肩膀撞到了新娘子的脚，吓得顿时醒了酒。

从此以后，他的母亲更不让他接近夭夭。

他说，他跟夭夭有二十多年相见的时候只是远远望一下就走开。后来他的父亲仙逝，后来夭夭的孩子长大成人，去了外地上学，又去了外地工作，很少回来，他们相见的时候才不绕开走了。再后来认识他和夭夭的人去世了一大半，他的母亲因为病重去了市里长期住院不能回来，他们俩相见的时候才说两句话。

他说，到了两三年前，他们才互相串个门，喝个茶，聊一些过往的事情。

他说，旺哥和神婆离开了这里的人，他和夭夭则要等这里的人离开。道理其实都一样。

终于有一天，夭夭感叹地跟他说："你看我们都这把年纪了，身边都没有人。现在我连自己都照顾不了，万一晚上要起来喝口水或者吃点药，都没人帮忙递一下。"

那天夭夭生了病，躺在床上动弹不得。

他说："那我今晚留下来照顾你。"

自那之后，两人相互依靠。

我想起刚才进门前看到的情形，说道："刚看到她的时候，我还以为是个年轻人。"

他笑道："说起来别人可能不信。她一直很年轻。"

我问道："您想买那块风水不好的地，是不是想学夭夭娘家那边传说里用填井的地方做房子的人？"

我忽然想起他说过的和建房子相关的事情。

他大笑。

"刚刚跟你讲了这么多，你偏偏只记得这件事。"他好不容易停止了笑。

"这是目前唯一可以解释你要买那块地的理由。"我说道。

他说："你看，你也中了言咒。"

我一愣。

他说："当年我以为秧哥真的回来了，神婆以为秧哥真的在水库里，旺哥以为秧哥真的上山去采花，夭夭以为秧哥真的迷了路，跟你现在以为真的找到了答案有什么区别？我不过是跟你说了一个故事。岳爹以前给我说了个三人成虎的故事。我现在只是一人说虎，你怎么就相信了？"

"那到底哪些是真的，哪些是假的？"我迷惑地问他。

他抿了抿嘴，说道："哪有绝对真的？哪有绝对假的？神婆以前做的生意真的是那种生意吗？她怕的真的是老懒说出瓷娃娃的秘密吗？秧哥真的是被老懒打死的吗？旺哥看到老懒的时候真的是他说的那样的情形吗？"

"难道不是吗？"我问道。

他低下头，沉默了片刻，然后说道："那件事情发生之后二十多年，我才意识到，神婆以前做的可能是别的生意，她害怕老懒可能有别的原因，秧哥可能是旺哥失手打死的，老懒也有可能没有要挟任何人。很多事情，我们只看到了我们能看到的，只听到了我们能听到的。我们以为自己了解的真相，也是我们仅能了解到的部分。语言本身没有那么可靠，可是我们都依靠它来建立人和人之间可靠的联系。"

"这么说来，柳尧说的事情也不一定可信？"我头皮发麻。

"他有可能说的都是实话，但他的实话就可信吗？神婆给他看瓷娃娃，可能是为了让他中言咒。"他说道。

"那你说的所有事情，哪些是可信的，哪些是不可信的？"我问道。

他皱眉道："我不是说过了吗？"

"什么时候说过了？"我问道。

"信之则有，不信全无。"他说。

黄鼠狼往事

1. 后山

小时候，每次我从外婆家回来，外婆都会对外公千叮咛万嘱咐，要外公送我过了外婆家后面的那座山再回来。

我家离外婆家只有五六里路，中间隔了一座山，其实很近，但对小时候的我来说无异于一次长途旅行。

在这五六里的路上，有山，有树，有桥，有人家，有田野，还有流水。

这里的人都担心小孩子经过有水的地方。

小孩子听大人最常说的一句话就是"路上别玩水啊"。

南方水多，到处是溪水和水塘。年年都有人落水溺亡的传闻，传闻在口口相传的过程中会变得光怪陆离。

常常有人落水的地方，自然而然有了水鬼潜伏在那里找替身，趁人不备就拉人下水的说法。

有人说起夜的时候听到水塘里传来哭声，也有夜行的人说看到水库里有个漂亮的姑娘向他招手。老人便说这是水鬼在迷惑人，吸引好奇的人靠近水边。

我认为外婆也是怕我在路上玩水才让外公送我。

有一次，我问外婆："外婆，你说水里有水鬼吗？"

外婆正在地坪里浆洗被子，木盆里装着乳白色的米汤。她去世后，我一想起她，就是她浆洗被子或者晾衣服的样子。

外婆说："当然有啊，所以身边没有人的时候千万不要去水边玩。万一被水鬼拖住了脚，连个照应的人都没有。"

我有些害怕。我说："可是我经常要经过有水的地方啊。"

外婆笑了，一边搓洗被子一边说："你一出生，你外公就给你算八字了，说你有深水关，挨不得水。外公给你置肇过了，你不用担心。"

"置肇"一词是这里人常用的方言，大概意思是，如果谁有劫有难，可以在劫难来临之前做一些特殊的处理。这样在一定程度上可以避免劫难的发生。比如破财的不破财了，生病的不生病了。

我很好奇，我怎么不知道有过这回事呢？我便问外婆："怎么置肇的？"

外婆看了看我，伸手在我的额头摸了一下。我刚才在厨房的火灶旁边玩耍，额头上有草灰。

外婆的手很凉。

在我的印象里，外婆的手一直都是凉的。她天天在我还没有起床的时候就去村前头的池塘里洗衣服了。我起床后，她又在屋前的地坪里洗被子或者做酸菜。每次吃完饭，她又洗碗。晚上睡觉前，她把开水瓶里的水倒给我洗脸洗脚，自己用井水洗。

外婆的手是活在水里的，像鱼一样。

"怎么置肇的？我想想。你外公买了一条小鲤鱼，先把你的生辰八字写在一块红布上，然后把红布系在小鲤鱼的尾巴上，再把它放到水里去。这样，它就代替你去了水里。你就不怕深水关啦。"外婆说道。

听完外婆的话，我很想见一见那条代替我的小鲤鱼，想看看它是什么模样。

说起来我还真是多灾多难，不仅有深水关，还有急救关。我一出生的时候左手就反拧着，也是外公给我置肇了——用一根桃木符插在我家米缸旁边，妈妈用淘米水浇灌它。外公说，桃木符可以护佑我到十二岁。过了十二岁，就没有急救关了。

后来我生火毒，外公找到一个老中医给我脖子上扎火针才治好。

总之，在十二岁之前，我让家里人担心得很。

外婆对此有她自己的看法。她说："你就是八字好才这样。八字好才生关。"

生关的意思跟生病差不多，范围比生病要大。区别是生关被认为是命里带来的关卡。人的一生中有许多关卡，生病是一种，遇险是一种，不顺是一种，还有其他许多难关。人的一生要打通层层关卡。有的人关卡少，有的人关卡多。

我说："八字好享福才是啊，怎么会生关？"

外婆说："生活好了别人眼红，八字好了鬼神都眼红。要想承受住好的福气，必须先承受磨难啊。后山上的那个人就是见不得别人好……"说到这里，外婆就突然将后面的话咽回肚子里去。

后山上并没有住人家，倒是有一些坟。

画眉村去世的人大多埋葬在后山上。

后山是风水宝地，山上有草木，有水库，还有桐油树。

后靠山，前靠水，周围有树木，便是许多老人期盼的百年之后的安身之处。这里的老人对自己的死并不忌讳，往往在身体还很健朗的时候就在山上寻好了安葬的地方，就找棺材匠做好了木板厚实且刷了七层漆的棺材。手指轻敲，棺材要咚咚发响才满意。这跟民国时对着银元猛吹一口气然后放在耳边听到嗡嗡声一样让他们安心。

与周围其他的山相比，后山有一个独特之处，那就是后山上有许多桐油树。

桐油树种在水库堤岸两边，又高又大。每到清明时节，桐油树就开出许许多多的白花，非常好看。来上坟的人走过那条堤岸的时候，就有了一种肃穆而不压抑的氛围。

我每次从外婆家回去，都要经过那条路。

在那条堤岸的尽头，有一座坟就建在路旁，墓碑就在路边上。

虽然后山是风水宝地，但坟墓建在路边的情况极少见。这是犯了风水禁忌的。

外公说人建房子"喜回旋，忌直冲"。坟墓也是房子，不过是亡人的房子，叫"阴宅"。这座坟墓居然在风水宝地上选择了这么忌讳的方位。

我小时候不懂得风水的道理，但是每次路过那里的时候总会胆战心惊，好像被那坟墓里的人盯着。

有次外公送我回家，经过那里的时候，我问外公："这是谁家的坟？"

"不是谁家的。"外公说。

"不是谁家的？"我听不明白。

"也算是半个画眉的人吧。"外公又说。

后山有一块外公的棉花地，半亩左右，外公家和我家的棉被里的棉花都是从那块地里摘来的。

外公外婆经常来棉花地种棉花摘棉花，他们应该很清楚坟里是什么人才是。

"为什么是半个呢？"我问外公。

"因为呀，她很想嫁到画眉来，但是没有嫁过来，所以是半个画眉的人。"外公说得含糊。

"她的坟怎么建在路边上呢？"我问。

"她没嫁过来，怨气大。画眉的人虽然可怜她，让她在这里落葬，但是要让千人踩万人踏，压制她的怨气，不让她报复人。墓碑后面的其实是假坟，她的棺材在路下面。"外公说。

我赶紧绕到路边上走，生怕踩到她。

外公说："她生前经常来画眉，很喜欢小孩子。所以你外婆不放心你一个人过山，怕她……哎，你听那边是什么鸟叫？"

前面的小树林里种了许多大小差不多的松树，松树里有鸟在叫。叫声很像人说话，说的是"洗哒坎洗哒坎"。这种鸟我不知道叫什么名字，跟麻雀一般大小，但嘴巴长，尾巴也长。农人每当听到它的叫声，就说要下雨了。

"洗哒坎"在本地方言里是"洗了田坎"的意思。只有下雨之后，田坎才会被洗得焕然一新。

画眉的老人们说，以前有个年轻的长工给地主家晒谷子，结果一场大雨降临，把谷子都淋湿了。地主暴怒之下一时失手，把这个年轻长工打死了。年轻长工死后灵魂附在了这种鸟的身上，每到快下雨的时候就"洗哒坎洗哒坎"地叫，提醒晒了谷的人们赶快收谷。

外公一说鸟叫声，我就想起这个故事，把这个路边坟的事情忘了。

走到后山脚下，果然天边打了一阵响雷，雨水便淅淅沥沥地下了起来。接着起风了，雨水就斜了，直往脸上打，眼睛都睁不开。

好在我们很快走到了有人家的地方，躲在人家的屋檐下，身上并没有打湿多少。

外公看了看风向，听了听雨声，说："这雨来得急，去得也急。我带你去进爹家里坐一坐，等雨停了再走。"

于是，他带我沿着一个接一个的屋檐走到了一座泥墙青瓦的老房子的大门前。

门是开着的，大门内一位头发黑白参半的老人抱着一摞碗，看堂屋里哪里有水痕，就把碗放在哪里，一放就大碗小碗放了十多只。从屋顶漏下的水滴敲打在瓷碗上，发出叮叮咚咚的仿佛乐曲一样的声音。

老屋漏水是常事。由于老鼠或者大风，老屋顶上的青瓦偶尔会挪动，雨水就从瓦缝隙里漏进屋里。一般来说，有一两处漏雨的地方还算常见。可这屋里漏雨的地方也太多了。

"接漏呢？"外公打招呼道。

进爹见外公站在门口，急忙说道："哎哟，您怎么来了？快进来躲雨！我这是外面落大雨，屋里落小雨。但总比外面好一点。"

外公抬头望房梁上方看，说道："你这也漏得太厉害了，怎么不在晴天的时候捡拾一下？"

进爹端出两把椅子来，摇头叹气道："现在上年纪了，不能爬屋顶捡瓦了，等我儿子回来了我让他帮我捡拾一下。"

椅子也是潮乎乎的，散发出一股霉味。我不太想坐。

外公把椅子挪到大门口，然后坐下了。

进爹又给自己端了一把椅子，也在大门口坐下。

我看了一眼进爹端椅子出来的那个房间，房间里面有好多纸扎的房屋，纸上画了人牛鸡狗。

进爹是扎纸人纸屋的扎纸匠。方圆十多里的人家办葬礼都要从他这里买纸人纸屋烧给过世的亲人。

"雨好急哟，说来就来。"进爹看着屋檐下滴滴答答的水帘子说道。

"是呢。出门还好好的，连伞都没拿一把。"外公说道。

风大了一些。雨水更加倾斜，越过了屋檐，落到了大门口的门槛上。

"你还记得吗，当年那个想嫁到你们画眉的女人，就是在下这样急这样斜的雨的时候死的。那天她从我门前路过，我要她进来躲躲雨，等雨停了再过山，她就是不听。"进爹说道。

外公看了我一眼，没说话。

进爹又说："后来只要下这样的雨，我在房间里就能听到她从外面走过去的脚步声，湿答答的，走得慢。可是我一出来就听不到声音了。"

我看着外面被雨打湿的地坪，想象着一个浑身淋湿的女人从这里经过的样子。

那时候还没有几户人家能修上水泥地坪水泥路，泥土裸露在外，一下雨，那些泥就粘脚，路越走越沉，不得不用木棍或者石头把脚上的泥刮下来再走。而身后就会留下一个个浅脚印，仿佛是从薄薄的雪地上走过。

"那你有没有看看地上有没有脚印呢？"我问道。

进爹有些吃惊地看着我。

外公笑道："童言无忌。小孩子乱说话。你不要见怪。"

进爹用布满老茧和伤痕的手摸了一把布满皱纹的脸，扎纸人和纸屋要用薄而韧的竹篾做骨架，这样的竹篾很容易伤到手。

"我怎么没看看地上有没有脚印呢？"进爹眨了眨眼。

我恍惚看到一个红衣女人的身影在他的眼睛里一闪而过。

外公摆摆手，说道："你也真是糊涂了，她就算真的从这里经过了，那也是鬼了。鬼哪里会有脚印呢？何况谁晓得是你听错了，还是别人经过的时候你当作是她了？"

"可能是我总记着她吧，每到清明节的时候我还给她上坟。"进爹说道。

"还是你有心。"外公从一只兜里掏出一张白纸，又从另一只兜里掏出装了烟叶的布袋，卷成了一支烟递给进爹。

"哟，你还有这个！好多年没有抽过这种土烟了！"进爹喜滋滋地接了烟。

外公掏出火柴，呲啦一下划燃，给他点上。

"有半块地闲着，就种了点。"外公说道。

进爹吸了一口，连连点头，接着说道："她娘家的人从来没来过，那个人也早不在人世了。我想着没人去看她，自己又是做这些东西的，有些剩的纸就剪了吊钱，送到她坟头去。"

我记得有时候路过那里确实能看到坟头插了破碎的吊钱，要不是被雨淋坏了，就是被山上的鸟雀抓坏了。总之那代表有人来看过她。

外公道："不望节，不望年，只望清明一吊钱。你这是做善事。要是她真的从你这里经过，也应该是感谢你才对。你出来看不到她，是她怕吓着你吧。"

外公自己也卷了一支烟点上。用力一吸，烟头就一亮，燃烧得吱吱响。他夹烟的两个手指泛着黄色，是烟熏的结果，就像用久了的茶杯上留下的茶垢。不过茶垢能用草灰洗掉，外公手指上的烟痕洗不掉。

"你听你们那边的人说过没有，有人说看到她站在水库边上骗小孩玩，想把小孩的魂儿带走。"进爹说这个话的时候手在抖。

"听说了。"外公又看了我一眼。

"她怎么能这样……"进爹吐了一口烟。

"可能是看错了吧。或许看到的是别的什么人带着小孩子路过那里呢。"外公淡淡地说道。

"我听人说，她是嫉妒能过山的人，她自己临死都没过去，就想害过山的人。大人害不了，就害小孩子。"

外公道："还有人说，她想跟那个人生一个孩子，可是到头来没有，她见不得别人好，就要把别人家的孩子带走。"

"这样啊？"进爹惊讶道。

外公将落在身上的烟灰一掸，说道："哎，我的意思是这人有这人的说法，那人有那人的说法，你都不要听。"

"你不听你干吗次次把你外孙送过山再回去？"进爹说道。

这句话仿佛是外面的一阵雨忽然一下斜落在了我的心里，让我的心忽然凉了一下。

外公摸摸我的头，说道："我家老婆子不放心，我不送能行吗？假话说三遍就变成真的了，我家老婆子也是受了别人的蛊惑。"

进爹似乎这才注意到这些话可能会吓到我，后知后觉地改口道："这倒也是。假作真时真亦假。人言是最厉害的。"

外公叹道："她的名字没取好，叫什么不好，偏偏叫心莲。莲心最苦啊。"

进爹点头。

我终于知道那个坟里的人叫心莲了。虽然很多次经过那里，墓碑上也有刻字，但是我从不敢瞥一眼看看上面刻的是什么字。

有老人说，碰到鬼之后最好的避鬼方法就是假装没有看到它。它以为你没看见它，它便不会来骚扰你。

我记着老人的忠告，每次经过那里都直直地看前面的路，甚至装作不知道路边有一座坟一样。

外曾祖父的坟也在后山上，离水库的堤岸很远，隐没在郁郁葱葱的大树里。我还在堤岸上走的时候常常朝外曾祖父的坟那边张望。

我叫外曾祖父作"姥爹"。

我不怕姥爹。外婆和妈妈常说姥爹生前是非常厉害的人，他的在天之灵会保佑我平平安安。

我在朝姥爹的坟那边张望的时候，也期待姥爹能看到我在看他。

这跟心莲给我的感觉是完全不一样的。

外公的一根烟抽完，外面的雨已经小得不能再小了。看起来还在下雨，但是走出去身上不会打湿。

后来我在北方上大学，又在北方工作，好像从来没有见过这种的雨。

于是，外公起身带我离开进爹家，把我送到大路上，再目送我走出好远才回去。

我回到了家就问妈妈关于心莲的事。

妈妈见我说出"心莲"这两个字，有些惊讶，但随即脸上露出非常怜惜的表情，叹气道："哎哟，她可是个可怜人。不过事情已经过去好多年啦。我那时候才十二三岁。"

妈妈很愿意跟我讲一些过去的事情。后来我写的很多故事都是妈妈以前讲给我听的。

但是有些往事可能比较忌讳，妈妈不会讲给我听。这心莲的事情应该算是一件。不过她听我说出"心莲"的名字时，以为我已经听画眉的人说过了，就不妨多说一些。

她说，在她还年轻的那个时代，城里人跟乡里人是天差地别的，除了上山下乡那段时间一些城里人到乡里来，但上山下乡时期一结束，那些城里人不管是不是已经成家，是不是有了孩子，都要想尽办法回到城里去，哪怕抛家弃子。就拿你喻家坡的姑奶奶来说吧，她原来是知青，下到喻家坡那个地方种地护林，以为回不到城里去了，就跟了喻家姑爷爷，还生了三个孩子。后来时间一过，城里人可以回去了。你姑奶奶就再也忍受不了种田打土的生活，立即回娘家去了，回去之后就要跟喻家姑爷爷离婚。后来你喻家姑爷爷去城里找她求她，她都不见。最后你喻家姑爷爷拖着两个孩子，抱着一个孩子在姑奶奶娘家门口守了一整天。到了晚上，孩子一天没有吃东西，饿得哭起来，姑奶奶才忍不住跑出来给孩子喂奶，这才软了心肠，又回到了喻家坡。

但心莲是铁了心要从城里到画眉来过苦日子。

喻家姑爷爷虽然是面朝黄土背朝天的农民，但四肢健全，对姑奶奶又好，下田沾水的事情一概不让她做。

但心莲想嫁的人不但日子过得穷，脾气不好，还是个双腿残疾的人。

2. 过山

这个双腿残疾的人原来是有一个老婆的，后来他老婆实在受不了他的脾气，就带着孩子跑了。

就这么一个人，心莲还不到黄河心不死地要嫁给他，最后还没嫁成，还在一个下雨天死在了画眉的后山上。

她家里人嫌她丢脸，不管她，画眉的人于心不忍，帮她收了尸，又怕她怨气重，就不知道按谁说的，葬在了那条路上，让千人踩，万人踏，压制她的怨气。

妈妈跟我说这些的时候正在切豆腐，把豆腐切成比麻将还小一半的四方块儿，然后放在竹筛里。趁着梅雨季节，她要做一些霉豆腐。后来大家都改口叫它豆腐乳。就像火柴，那时候的人还叫作"洋火"。

妈妈切完豆腐就要把它放到屋顶的瓦上去晾干，让它发霉。她就不说心莲的事儿了。

我却一直想着这件事儿，想心莲为什么非得嫁给那个人，又为什么死了。

大概过了五天，我又去了外婆家。那时候每个周末我都去外婆家，或跟妈妈一起，或自己一个人去。

画眉的小孩子都喜欢和我玩，但他们都等我吃完午饭才来找我。

我心里还挂念着心莲的事，早上从后山经过那里的时候心脏更是跳得比平时快。我问画眉的小孩子，有谁知道心莲的事。

他们很多人知道，七嘴八舌说了一通，说得乱糟糟的，什么家里人叫他们不要去后山的水库旁边玩啦，心莲是个大坏人专门吃小孩子啦，各式各样的话无一例外让人毛骨悚然。

后来他们又说，住在村前洗衣塘旁边的李娭毑知道得最多，心莲还在她家里住过。

李娭毑我是知道的。听画眉的人说，她是从大上海那边嫁过来的。在这一点上，她跟心莲有点像。但她给我最深的印象就是抽烟。那时候女人几乎是没有抽烟的，抽烟似乎是男人身份的象征之一。

但是她抽烟。

并且她经常在阳光很好的时候坐在自家门前的水泥地坪里抽烟。

是的。那时候没几户人家修得起水泥地坪。但她家就有。

她跟她丈夫一直没有生育孩子。别人怀疑她或者她丈夫身体有问题，但她一直声称生儿养女没有用。

"嫁出去的女，泼出去的水。"她对有闺女的人家这么说。

"儿子都是白眼狼，有了媳妇忘了娘。"她对有儿子的人家这么说。

说完之后，她狠吸一口烟，然后从鼻子里吐出来，比男人抽烟的样子还要离经叛道，一副瞧不起芸芸众生的样子。

但有小孩子到她家去，她会很喜欢。

她把小孩子当大人一样对待，给每一个小孩子端椅子，泡茶，还拿家里的水果和瓜子分给每一个人。

我每次去她家里坐都有种受宠若惊的感觉。

因此我尽量避免去她家，有意无意地躲避对于这种过于热情的不适。

可是这次为了听心莲的故事，我主动和其他小孩子一起去了李娱驰家里。

李娱驰跟往常一样非常热情，但她觉察出这么多小孩子一起来她家里是有什么事情的。

当知道我们是来听心莲的故事时，她摁掉刚抽到一半的香烟，摇头说道："心莲啊，真是作了孽！"

在画眉的方言里，作孽不是做了坏事的意思，而是不知道上辈子做了什么坏事，这辈子要受很多苦。

"怎么作孽啊？"我问。

"长得那么好看，家里条件也好，不知道怎么就鬼迷心窍，非得嫁给那么一个畜生不如的混蛋！"李娱驰愤愤道。

李娱驰说的那个混蛋，名叫子承。子承父业的子承。四代单传。祖上三代都是大财主。

当初他父亲给他取这个名字，就是希望他继承家业。在旧社会，他父亲是孟家山的土匪最感兴趣的人物。被土匪盯上，自然是因为家里有钱。子承小时候就被孟家山的土匪绑过一次。他父亲请人挑了两担子的银元才把他换回来。

从那之后，他父亲就对他宠溺得不像话了。真正的饭来张口，衣来伸手。

他才十三岁那年，他父亲就给他娶了一个正房太太、三房姨太太。巴不得他马上生个后代，免得再遭意外断了香火。

正房太太和姨太太都长得好看得紧，但他就是一个都不喜欢。亏得新中国成立后不允许娶姨太太，三个姨太太就都离开了他家，嫁到别处去了。他却又偷偷地哭，舍不得让她们走。

从那之后，他的脾气就更坏了，对留在他身边的唯一一个女人不是打就是骂。少爷性子也没有改掉一毫半分，从不下地干农活儿，扫帚倒了他都不扶起来。

家产早就被没收了，他还要享受日子，衣服必须洗得干干净净，要他女人用熨斗熨得板板整整。后来衣服裤子都破了，打了补丁，他还要熨。

那女人忍声吞气，任劳任怨。

这样过了十年左右，有段时期家家户户都缺粮。家家户户米缸见了底，有的人开始吃以前喂猪的糠，连糠都吃不到的人开始刨树皮吃，树皮都刨完了，有的人就吃观音土。他却责怪女人没有弄肉给他吃，他以前是天天要吃肉的。

女人以前想尽办法让他满意，可是这时正值天灾人祸，从哪里弄肉来给他吃？

他两三天没有吃到肉，实在受不了了，于是把以前他爹防土匪的猎枪修好了，自己要上山打猎弄肉回来。

那时候山上还有很多野畜，有豺狼，有老虎，有野猪，有野鸡，据说还有山神和山鬼。

后来树林不是遭了火灾，就是被人砍伐殆尽。再后来各个村响应号召，砍掉所有的树，全部种果树。果树没种几年，号召又变了，砍掉所有的果树，全部种松树，又叫国外松。据说这样的松树价值高，能做各种木材，能致富。

山上的树就像人的头发，剃了好几次光头。

于是，山上的豺狼虎豹没了藏身的地方，山神山鬼也没了隐蔽的地方。最后豺狼虎豹消失了，山神山鬼难觅影踪了。

在少爷子承上山打猎的时候，山上还是有很多野东西的。

但是山上的野东西都精灵古怪，聪明得很。

因为田里没了吃的，很多人都上山寻吃的。山上的野果子野菜早就被打劫一空，于是有人放夹子，有人挖陷阱，也有人打猎。

有些东西打得，有些东西打不得。

这里的人认为一不能打蛇，二不能打黄鼠狼。

蛇是记仇的，如果没有打死，它就会回来报仇。常听见有人说，某某某在山上或者田埂上看到了一条蛇，吓得把蛇打得半死就走了。那蛇于是循着那人的气味，晚上找到了他家里，将他家里人每人咬了一口。第二天邻居不见他家有动静，觉得古怪，就进去看看，发现他家被灭门了，每人身上有一个蛇咬的印子。

黄鼠狼有邪气，会迷幻人。也常有人说，某某某去山上打猎，看见了黄鼠狼，于是开枪。枪声响过之后，那人跑过去一看，中枪的居然是一个人！还有人说，某某某朝黄鼠狼开了枪，但是子弹打在黄鼠狼身上后弹了回来，打到了自己。猎枪是霰弹枪，子弹不是一整颗，而是一大把小铁珠子。于是那人变成了麻子脸。

少爷子承上山之前，他女人再三交代，不要打蛇，不要打黄鼠狼。

他本来是听了女人的话的，但不知道是他不熟悉动物的习性，还是动物知道山下的人要吃它们，故意躲了起来。他接连六个晚上去了山上，每次都寻到天明，就是没打到什么东西。

第七个晚上，他一上山就碰到了一只黄鼠狼。黄鼠狼还抱了一个黄鼠狼崽。黄鼠狼崽是用布包着的，跟包婴儿的襁褓一模一样。

后来他跟别人说起这件事的时候，别人问他是不是看花了眼。哪有黄鼠狼用襁褓包黄鼠狼崽的？那还不成了精？

少爷子承当时也以为自己看花了眼，其实那天夜里的月光非常明朗，照得大地如白昼一样。他认为这是黄鼠狼使的迷幻术，是要吓唬他，让他不敢朝它开枪。

可是他已经好些天没有吃肉了，心里躁得慌，吃什么都像吃泥巴一样没有味儿。于是，他不管三七二十一，端起枪就要扣扳机。

黄鼠狼看到他端起了枪，就急忙往山上跑。

少爷子承跟着往山上跑。猎枪可不比军人用的手枪机关枪，这打一发如果没中，就要重新填铁珠子和火药，还要用钎杆朝枪口里捅，把火药压紧，然后才能开第二枪。等到第二发子弹装好，猎物早就不知跑到哪里去了。

所以他在没有把握打中的情况下不敢轻率开枪。

那时候山上的路不难走，地上的落叶，路边的草藤早被山下的人捡回去当柴火了。路边的牛粪都会被人画个圈圈起来，表示有人已经先看到了，后来者不要抢。牛粪晒干了是可以烧的，何况山上这些落叶草藤！

黄鼠狼没有什么可以藏身的地方，一直往山上跑。

想吃肉想疯了的子承提着枪一直追。

追到了半山腰，黄鼠狼忽然停住了。

子承以为它抱着黄鼠狼崽跑得太累，跑不动了，心想时机到了，于是再次端起枪，瞄准了黄鼠狼。

正要开枪的时候，他被眼前发生的一幕吓到了。

就在母黄鼠狼的前方不远，竟然又出现了两只黄鼠狼！

那两只黄鼠狼个头比母黄鼠狼大多了，一看就知道是公黄鼠狼。

不仅如此，那两只公黄鼠狼还穿着衣服，头上戴了那时候很多人喜欢戴的绿色军帽。

用子承后来自己的话来说，它们就是"衣冠禽兽"！

子承吓了一跳，急忙收起枪，躲在了一棵大树后面。

他想起了上山前女人给他交代的话，蛇和黄鼠狼不能打。看来这黄鼠狼还真是邪性！

手里的枪只能打一次，而黄鼠狼有四只了，虽然子弹打出来是散开的，但也只能伤到一两只，不能全部打死。他担心黄鼠狼真的像别人说的那样回来找他麻烦。尤其是刚刚出现的那两只公黄鼠狼，显然道行比这母黄鼠狼要高得多，难缠得多！

思前想后，子承决定等一等，看看后面会不会有一只黄鼠狼落单，这样的话就好办了。

子承原以为这几只黄鼠狼是一家的，如果不是一家的，同住在这一座山上，至少应该互相认识。

可那只母黄鼠狼看到两个"衣冠禽兽"之后吓得哆哆嗦嗦，比看见他的时候还要害怕。

子承心想，莫不是黄鼠狼一族也有欺软怕硬、欺弱怕强的道理？

借着明亮的月光，他看到那两只"衣冠禽兽"居然嘴巴一咧，露出了诡异的笑容。

母黄鼠狼恐惧地往后退。

一只"衣冠禽兽"立即闪电般扑了过来，抓住了母黄鼠狼。

母黄鼠狼想要挣脱，可是力气远不如它。

接下来的一幕让子承更加诧异。

另一只"衣冠禽兽"居然开始把身上的帽子摘下来，把身上的小衣服脱下来，边脱边靠近那只母黄鼠狼。它走到母黄鼠狼身边后，将母黄鼠狼扑倒在地，其情形跟两个流氓要欺凌一个弱女子一模一样。

子承的手抖了起来。他从来没见过黄鼠狼之间还会这样。

说到这里，李娭毑说道："动物修炼成人之后啊，就会好的也学，坏的也学。那两只黄鼠狼还没有成人形，但是已经有了人的秉性。"她一点儿也不避讳坐在她面前的都是毛头小孩。她把小孩子当作大人一样招待，或许说话的时候也没有把小孩子当小孩子。

子承说，当时他吓得汗毛直立。黄鼠狼抱褓褓他不怕，黄鼠狼穿衣服他不怕，甚至黄鼠狼说出人话来，他也不会怕，但是在这荒山野岭看到两只公黄鼠狼欺负一只母黄鼠狼，他害怕了，并且怕得要命。

他也说不清自己到底为什么会怕。

不一会儿，那只母黄鼠狼发出了婴儿一般的哭声。

子承从大树后面朝那边看去，看到那只"衣冠禽兽"压在了母黄鼠狼的身上，急不可耐的样子。

母黄鼠狼在它身下苦苦挣扎。

像婴儿一般的哭声越来越响亮，尤其是在宁静的夜里，可以穿透山林，传到很远很远的地方去。

子承满心期待其他的人听到这个声音，然后循着声音跑过来，将这修炼成精的黄鼠狼驱散。如果没有人听到，其他的动物听到了过来也成，狐狸，豺狗，哪怕是兔子也好。

可是没有人也没有动物出来。仿佛它们也像他一样害怕，像他一样躲避。

他忽然对母黄鼠狼充满了怜惜之情，甚至暗暗责怪自己刚才不应该追赶它。要是没有追赶它，它就不会跑到半山腰上来，就不会碰到这两只"衣冠禽兽"。

婴儿一般的哭声仿佛针一般扎在他的心上。

他终于忍受不了了，大喝一声，举起枪瞄准黄鼠狼。

"衣冠禽兽"听到大树后的喝声，吃了一惊，扭头朝他这边看了过来。那个帮凶也吓得浑身一抖，但还抓着母黄鼠狼不放。

"走！"他对着两只"衣冠禽兽"大喊道。

那两只"衣冠禽兽"似乎料到他不会开枪，站在原地盯着他。

"再不走我就开枪了！"他大喊道。其实他不敢开枪。他记得麻子脸的故事，担心子弹会反弹到自己的身上。

"衣冠禽兽"还是看着他，不靠近来也不离去。母黄鼠狼在它身下抖抖瑟瑟。

子承不敢开枪还有一个原因。这子弹打过去，如果伤了公黄鼠狼，也会伤到母黄鼠狼。此时他已经不想打死那只母黄鼠狼了。

他知道，时间僵持得越久，"衣冠禽兽"就越不怕他。

于是，他决定扣动扳机。但是在扣动扳机的时候，他将枪口抬高了一尺。

"轰——"

枪声响了，如炸雷一般。

"衣冠禽兽"听到枪声，顿时吓得撒腿就跑，很快就跑得不见了踪影。

子承看着还在地上哆嗦的母黄鼠狼，收起了枪，叹了口气，说道："你走吧。"

母黄鼠狼抱起襁褓，脚步仓皇地往山下走，走了几步，又反过身来，朝子承连鞠三个躬，然后消失在夜色里。

天上的月亮白得吓人，像是白纸剪了挂上去的。

在苍白的月光下，子承提着枪筒发热的猎枪垂头丧气地往回家的路上走。

他从山上下来，然后顺着潮湿的田埂艰难举步。刚才的一枪，似乎释放完了他所有的力气。

田埂长而窄，刚够一个人行走。两边都是水田，水田里都是水，浅浅一层，刚好没过新翻过的泥土。插秧的时节就要到了。

水面宁静。一块块的水田仿佛是一面面大镜子朝着夜空，月光洒在镜面上，让一面面的镜子熠熠生辉。四周显得更加静谧而诡异。

子承刚沉浸在这种氛围里，就听到身后有窸窸窣窣的声音。

他转过头来，看到了一根行走的大棒子。那大棒子两头尖，是平常用来挑柴的。两头分别扎在柴捆里，不用扁担也不用箩筐，就可以将柴挑起来。这里的人将这种大棒子叫作柴棒。由于它能打能扎，一些人也用它来打架。

村与村之间由于争地界争水道争公平等事情偶尔会发生群体殴斗。用枪违法，用刀易失手杀人，用扁担又没气势，所以柴棒往往出现在这种场合。能把人打伤打残，又不至于打死，这也是一种拿捏。

那柴棒不是自己行走的。

子承朝下面一看，正是刚才的"衣冠禽兽"举着柴棒。

它是报复来了。

这时，田埂的另一头也响起了窸窸窣窣的声音。

他慌张地朝另一头看去，另一只黄鼠狼也举着一根气势汹汹的柴棒，拦在了那边。它们前堵后截，把他夹在两边都是水的田埂上。

子承顿时慌了。他早就知道这两只穿衣戴帽的黄鼠狼不是好惹的。在开枪吓走它们的时候，他就想到可能会遭报复，但没想到这么快就来了。

枪里没有子弹火药，不能再打响一次，装子弹和火药显然已经来不及。

他能想到的唯一自救的办法就是大喊，希望有人听到他的喊声。

可是刚想喊，他的后脑勺就遭了一柴棒，打得他眼冒金星，扑倒在潮湿的田埂上，嘴巴啃了一嘴的土腥味儿的泥。枪掉在了田埂旁的水里，看起来像一条蛇。

李娭毑说到这里的时候，连呸了几口唾沫，好像扑倒在田埂上的是她，吃到泥的也是她。她要把嘴里的泥渣吐出来。

听的小孩子们见她这样，就笑了起来。

李娭毑一咂嘴，说道："还笑！还笑！要是你们碰到穿衣服戴帽子的黄鼠狼，还不吓得哭爹叫娘？子承的腿就是被黄鼠狼用柴棒打断的！"

小孩子们吓得不敢笑了。

李娭毑说，那两只黄鼠狼凶残得很，它们见子承倒了地，就举起柴棒死命地往子承腿上打。它们还不敢打死他，可能怕损了福报，就把他的腿骨打断了。

子承自小娇生惯养，哪里受得了这样的折磨？他疼得昏死过去。

到了第二天早上，到田里来看水的人发现了他，还以为他死了，吓得跑回村里喊人把他抬回去。抬起来的时候，人家才发现他没死。

自那之后，他就不能自己下床了，天天躺在床上发呆，脾气更加暴躁，动不动就把碗摔了，把东西往地上砸。

以前他女人有点怕他，这也可能是她一直没离开他的原因之一。也不敢跟他顶嘴。另外一个原因是他长相好，虽然好吃懒做，穷讲究，但还有那么一点点少爷的翩翩风范。

自从他双腿断了之后，他女人就开始顶嘴，骂他没用，跟他分房睡，省得晚上要起来给他端屎尿。

画眉的人觉得村里的人遭到黄鼠狼惨打，这是失面子的事情。不威慑一下，以后说不定还有其他老鼠精、狐狸精来村里捣乱。村里派了人搜了两次山，都没有找到穿衣服戴帽子的黄鼠狼，也没有看到抱着襁褓的黄鼠狼。

有的人不相信子承说的话，认为黄鼠狼不至于这么厉害。

但是有两户人家发现家里的柴棒确实不见了。

过了好些天之后，有人在老河那里钓鱼，起钓的时候竹钓竿差点崩断，还以为钓到了大鱼，结果拖起来一看，原来是一根柴棒。钓鱼的人在老河的草丛里又找到了另一根柴棒，拿回来一问，正是那两户人家丢失的。

两根柴棒送到子承那里，子承也说那晚黄鼠狼举的就是这两根柴棒。

原来不信他的话的人，此时变得相信或者将信将疑了。

原来子承发脾气的时候，人们总说子承的不对，说他女人作了孽。

自从他瘫痪在床之后，再听到他们家吵闹，人们就劝他女人让一让，开始同情子承了。

但是这样的劝解没有什么作用。他们家的吵闹声一天比一天大，吵得全村的人都能听见。

终于有一次，他女人吵完之后收拾了家当，要离开这里。她把收拾好的大包小包放在地坪里，要村里的人帮忙用车拖走。

左邻右舍便出来劝解。

不劝解还好，一劝解，他女人就哭了起来。

劝解的人就问："你哭什么呢？"

他女人指着他房间的窗户哭着说："他天天躺在那里什么都不干，脑袋里尽想着那档子事！我一天到晚累得要死，还要伺候他那玩意儿！你说我心里屈不屈！"

劝解的人明白了。原来他们分房太久了，他要他女人跟他做那种事情。但是他女人开始嫌弃他了。

这种事情，劝解的人劝也不是，不劝也不是。

那次他女人闹过之后没有走。但是大家都心知肚明，她迟早是要走的。

据子承自己后来说，他和他女人闹过之后不久的一个夜里，他被窗外一阵沙沙沙的声音吵醒。那次他的睡意本来就不浓，被吵醒之前刚好做了一个以前的梦，梦见自己还是衣来伸手饭来张口的公子少爷，三个姨太太都还在身边，但是梦里的他还是躺在床上，还是动不了。于是他非常着急，想起以前腿是好的，怎么姨太太都还在的时候腿就不好了呢？

这时恰好窗外响起了沙沙沙的声音，仿佛有人用手在抓窗户。

他一睁开眼，姨太太就消失了，窗外却有一个黑乎乎的影子闪过。

他心想，莫非是小偷不成？

他不喊也不动，就盯着窗户看。

家里已经不像以前了，现在穷得叮当响，没有什么东西值得小偷光顾。况且自己走不动跑不了，万一小偷怕被发现，把他杀了灭口呢？还不如假装睡着了。让小偷自己来自己走。

果然，四周安静了一会儿，窗户又开始沙沙沙地响。但是那个东西学乖了，影子没有落在窗上，有意躲着。

他还是假装睡着了，还故意打呼噜。他知道那个东西是在试探他，看看他是不是醒着，看看他有没有发现异常。

眼不见为净。他想翻个身，把身子朝里面侧着，背对外面。可是双腿使不上劲儿，他翻不了身，只能仰躺着。平时侧个身还不算太难，双手抓住床头，然后使劲，勉强可以完成。但这时候他已经假装睡着了，腾出双手来使劲，那就穿帮了。

李娭毑一边说一边将手举起来，然后扭了扭身子，学着那天晚上子承想要做的动作。仿佛那天晚上的情景她看得一清二楚。

"窗户外面到底是什么东西啊？是黄鼠狼吗？"听得认真的小孩子迫不及待地问。

李娭毑摇摇头，说道："子承给我们说的时候，我们都以为是黄鼠狼来了。"

"难道不是黄鼠狼？"小孩子更加好奇。

"谁知道呢？子承说他自己也不知道那是什么东西。"李娭毑无能为力地说道。她是个诚实的人，不知道就是不知道。她本来可以说是黄鼠狼来了的，毕竟这符合所有人的想象。

人们总是愿意看到符合自己想象的事情发生，有时候不管真实发生的是什么。大人这样，小孩子也这样。

别的大人对小孩子没有耐心，不管小孩子问什么，回答总是漫不经心地说"是呀""可能是吧"，能敷衍就敷衍。

李娭毑对小孩子很认真。

她说，子承继续仰躺在床上，不敢乱动。

外面那东西以为里面的人真的睡了，安静了一会儿之后居然开始推门。

子承的房间是单独开门朝外的。以前这种房子只给自己的长工住。腿断了之后他女人跟他分开住，就把他安置在这里。

门外面有锁但是没有锁上，里面有闩但是没有闩上。他女人进出门的时候才不管这些。他自己更没办法锁门或者闩门。

因此，门一推就开，吱呀吱呀地响。

子承眯着眼，从眼缝里往那边看，没看到门后到底是什么东西。

门开了一条缝，月光就从那里泻了下来，落在地上，如同结了一层霜。

开始还含含糊糊的猫叫声也传了进来，更加清晰。

那是一只发情的猫。叫声却凄厉得很。

子承感到前所未有的悲伤。自己还不如一只猫呢。猫发情了敢肆无忌惮地在夜晚嚎叫，他却不敢说出来。

门已经打开了一半，他等着小偷进来，可是始终不见小偷的踪影。

莫不是风把门吹开的吧？他心想。

可是门那边并没有风吹进来。

他忽然感觉有些失落。哪怕进来一个小偷也好啊。

猫叫声停了。

他想那只猫应该是找到伴侣了。

四周寂静无声。

他更加感到失落，好像自己已经死了一般，又或者自己是一块石头，是一棵树，是一滴夜露。他还是少爷的时候听家里私塾先生说过，世间万物分为有情众生和无情众生。他觉得现在他属于无情众生的一部分。

这么想着，他又迷迷瞪瞪地要睡去。

不到一会儿，他感觉被子里有些异样，似乎有一只什么虫子爬了进来，在被子下面爬动，从脚下往上爬。他下意识里想抬腿蹭蹭那个东西，看看那到底是什么，可是他的腿动不了，感受不到那个东西的形状和大小。

他想挪动一下，可又担心小偷还在门口没有走。他只好忍住痒痒的感觉，继续一动不动。

那东西好像在被子里面寻找什么，爬到他腰间的位置就不再往上爬了。

子承还在想呢，这东西怎么停住了？

很快，他就感觉到有些不适，但是不适很快转变为舒适。被子鼓动起来，空气一会儿被吸进去，一会儿被泄出来。原本被窝里捂得略微湿热的空气顿时变得清爽而舒畅。

就连外面的月光都变得柔和了许多。

他觉得他又活过来了，从一块石头或者一棵树或者一滴夜露变成了人。从无情众生转变成了有情众生。

她说，子承这个夜晚的离奇经历，就跟那天晚上的悲惨经历一样匪夷所思。

或许世界上发生的所有事情都没有什么悲喜可言。该发生的就是会发生。像水往东流，像四季轮转。悲喜是人自己造出来的。

子承后来将那晚的经历说给别人听的时候，有些人目瞪口呆，有些人心生羡慕，还有些人说子承是做了梦。

子承也觉得自己是在做梦，待那东西从被窝离开之后，他觉得刚才发生的事情太过梦幻。他都怀疑刚才窗户是否沙沙沙地响过，门是否开过，月光是否进来过。

"是黄鼠狼来报恩吧？"也有人将信将疑地这么问。

但他第二天翻开被子，又滚落到地上，再爬到窗边，没能找到一根黄鼠狼的毛。

他还偷偷叫人喊了歪爹来给他看面相气色。

歪爹生来五官歪曲，连手跟脚都不协调，但是会驱邪画符，鼻子也灵敏得很。

外公曾有一段时间帮他画符，学了不少符文。

那根插在我家米缸旁边的桃木符，上面的符文便是外公从歪爹那里学来的。

按歪爹的说法，如果是精怪魅惑男子，吸取精气，那么被吸的男子在眉宇间会有一团黑气，白眼珠子上会有血丝。

歪爹仔细看了子承的面相，十分肯定地说："不是邪魅，也不是黄鼠狼。"

"那是什么呢？"子承问歪爹。

歪爹半边脸往下斜，好像要睡觉了的样子，想了一会儿，说道："我也不知道。"

"那怎么办？"他女人在旁问道。

歪爹喝了一口茶，喝得很慢，喝完一口，他把杯子里的水倒在地上，只留下杯底被开水泡开的茶叶，然后拍了拍杯子，挑了茶叶放在嘴里嚼。他一边嚼一边想。

歪爹不爱喝茶，但喜欢吃茶叶。

有人说，歪爹生下来五官歪曲，是因为他母亲怀着他的时候打了蛇，但是没把蛇打死。后来蛇报复，让他母亲染了蛇气，影响了胎气，所以他生下来的时候变了形。因此，人们认为他天生就跟那些精怪结了仇，是不会偏袒它们的。

歪爹吃完茶叶，斜着看了子承的女人一眼，说道："依我看，他这是梦魇。日有所思夜有所梦。"

子承的女人就别了脸，骂道："不要脸的东西！"

半个月后她离开子承的时候却又对人说，她当初来到画眉，可不是像其他的姨太太那样看中了子承家里的钱，要是为了钱的话，当初他家产被没收的时候也会像其他姨太太一样离开。她看中的是子承的相貌，她觉得子承虽然十指不沾阳春水，不会干活儿又不识五谷，但是仪表堂堂，风度翩翩，不是一般男人比得了的。钱没了，她还有想头，现在人又这样了，她没想头了。

"当初就是上了他外表的当！"他女人最后补充道，然后带着孩子和全部家当离开了画眉。

那都是后话。

歪爹给子承看完之后，还是给他画了一道符，说是破解梦魇的，要他放在枕头底下。

"梦也是魔，也是怪。想太多得不到的东西，就会成为心魔，就会成为孽障。跟鬼怪妖精一样能魅惑人，能让人神志不清。"歪爹说。

子承却没有听他的，没有把破解梦魇的符放在枕头底下。

不过接下来几天倒是安静了。

每天晚上，月光依旧宁静，猫儿依旧叫。但是他的房间里没有出现异常现象了。

大概过了七八天，子承又做了一个梦，梦到小时候他父亲给他娶了一房新姨太太。他挑开姨太太的红盖头时，看到的不是他熟悉的后来几个姨太太的脸，却是一张陌生的脸。虽然是在梦里，但是他知道几个姨太太长什么模样。

他很紧张，问那姨太太道："你是谁？"

那女人羞涩地笑道："我是你的人了，你还问我是谁？"

他问道："我以前没有见过你，怎么就是我的人了？"

她说："我嫁入了你家，就是你的人。"

他不知道该怎么回话。

他看了看洞房的布置，跟他十三岁时父亲给他娶媳妇时一模一样，红盖头，红罗帐，红蜡烛，红喜字。红色的绸缎被上绣着一对鸳鸯。

一瞬间他认为自己真的回到了当初。

但是他想起自己二十多年后双腿残废，家徒四壁，困在一间长工居住的房间里无人关照，而冲动的欲望让他备受折磨，且因此遭人嘲笑，于是忍不住大声号哭起来。

那女人见他大哭，一脸茫然地问道："这大好的日子，你哭什么？"

他没有回答她，越哭越伤心，越伤心越哭，不可自制。

女人见他哭得伤心，就用刚刚取下来的红盖头给他抹眼泪。

"我好怕。"他说道。他确实怕得很，想到二十多年后的光景，他的心就疼得抽搐。

女人抱住他，用手轻轻拍他的后背。

"那都是梦呢，不要怕。"女人说道。她在梦里，说他二十多年后的人生是梦。

但这句话让子承忽然放松了许多。他闻到了女人身上淡淡的香味，觉得这香味太不真实。他记得自己是睡在一个无人光顾的散发霉味的房子里，他记得睡觉前听到窗外有猫叫声。

而此时此刻，他没有闻到霉味，没有听到猫叫声。

他闻到的是女人的香味，听到的是大红蜡烛燃烧时发出的细微噗噗声。

蜡烛芯儿烧过了，灰烬仍旧在芯儿上，被烛火烧得通红，像是春天枝头上开出的花朵。这一切都如此真实，仿佛二十多年后的那些事情反倒虚幻缥缈了。

女人在他耳边轻声说道："你躺下吧……"

他乖乖地躺了下来。床软软的，垫被下面应该是加了晒干的稻草秆儿，在他躺下去的时候，下面发出喳喳的声音，像是秋收季节躺在稻草垛儿上。他闻到了稻秆儿独有的气息。他有一种睡在田野里的错觉。

他小的时候，他父亲去稻田里监工，看农人干活是否出力。他父亲就把他放在稻草垛儿上。他便躺在稻草垛儿上看蓝天白云，看飞过去的鸟。

女人在他耳边轻声细语："好好睡吧，睡一觉就好了。"

他便沉沉地睡去。

第二天的鸡鸣声将他吵醒，他睁开眼来，发现自己仍然孤身一人躺在小破房子里，屋里依然散发着霉味。

天还是蒙蒙亮。

他双手支撑自己坐了起来，呆呆地看着眼前的一切。

忽然，他发现床边的鞋子摆得端端正正，像他双腿完好时睡觉前摆好的一样。

在以前，他特别注意睡觉前鞋子如何摆放。因为他父亲担心他梦魇，从小就叫他将鞋子并排，鞋尖朝外摆放。他父亲说，鞋子如果鞋尖朝床摆着，半夜做梦的时候跑不快。

他问他父亲，怎么会有这种说法。

他父亲说，这是古话，是他的父亲告诉他的。

他偷偷试了一次，故意将鞋子倒着放，那天晚上他做了一个噩梦，梦见被鬼怪追赶，他心里急不行，可就是双脚迈步特别辛苦，怎么跑都跑不快。

自那之后，他每次睡觉前都小心翼翼地看床边的鞋子摆好没有。他的几个姨太太知道他的习惯，每次都帮他把鞋子摆得整齐。

但是自从双腿被打断之后，他便不管鞋子了。自己已经跑不动了，又怕什么梦里跑不动呢？再说了，鞋子都没有穿过了，也就不怎么关心鞋子了。

他女人见了他就生厌，自然不会像以前那样给他细心地摆好鞋子。

于是，他的鞋子获得了自由，一会儿在门后面，一会儿在床底下，从来没有安分过。

可是这次醒来，他看到那双鞋子规规矩矩地守在床边，似乎要为他抵抗梦魇。

昨晚一定有人进来过！并且离开的时候帮我摆好了鞋子！子承

一惊。

这次他没有立即跟任何人说起这件奇怪的事情，包括歪爹。

毕竟他还是相信歪爹的能力的，他不想让歪爹知道他没有将破解梦魇的符放在枕头底下。

别人也相信歪爹的能力，如果他告诉别人这样的事情，并且让别人知道他没有把符放在枕头底下的话，别人就会认定他依旧是在做梦，并且会嘲笑他。

他可是曾经有过好几个姨太太的人，虽然那都是过往了，并且那时候并不觉得有什么了不起的，但是他不想让人因为这个嘲笑他。

第二天，他央求别人把他抬到了外面。他在房门外看了又看，找了又找，都找不到跟他昨晚的遭遇有关的蛛丝马迹。

人家问他找什么。

他说家里的针丢了，看看是不是落在什么地方。

人家笑他，你都不出门的，能把东西丢到外面来？

他辩解说，也可能是老鼠拖走了嘛。

人家又笑他，老鼠还要缝衣服不成？

他说道，打断我的腿的黄鼠狼就穿衣服，老鼠为什么不可以穿？

人家见他往自己的痛处上戳，知道他不愿意说，也就知趣地不再问了。

过了一会儿，后山上突然响起一阵阵的炮响声。有鞭炮，有大炮。并且阵势大得很，轰隆隆声不绝。

子承就问人家："谁家放炮？出了什么事？"

炮只有在过年或者红白喜事的时候才放的。

人家就说："昨天快晚上的时候，十多辆小车进了村，好多人围着看呢。你不知道吗？"

那时候小车很少见，别说十多辆了。村里人自然会围着看稀奇。

那时候有个专门嘲笑农村人没见识的笑话，说是有一辆小车开到了一个闭塞的农村里，很多人过去看热闹。一个人就问另一个人："这铁壳子是什么东西啊？"另一个人告诉他："这是大虫子。"那个人点头道："哦，大虫子。"说完，他就去摸那小车。小车里的司机见别人摸车，便按了两下喇叭。那个人就哈哈大笑起来。别人问他笑什么。那个人说："没想到这大虫子还怕痒痒呢！"

子承虽然是农村人，但是他在家道还未衰落的时候开过小车，对小车并没有那么好奇。但他不知道十多辆小车进了村，是因为他困在那间房屋里，没人管他。

"怎么来那么多车？"子承问道。

"马二叔家不是有个伯伯在省城里做官嘛，听说前几天去世的。他是用的城里那套搞法，不土葬，烧成了骨灰。但是他生前说了，死了还是要叶落归根，葬到画眉的后山来。这不，昨天骨灰就送到这里来了，一同来的还有省城和市里的人，都是以前跟他有关系的。"

"这样啊。"子承看了看地坪前面的泥路，果然有轮胎压过的痕迹。

"哎，不对啊，"被问的人忽然想起了什么事情，"你怎么可能不知道呢？一同来的人里面有个女的还问起过你呢。她没来找你吗？"

子承一愣，反问道："找我？"

"是啊。她特意问了，问子承的家住在哪里，现在腿脚是不是好了些。"

子承道："我在城里没有亲戚朋友。"

贫在闹市无人问，富在深山有远亲。自从子承家道一落千丈之后，以前的亲戚和朋友都基本不来往了。何况他并不住在闹市。

"她叫什么名字，你知道吗？"子承问道。

"我听到别人好像叫她心莲。"

"这个名字不好。"子承说道。

"怎么啦？"

"莲心是苦的啊。可是我不认识叫心莲的人……"

"不会吧？我听人说她问了你家位置之后，昨晚还来你这里了呢。"

"昨晚来我这里了？"子承想起了昨晚的梦，还有那双摆好的鞋子。可是他确实不认识心莲。

"来保说的，他说他看见那女的到了你家地坪里。"

来保就住在他家隔壁。

子承叫人喊来了来保，问他是不是看到那个叫心莲的女的来过他家的地坪里。

来保点头道："是啊。我看到她走到你那个房子前面了。不过一会儿她就不见了，我不知道是到你房间去了，还是走了。"

"什么时候来的？"子承问道。

来保道："时辰我可没注意，反正那时候天已经黑了。我听到外面有脚步声，就起来看看，一看原来是白天来的那个女的。她还问过你家在哪里，所以我记得。我想她应该跟你认识呢，就没管她，回屋里睡觉去了。"

子承心想，莫非昨晚是她进了房间？做了那些事情？

即便是这样，那上回又是怎么回事呢？上回如果是她，这次她怎么还问他住在哪里？上回若不是她，那又为何如此相似？

子承想不明白。

他决定去看一看那个名叫心莲的女人。

他央求来保背着他去马二叔家看看。

来保觉得事情有点怪，便答应了。来保蹲下身，要背他。

他却犹豫了，说："来保，辛苦你帮我打点水来，我先洗个澡。"

来保嗅了嗅，说道："也是，别让城里人笑话。"

来保给他打了水，又去他家厨房帮忙烧了水。

他女人见了，打趣道："哟，这是要去做客还是相亲啊？"说完就走了。她要赶着去看戏。马二叔家请了县城的花鼓戏团，据说要唱七天七夜，要把葬礼办得热热闹闹、风风光光。

子承以前也喜欢看戏，他父亲以前经常在丰收的年份请戏台班子来村里唱，犒劳为他辛苦了一年的雇农和长工。十里八村的人都来画眉看戏，非常热闹。唱到快结束了，总有一个丑角跳到舞台上来，说一番祝福来年的好话，然后戏台下面的人就将手里的瓜子花生水果扔到戏台上去，算是给戏子的酬劳。这时他父亲早已备好了一叠大洋，让他朝戏台上扔，希望所有的吉言都降临在他的身上。

后来他就不看戏了，躲着戏班，怕碰到以前认识的戏子。

洗完了澡，来保背着他去了马二叔家。

马二叔家前有一个很大的地坪，是他们一大家子共用的。村里有什么集体性的大事，一般都在那里举办。戏台就搭在这块地坪里。戏台下面坐了好多人。有马二叔家穿白孝衣的人，有村里的其他人，有别的村里赶来看戏的人，也有一些完全陌生的面孔——应该是昨天从省城或者市里来的。

来保背着他在人群里走了一圈，没看到心莲。

"不会是回去了吧？"子承有些失望。

来保说："不会的。车子都还在这里呢。应该是去别的地方了吧。"

于是，来保背着他去周围找。

出了地坪，走了不几步，来保就悄悄对后背上的他说："哎，你看，心莲在那边呢！"

子承看到前面有一个穿了一身白孝衣的女人站在一堆纸人纸屋旁，她正在跟住在后山那边专门做纸人纸屋的人说什么话。

她的头上系了白色孝带，却像是有意装扮。因为这样让人觉得她更好看。

子承忽然想起"女要俏，一身孝"的俗语，以前不明白古人为什么这么说，看到心莲的那一瞬间，他忽然明白了。

她就像一朵茉莉花，或者是栀子花，抑或是百合，清纯脱俗，出落凡尘，遗世独立。

她问那个做纸人纸屋的人："这些烧掉，亡人真的能收到吗？"

做纸人纸屋的人回答说："亡人收到的是怀念之心。人死如灯灭，哪里还住什么房子哦。不过对于它们来说，有人怀念，便会存在。只有完全被人忘记了的人，才会消失呢。"

"这么说来，凡是被人记着的人，就不会消失；凡是被遗忘了的，才会消失。是不是这个道理？"她好奇地问道。

那人回答道："哎，你这姑娘真有灵性。"

子承心想，她真是一朵有灵性的花，她是修炼成人的花。

来保扭头朝后一看，看到子承入了迷的模样，悄声提醒道："看也看了，要上前打招呼吗？不打招呼的话我就背你回去，我有点吃不消了。"

"我不知道该不该打招呼。"子承犹豫不决。

来保不满道："澡也洗了，我也背你到这里来了，你招呼都不打，岂不是白忙活一场？"

子承愧疚道："那你背我过去。"

来保背着他走到心莲身后。

子承小心翼翼地喊了一声："你好。"

心莲没有转过来，还在看做得精致的纸屋。那纸屋墙边还画了人，画了鸡狗猫等家畜，简直是另一个完美的世界。

做纸人纸屋的人认识子承，知道子承不是跟他打招呼，便朝心莲伸手示意身后有人打招呼。

心莲这才转过头来，看到了来保和来保背后的子承。

"你好。"心莲对他们两人笑了笑，微微鞠躬。

她的目光落在了来保背后的子承身上，居然主动询问道："你是子承吧？"

子承一愣，心中一慌。

"你认得我？"子承问道，顿时又自惭形秽起来。

"认得呢。我听好多人讲过你遇到黄鼠狼的事情，早就听说过你了。"心莲温和地说道。她的孝服里其实穿了外套的，外套是红色的，从白色的孝服里渗出一些些红来，像她的脸一样。

在这里，穿孝服没有太严格的讲究。直系亲戚自然是要穿孝服的，孝子的孝服上必须缝一块麻布上去，所谓"穿麻戴孝"。不是直系亲戚的，也可以穿孝服，但不用也不能缝麻布。哪怕是毫无关系的人，也可以系一块孝布在头上。尤其是家里有小孩的大人，往往会主动要一块孝布让小孩戴上。据说这是可以"带关"的。"生关"是命里带来的关卡，"带关"则是悼念亡人的孝布可以把一些关卡带走的意思。

子承听她说到黄鼠狼的事情，露出羞赧的表情，心想难怪她一眼能看出自己来，原来是知道双腿被打断的人是他。

要不是这样，他就以为她昨晚真的进过他的房间了……

如此看来，她只是因为黄鼠狼的故事而产生好奇心，想看看故事里那个人的真面目而已。子承是这样想的。

"原来是这样。"子承失落地笑了笑,然后对来保说道,"好了,你背我回去吧。"

来保也觉得失落,"哎"地应了一声,就迈开步子往回走。

子承恨不能来保是一匹马,他扬起鞭子狠狠地抽一下,便能让马儿扬起四蹄飞奔回去,免得自己的背影被心莲看到。

来保应该是背累了,偏偏走得很慢。

"你别走啊。"心莲在他背后喊道。喊得很急。

来保没有停,继续往回走。

心莲追了上来,抓住子承的袖子。

"你这人怎么这样?话还没说完呢,怎么说走就走了?"心莲抱怨道。

子承无精打采道:"他背着我累呢。"

来保呼呼地喘气,像一头刚耕完田的水牛。

心莲走到看戏的地方,端了一把椅子过来,放在来保身边,说道:"你把他放下来。"

来保就把他放了下来,放在椅子上。

这样一来,子承就比心莲矮了半截。子承得抬起头来看心莲,刚好从这个角度是逆着太阳光的,子承看不清心莲的脸,却被阳光晃得眼睛直流眼泪。

来保见子承泪如泉涌,迷惑不已,问道:"子承,你哭什么?你还是认得她吧?"

让其他人都没有想到的是,心莲居然伸手去将子承脸颊上的泪水抹干。

就连子承都愣住了。

"你说的黄鼠狼的故事，可是真的？"心莲一边给他抹泪水一边问道。

子承觉得很不自然，但又觉得很感动。他的脸动都不敢动一下，僵硬地说道："是啊。"

"怎么可能呢？虽然都说黄鼠狼邪性，可是我从来没有见过这样的黄鼠狼。你为什么要说谎呢？"心莲的手上都是子承的泪水。但她一点儿也不嫌弃。

来保在旁边说道："他没有说谎，黄鼠狼打断他腿的柴棒我们都找到了。"

心莲点头，蹲下身来，抓住椅子的一边，对来保说道："我们把他抬到阴凉的地方去吧，这里太晒了。"

来保连忙去抓椅子的另一边，合力将子承抬起。

子承被抬起的一瞬间，想起了年少时坐在抬椅上巡视山林的情景。山上的路很多又窄又陡，不好抬轿子。所以每次他父亲上山看自家山林的时候，都要吩咐长工用两根竹竿从一把椅子下穿过，固定起来，然后让子承坐上面，再叫两个人抬起来。

他父亲舍不得让他走山路。

对于抬椅子的竹竿，他父亲也有很多要求，不要老竹竿，不要嫩竹竿，要带着绵软却有韧劲的。这样的话，下人抬着椅子上山的时候，竹竿会因为椅子和他的重量而上下跳动，一晃一晃的，舒服极了。特别是在抬椅子的人越过坎、跳过沟的时候，他也不至于觉得不舒服。

讲到这里，李娭毑忍不住责备道："你们看看，他就是这样一个娇生惯养的人！"

听李娭毑讲了抬椅的事情后，画眉的小孩子便弄了家里的晾衣竿来，从椅子下穿过，做了子承坐过的抬椅。两个人抬，一个人坐，玩得不亦乐乎。家里人晾衣服的时候发现晾衣竿不见了，又把小孩子打一顿，将抬椅拆了。

　　子承的父亲不坐抬椅，他父亲走在前面，告诉子承从哪里的哪一棵树开始是他们的地界，从哪里哪一块石头停止是别人的地界。

　　"古往今来，子承父业。待我百年之后，你莫忘记了我们家的田在哪里，山在哪里。"父亲看着在抬椅上晃得昏昏欲睡的他，忧心忡忡地说道。

　　"前人种树后人乘凉。我给你打理好了这一切，你的日子会越过越好的，像早晨的太阳一样。"父亲手搭凉棚，看着从茂密的树叶中漏下的阳光说道。

　　那时候的阳光跟他现在面对的阳光几乎没有什么区别。但是眼前的人都不一样了。

　　有些东西是永恒的，有些东西转瞬即逝。

　　心莲和来保将他抬到了阴凉的地方。戏台那边已经唱完了一段，锣鼓声响了起来，热闹得很。

　　心莲抹了一把额头的汗，问子承："黄鼠狼打断了你的腿，你为什么不把它们找出来？你好心怕伤到它们，故意把枪口抬高了。它们却不记你的好，还要报复你！这些邪性的东西，你越退让它们越猖狂，你退一寸它们进一尺，你退一尺它们进一丈。"

　　来保在旁说道："我们当时去搜了山，他还骂我们多管闲事，把好心肠当作驴肝肺。我也不知道他是怎么想的，就这样打落牙齿往肚子里咽。"

　　子承斥责来保："你懂什么？退一步海阔天空。反正都已经这样了。"

　　心莲问道："你是不是有什么顾虑？"

子承在心莲面前不敢有脾气，懦弱地摇头道："没有。我能有什么顾虑？"

"是不是怕那两只黄鼠狼找那母子黄鼠狼报复？"心莲追问道。

"这是哪里的话？"子承细声细气道。

心莲道："你若是没有什么顾虑，我可以帮你把那两只黄鼠狼找出来！"

子承和来保，还有那个做纸屋的人都吃了一惊。全村上百号人把山林搜了个遍都没能找到那两只穿衣服戴帽子的黄鼠狼，她一个外来的城里女人还能找到？

"你……你是干什么的？"来保问道。

"什么做什么的？"心莲问道。

"你在城里是做什么工作的？"来保问道。他觉得城里人遇到怪异的事情好像要少很多，心想，莫非这个心莲在城里本就是看风水的？

心莲回答说："我在纸厂里做会计。"

"会计？"

"是的。"

"会计还能捉黄鼠狼精？"来保挠着后脑勺问道。

心莲笑了笑，说道："我有我的办法。"

来保看了看子承。

子承摆手道："还捉什么捉？都已经过去这久了！来保，背我起来，我要回去！"说完，他双手抓住椅子的靠背，挣扎着要起来。

他使劲没使好，椅子往旁边一歪，他从椅子上摔了下来，摔了个猪啃泥。

来保急忙去扶他。

"回去就回去嘛，你急什么！"来保不满道。

来保把他背起来，然后往家里走。

心莲见他生了气，愣愣地站在原地，看着来保背着他越走越远。

子承在来保的背上回头看了一眼心莲，忽然又觉得自己过分了。他不应该生气的。人家是要帮他捉黄鼠狼，怎么说也是一片好心。

到了家之后，来保也埋怨他："你说你，去之前还讲究，偏得洗个澡，没找到还担心她走了，怎么见上面了没说两句就发脾气呢？你以为你还是少爷？想砸东西就砸东西，想发脾气就发脾气？"

在以前，来保是子承家的短工。有一次子承发脾气，用饭碗砸了来保的头，瓷片划破了来保的头皮，那一块地方留了一道疤，再也没有长过头发。来保没有恨过他。

来保以前好赌，有一次赌红了眼，又被人下了套，把老婆抵押给了别人。醒悟之后，他央求子承救他。子承一听来龙去脉，气得把手里的饭碗扔在了他头上。后来子承跟人商量，用一块上等的地把他老婆换了回来。

"你有没有听我说话？"来保见子承两眼盯着别处，忍不住说道。

子承确实没有听他说话，他的目光落在破破烂烂的门框上。

门框上有一颗露出钉帽的钉子，钉帽上挂着几条白色的线。刚刚来保背他进门的时候，他就看到了，然后就一直盯着白线看。

那时候农村人平时很少穿纯白的衣服，干活儿容易弄脏，弄脏了又难洗。除非是出门做客，或者丧礼上穿孝服。

即使出门做客，也是上身穿白衬衫，下面是不会穿白裤子的。

门框上的钉帽位置很低，在正常人的小腿处。

所以子承清楚，那钉帽挂到人的衣服留下那几条白线的话，必定是挂到了来马二叔家悼念的人的孝服了。

他心里一边想着，眼睛一边看着。他担心那几条白线是不存在的，或者是阳光照射之后的结果。如果地坪里有破碎的镜片，阳光就可能会落在门框上，恰好像几根白线。

其实他已经看得清清楚楚了，白线随着风飘动，但是他就是不愿或者不敢相信那是真的。

"来保，你帮我去门口看看，那个钉子上面是不是挂了什么东西。"他说道。

来保走到门口，从钉帽上扯下那几根白线，回到子承身边，说道："布丝。谁的衣服挂在钉子上了吧？"

子承急忙道："来保，你快点背我到唱戏的那地方去！"

来保不耐烦道："你是不是故意折腾我？刚刚去了你要回来，回来了又要过去，你把我当你的马啊？"他嘴上虽然这么说着，但是在子承的床边半蹲下来，好让子承爬上去。

子承爬到来保的背上，拼命地催他："走快一点，走快一点！"

来保就跑了起来。

子承在他背上一颠一颠，好像骑着一匹奔跑的马。

他们回到了戏台那里。

心莲坐在人群之中看戏。

子承指着一身白孝服的心莲，对来保说道："那里！那里！"

心莲见他们俩急急忙忙回来了，一脸茫然地问道："你们这是干什么？"

子承说道："站起来！你站起来！"

来保觉得这样不太讲礼节，扭头对子承说道："你不是少爷了，怎么能吩咐别人？"

心莲懵懵懂懂地站了起来。

"转一圈！你转一圈！"子承又说道。

李娱驰说，你们听听，这子承的少爷脾气就没改过。即使他这样不知礼节，人家心莲还是二话不说，在他面前转了一个圈。

"你的衣服后面挂了一个洞？"子承问道。

来保听到子承这么说，顿时露出惊讶的表情。他终于知道子承为什么这么着急要回来了。

但是心莲一点儿也不惊讶，她回头看了看，用手摸了一下那个破洞的地方，笑道："是啊。今天上午跟他们去老河那边念《度亡经》的时候，被河边的刺挂了一下。"

念《度亡经》是葬礼的一道不可缺少的程序。孝子在前面捧住灵位，带着亡人的灵魂在村里的路上走一遍。孝子后面跟着敲敲打打吹着小号的道士。道士身后跟着举白灯笼的八个小孩，给亡人照亮方向。紧跟其后的便是亡人的亲朋好友。

这是带亡人在熟悉的地方走最后一遍，看最后一遍，如此之后，似乎亡人才能安心上路。念经的队伍走到哪里，哪里的人家便会出来放一挂鞭炮，既表示迎接，又表示送走。除非那户人家跟亡人生前有过节，就不会放鞭炮。

队伍走到老河那里就停住不走了。道士在河边念一段经，队伍就打道回府。

"怎么啦？"心莲问道。

子承被问住了。

来保急忙帮他解围，说道："哦，哦，没什么。他刚才看到你的衣服破了，忘记了提醒你，所以特意来一趟，告诉你一下。"

心莲的脸上保持着微笑，对来保背上的子承说："原来你是这么细心的人。"

子承尴尬不已。

"可是你这么细心，却只发现我衣服上的破洞，没发现我是你以前认识的人吗？"

"以前？多久以前？"子承茫然道。

"以前嘛，可以是很久很久以前，远到上辈子，也可以是不久前。"心莲说道。

子承丈二和尚摸不着头脑，眯起眼睛问道："上……上辈子？"

心莲似乎要笑，但是忍住了，可是嘴角还是不经意地上扬了。她要笑又很认真地点头说："是啊是啊。你想起来了？"

子承努力地思索，仿佛自己真的忘记了一件很重要的事情，似乎经人提醒之后瞬间就能回忆起来。可是他没能如意地想起任何与面前女人相关的记忆，哪怕是片段。

心莲见子承一本正经地想，忍俊不禁。

"你是逗我玩的？"子承后知后觉。

心莲捂住嘴，不让自己笑出声来。她说道："走吧，去你家里说，在这里会吵到别人看戏。"

子承尴尬道："我家里不整洁……"

心莲打断他说："不碍事的。我又不嫌弃你。"

于是，他们三人离开唱戏的晒谷场，回到了子承住的地方。

进门的时候，子承特别注意看了那颗顶帽的高度，和心莲身后被挂的地方齐平。他的心里咯噔一下，却不敢说出来。想起晚上的亦真亦幻的事情，他心里又被猫挠了一般痒痒的，恨不能立即再次追问她。

进门之后，子承想让她坐下来，可是看到椅子面儿上生了一层厚薄不均的青色霉斑。

太久没有人来他房间里坐了。

椅子的脚潮湿得很明显，尤其是接地的地方水痕很明显，越往上越淡，仿佛它是一棵不甘心的树，还要扎根到泥土里去，要长起来，要在来年开花。

"连个坐的地方都没有。"来保把他放在床上，然后四下里看了看，不由自主地说道。他都觉得亏待了这位城里来的姑娘。

心莲蹲下身来吹了一下椅子面儿，坐了下来。

如果说出的话能捉得住，来保恨不能把那些话捉回来放进嘴里，再咽回去。

这时的阳光比刚才要强烈，太阳挪动了方位，阳光就从屋顶的瓦缝里漏了下来，在地上床上桌上画了一个一个大大小小的圈圈。

他们像是坐在了外面的一棵树下面。

"你以前真的见过我？"子承问道。

心莲点头道："是啊。"

"在哪里见过？"子承问道。

"老河桥那边。"她说道。

"老河桥？"

"是啊。"

"什么时候见的？"子承没有一点印象。

"很久了吧。"她说道。

"有多久？"

"二十多年前吧。老河两岸的水田里油菜花开的时候，我就走了。"她有些犹豫不定。

来保一愣。

"油菜花开的时候？"子承还是没有想起来。

"嗯。"她点头。

子承重新打量了一番心莲那张年轻的脸，问道："请问你……"

她知道子承要问什么，自然地回答道："二十岁。"

一只土蜂从外面嗡嗡嗡地飞了进来，穿过圆柱状的阳光，飞到了墙壁上，爬到一个小洞口。墙壁上有很多这样的小洞，都是土蜂蛀出来的。

他们三人都看着那只土蜂，听着嗡嗡嗡的声音，直到那只土蜂钻入小洞里。

油菜花开的时候，花田里到处飞着蜜蜂，也嗡嗡嗡地响，但绝不是这种土蜂。

一个活在花海里，一个活在泥土里。这正是他前半生和后半生的写照。

他都要怀疑这只土蜂就是从油菜花田里飞到这里来的了。

子承将目光从小洞那边移了回来，问道："二十多年前你还没有出生，怎么会在老河桥那边见到我？"

3. 花姑

听李娭馳讲往事的小孩子也问了："心莲是说谎吧？她都没出生，怎么会见到子承？"

李娭馳说，其实是花姑跟心莲说的她在老河桥边与子承见过面。

小孩子问："花姑又是谁？"

李娭馳说，这个花姑可不是一般人，她一个人住在鹰嘴山那边。在她的眼里，每个人都代表一棵植物，这棵植物生长在一片未知的领域。花姑能通过梦呓到达这个领域，并且找到每个人所代表的植物。

"就像天上的星星代表地上的人吗？一颗星星流逝，就是一个人去世了。"一个人问道。

李娭馳想了想，说道："差不多吧。就像我们的掌纹对应着心肝脾脏肺。世上的万物都是有联系的，我们看不到，以为没有关联，他们一些特殊的人能看到，能找到它们的联系。"

马二叔家那个当省官的人还在市里当官的时候，就找过这个花姑。

有一段时间，他脚踝疼得厉害，下不得地，走不了路。他去市里的好医院看了，看不出是什么问题。他又去省城看了，开了一些药，该吃的吃了，该贴的贴了，还是没有作用。

恰好有人在他面前提到了住在鹰嘴山的花姑，说她能解决一些稀奇古怪的事情。

他便抱着试一试的心态去找花姑。

花姑说他这棵"树"长在了河边，现在河水涨了，没了树根，树根发烂，所以才这样的。

他便问，那棵树在哪里？

花姑说，你是画眉的人，树自然在老河那里。你不要担心，我帮你挪一下位置，过一段时间就好了。

于是，他领着花姑来到了画眉的老河边上。老河果然涨了水，涨得比往年要高很多。

花姑找到一棵被水没过树根的树，然后在她的指引下将树挖了起来，移栽到了合适的地方。

几天之后，他的脚踝就好了。

后来这个人一个同事的母亲也去找过这个花姑。他同事的母亲是因为腰痛一直不好去找花姑的。

花姑说，老奶奶，您的树长在一个陡坡上，因为下了一场大雨，坡上的泥石被冲了下来，树底下的泥土垮了，导致您这树的根基不稳，树就歪了。树一歪，就别了树腰。所以您就腰疼了。得把那棵树扶好。

他同事的母亲双手一拍，说，哎呀，我家房子后面就是一个陡坡，坡上有一棵苦楝树。前不久一场大雨冲了许多泥土下来，苦楝树便斜了，由于枝叶茂盛，树腰承受不住，就弯得像弓了。

花姑说，老奶奶，既然您知道那棵树在哪里，我便不去找了。您回去之后将它撑直，您的腰自然就好了。

这位老奶奶回去之后按照花姑说的做了，腰上的疼痛就消失了。

老奶奶见花姑这么灵验，便想请花姑给她三女儿看看。她三女儿生了一个女儿，接着怀过几次，偷偷去医院检查，都是女娃，便接连打了几次，就盼着生个儿子。并且医院的人说了，她三女儿打过的次数太多，不能再打了。

老奶奶心想，花姑能找到三女儿那棵树的话，或许能想到办法让她三女儿怀个男娃娃。

在此之前，她想过非常恶毒的办法。据说她家那边重男轻女的思想尤其严重，有的人家接连生了几个女孩，就会把最后一个打死，然后把女孩的尸体绑在竹竿上，像稻草人一样插在屋前，以此恐吓前来投胎的女鬼，让它们知道投了这户人家也没有用，于是绕路而行。

这种恶毒的办法在旧时代或许还能做，但是现在不能做了。

老奶奶到处打听其他的奇门偏方，好不容易碰到了花姑，自然不会放过机会。

老奶奶领着三女儿去了鹰嘴山，求花姑帮忙。

花姑一听是来求子的，忙说这种事情不能做。

老奶奶跪着求她。

她只好答应先看看。

于是，花姑脱了鞋子躺到了床上，嘴里念了一串别人听不懂也听不清的话。有人说这个花姑以前是安徽人，不知道怎么经过鹰嘴山的时候就留在了这里。所以她念一些本地人听不清的话，本地人就认为她说的是安徽话。

有人猜测说，这个花姑自己的树可能就在鹰嘴山，她怕自己的树遭意外，就留在这里守护那棵树。

但是花姑后来自己解释说，她并不是照顾自己的树，她是照顾一个男人的树。关于那个男人的信息，她却只字不提。

念了一些话之后，她突然不念了，开始打呼噜，好像刚才那些话都是梦呓。

老奶奶和她三女儿在旁边看着，不敢叫她。

过了一会儿，花姑突然又讲话了。但是这次发出的声音跟刚才完全不一样，也不像她平时跟人说话一样。本来她的声音是温温细细的，现在听起来有点尖，好像脖子被人捏住了。接着，她躺在床上开始蹬腿，好像是走在一条路上，脑袋还东张西望，左顾右盼，好像在看什么风景，但是眼睛没有睁开。

李娭毑说到花姑在床上走路的时候，我想到我也有过类似的体验，我经常在要睡熟又没睡熟的时候，梦见自己在走路。走着走着，突然一脚踩空，把自己给惊醒了。惊醒的同时，那种脚踩空的感觉还在，并且脚确实蹬了一下。

老奶奶跟她三女儿说："这是花姑来了，在找你的树呢。"

老奶奶的话刚说完，床上的花姑就唱了起来。

她唱的大概意思是，她经过千辛万苦，跋山涉水，终于找到了老奶奶的三女儿的树，这棵树生长的位置不错，树长得也不错，但是开的都是花，没有结果。花是代表女儿，果是代表儿子。

花姑唱得朗朗上口，并且很押韵。

唱完之后，她闭着眼睛"看"着床边的老奶奶和她三女儿，还是以有些尖的声音问道："你们是不是真的想要儿子？"

老奶奶急忙说是。

花姑说："隔壁有一棵树结了果子，可以剪了枝嫁接给你，但是这属于缺德的事情。那棵树的果子如果还没有生下来，那还好。万一那棵树的果子是已经生了的，就可能会死。所以你要多做好事，要赎罪。"

老奶奶忙说："好好好，以后我们一定多做好事赎罪。"

这时候的花姑似乎不受她自己控制了，控制她的像是另外一个人。因为花姑躺下之前是拒绝做这种事的。

可是这时候花姑听了老奶奶的话，又开始念叨起来，一边念叨一边蹬脚，好像又开始走路了。她的手在空中胡乱挥舞，不知道在干些啥。

花姑好像做这些事情做得很辛苦，脸上汗津津的。

过了大概半个小时，花姑长叹一声，手脚同时松懈了下来，一动不动，又开始打呼噜。

又过了十多分钟，花姑终于醒了。她看起来非常疲倦，但真的像是刚刚睡醒的样子。

"我能做的也就这些了。成不成我可不能打包票。"花姑说道。

后来，老奶奶的三女儿又怀上了。她又找关系去医院提前检查，检查结果是男娃娃。她们一家高兴得不得了。

但是好景不长，她最后还是没保住。至于是流了还是怎么了，李娭毑记不得了。

李娭毑说，心莲在来画眉之前也去找过花姑。但她不是治病，也不是求什么东西。她是为了解一个梦，一个经常重复的梦。

心莲后来不但跟子承说过，也跟别人说起过。她说她打小就经常做梦，梦见自己站在一条水流潺潺的河边，她朝水里看，看不到自己的倒影，却看到一棵柳树映在水中，柳条低垂，婀娜多姿。她舞动双手，柳树便舞动枝条，如同被风吹动。

河的对岸站着一个人，那人风度翩翩，器宇不凡。他大多时候朝别处看，偶尔会朝她这边看。

每次他朝她这边看来，她的心里就小鹿乱撞。

她向对岸的水里看了看，看到水里没有他的倒影，却看到了一棵杨树映在水中，高大挺拔，气势昂扬。

无论是看到对岸的人还是对岸的树，她都"虽不能至，心向往之"。

李娭毑说，"虽不能至，心向往之"是心莲自己说的原话，没想到后来她一语成谶。

这个梦她做了许多许多次，尤其是春天的时候做得更加频繁，几乎每晚都会做这样的梦。

她说她小的时候跟母亲说了，母亲带她去找过医生。医生说是正常现象，并说有人梦到自己是动物，有人梦到自己死了，有人梦到另一个人生，这都是大脑的自然活动。

母亲也带她去找过神婆，神婆说可能是上辈子的记忆，叫她回去多吃鲤鱼，据说吃鲤鱼是可以"理"清前世的。

她却从此不吃鲤鱼了。她觉得记得前世挺好的，忘了就再也没有了，何况不是什么噩梦。

成年之后，她忽然想知道对岸的男人到底是谁。毕竟他"陪伴"了她这么多年，从小到大，简直跟青梅竹马没有什么区别。

渐渐地，她醒来之后总是想着对岸的男人，牵挂着他，甚至害怕以后忽然不做这样的梦了，忽然忘却了前世，忘却了曾经有过这么一个人。这个人是如此真实地陪伴了她许多年，可是又如此虚幻，看不见摸不着，醒来即如蒸融的夜露，如卷帘而过的风。这个人是如此虚幻地陪伴了她许多年，可是又如此真实，让她念念不忘，难弃难舍。

到了适龄的年纪，心莲的母亲像其他的母亲一样开始操心她的婚事，给她介绍三姑六婆推荐来的各种各样的男人。她都一概拒绝。

拒绝的次数越多，她的母亲就越担心。这跟其他的母亲如出一辙。

她的母亲是个非常传统的女人，从小就被长辈要求熟读《闺门女儿经》。"在家从父，莫违双亲，出嫁从夫，听夫遵行，夫死从子，训子端身，无子何从，守服三春，饿死是小，失节坏名"之类的话随口就来。

心莲经不起母亲天天念叨，自己也想弄明白梦中的人到底是谁，恰好又听人说到了鹰嘴山的花姑，且听说花姑来到鹰嘴山是为了守护一棵男人的树，便想着花姑是不是也记得前世，那棵被她守护的树是不是也曾在她梦境里出现过。

或许她们的梦境非常类似，她自己梦见的是河边，花姑梦见的是山中。

那么，花姑能找到山中的树，或许也能帮她寻到河边的树。

不论这棵树有还是没有，终究要给自己一个答案。有的话就去看看，没的话就听母亲的话，做个《女儿经》里赞颂的女人。

于是，她去了鹰嘴山，希望花姑给她一个明示。

可是要找到花姑并没有那么容易。

心莲第一次去鹰嘴山的时候，花姑的小屋门上一把锁。她等到了天黑也没等到花姑回来，便只好先回了城。

第二次去的时候，花姑的门是开的。她在门口喊了几声，没人应，进了屋，发现屋里摆设极其简陋，但抄写的经书堆积如山。她没有翻看，坐在屋里等候，一直等到天黑，依然不见花姑回来。

她只好又回去了。

下到了山脚，碰到一位农人，心莲问起，那农人却说："她天天都在的呢。早上我还见她提着一只木桶下山打水来着。"

她想起坐在屋里时看到了一只小水缸，水缸满满，由于井水清凉，水缸外面沁出一颗颗像汗一样的小水珠。

心莲心想，花姑莫不是故意躲着我吧？

但她没有就此放弃。

再次去鹰嘴山的时候，她没有走山路去花姑住的小屋，而是一大早就坐在山脚下的水井边，等着花姑下山来打水。

当清晨的第一缕阳光落到人间的时候，花姑在山路上出现了。她提着一只小木桶，穿着一身红色的棉布连衣裙，款款而来，仿佛是一朵从山上落到山脚下来的映山红。

花姑走到井边，问心莲道："你是在等我吧？"

心莲有些生气，说道："为什么前几次你故意不见我？"

花姑心平气和说道："有些事情，你不要刻意。刻意的话，原本好的事情就不好了。你刻意来找我，我自然不见。"

"我只是想请你帮我解一个梦而已。"心莲说道。

花姑道："梦是镜花水月，摘不下，捞不起，虚幻的就让它虚幻吧，何必求解？"

"可是这个梦我做了很多很多次，像真的一样。"心莲说道。

"像真的一样，就不是真的。镜中花，水中月，都看起来像真的一样，那又如何？"一边说着，花姑一边将麻绳系在木桶的提手上，然后将木桶吊于井中，荡来荡去，把漂浮在水面的叶片荡开。

水面离井口有半人高的距离。

心莲以为花姑这么做是为了好取中间干净的井水。

未料花姑没有打水就将木桶提了起来，放在井边的方块石头上，拉着心莲往水井里面看。

心莲朝水井里看，只看到一圈圈尚未平息的波纹。

"看什么？"心莲侧头茫然问道。

花姑道："波纹还在，就如你我与前世之间的隔阂尚在，但是看不到，记不起。你再看。"

心莲似有所悟，又往水井里看去。

这时候波纹已经没有了，水面平静，映照着井壁垒叠的卵石，仿佛从水面往上是一个井口，从水面往下也是一个井口。她看到了自己的脸，看到了身后的树，以及树后面的云，仿佛从水面往上有一个她，有一个世界，从水面往下也有一个她，有一个世界。

"你看到了什么？"花姑问道。

心莲说道："我看到了自己。"

花姑道："是你看到了她，还是她看到了你？"

没听到花姑说这句话的时候，心莲还没有什么想法，听了这句话之后，她心中微微一颤，感觉分不清哪个是自己，哪个是倒影。

她忽然觉得这里有很多的世界，很多个自己活在每一个世界里，而互相不知。她对着井口产生了恐惧，害怕掉下去，害怕掉下之后接触的不是水，而是掉到那个世界去。

花姑道："波纹平息，就如你我与前世之间的隔阂消除，能看到，能记起，但是无法通过。"

随即，花姑将木桶扔进水井里。

波纹再起，一圈一圈，撞击井壁，回荡不息。

心莲眼前的映照都消失了。

"峥嵘栋梁，一旦而摧。为人在世，镜花水月。"花姑半唱半念道。

心莲脑海里一片空白。

花姑以手抚去落在心莲肩膀上的一片树叶，说道："原本就是虚幻，你又何必执着。此生皆是浮生梦，镜花水月一场空。"

说完，花姑摇着木桶，让木桶倾斜旋转，好让井水流入桶内。木桶渐渐下沉，装满了水。花姑双手收绳，打了满满一桶。

花姑将木桶放在方块石头上，又将木桶微倾，让表面有灰尘的水流走，这才收起麻绳，提起木桶，往山上迈步。

木桶往下滴水，在花姑身后留下一串水痕。

心莲突然醒悟了一般，在花姑身后喊道："花姑，既然都是镜花水月，为什么你还要在这山里守护那棵树呢？"

花姑浑身一颤，手一抖，从木桶底滴下的水落在了她的鞋上，将鞋面打湿。

花姑回过身来，莞尔一笑，说道："我是一个清醒的迷途人，知道那些道理，仍要执迷不悟，甘愿执迷不悟。"

"你自己做不到，为什么要劝我呢？"心莲问道。

"我是明知山有虎，偏向虎山行。你是路过虎山的人，我自然要告诉你山上的危险。"花姑说道。

心莲道："我不怕。在我小的时候，我妈就带我去问过了，说是吃鲤鱼可以忘记这些，但是我没有。那时候我都不怕，现在还怕什么？"

花姑便朝她一招手，说道："那你跟我来。"

心莲高兴极了，急忙上前帮她提水。

到了山间小屋里，花姑将水倒入水缸，然后示意心莲坐下来休息。

心莲等她将水倒完，急不可耐道："我可以说我的梦了吗？"

花姑摆摆手，说道："清晨不说梦。"

"为什么？"

"清晨说梦，好梦容易破，坏梦容易成。如果你不嫌弃的话，留在我这里吃个午饭吧，等午时一过，你再给我说你的梦。"花姑将木桶放下，又拿鸡毛掸子到处掸灰尘。

其实屋子已经打扫得很干净了。

等到中午，心莲与她一起吃过简单的午饭，便开始说她重复了无数次的梦。

花姑听完她说的梦，眉头皱起，说："这不是梦吧？"

心莲一愣，说道："我的梦就是这样的，怎么会不是梦呢？"

"梦有很多种，但是更多时候，梦只是一个指引。当你梦到的时候，你其实是明白它的意义的，并不需要别人来解释。就像你在这里，梦在另一个地方，那个地方你其实知道，只是不知道路怎么走，或者是，你知道路该怎么走，但是你仍然需要别人再说一次。"

这时，一只长嘴的鸟儿从屋后的竹林里飞了过来，落在后窗上。

心莲认得，那是一只翠鸟，水塘边很常见。这种鸟会长时间站在水边，然后突然展翅，掠着水面飞行，忽然长嘴在水面一点，就叼起了一条小鱼。

这只翠鸟摇头摆尾，似乎听得懂花姑在说什么。

心莲问花姑道："花姑，你说鸟儿会做梦吗？它会不会梦到前世，或许它是一个人，过着人的生活，可是它没有办法把它的梦告诉人？"

花姑看了看那只翠鸟，说道："谁知道呢？我不能跟它沟通，不能问它是不是做过这样的梦。"

心莲一笑，说道："会不会它也是来找你解梦的？"

花姑朝那翠鸟伸出了手，那翠鸟居然飞了起来，乖乖地落在了她的手掌上。

"不一定呢。"花姑高兴地看着手中的翠鸟说道，"或许它现在就在梦里。它梦到自己变成了一只鸟，飞到了这座山上，来到了我的屋里。你看，我朝它招手，它就落到了我的手里。它是明白我的意思的。"

心莲惊讶道："梦不是虚幻的吗？怎么会落在你的手里？"

花姑朝翠鸟吹了口气，翠鸟展翅从前门飞走了。她说道："这就像是你在水井里看到的世界，那边对你来说是镜花水月，你对那边来说何尝也不是水月镜花？"

心莲望着翠鸟飞走的方向，忽然觉得外面的天空虚幻了，山也虚幻了，树木也虚幻了。

眼前的一切都变得虚幻起来。心莲感觉混混沌沌的，仿佛来到山脚下的井边，来到花姑的小屋里，都是梦境里完成的。自己此时应该还躺在家里的床上，等着母亲喊醒。

我曾经有一段时间过得迷迷糊糊，常常醒来之后感觉还是在梦里，一切都是懵懵懂懂，尤其是天色阴沉的时候。

我不知道心莲在鹰嘴山的那个下午是不是天色已经转为阴沉，但是我觉得我跟她有类似的感受。

花姑问心莲："你现在还要解梦吗？"

心莲收回目光，认真地说道："需要。当然需要。你不要劝我放弃了。我是铁了心才来的。"

花姑叹了一口气，点点头，说道："那我就说你这个梦吧。你梦中的河，就在五十多里外一个叫画眉的地方。你的树在河边上，那个人的树在河的另一边。大概是二十年前，你的树被人移到了城里，成为了一棵景观树。所以你也来到了城里。但是河对面的那棵树就没有这么幸运了，它被人砍掉了。所以他的命运会发生意外的变化。"

"不好的变化吗？"心莲问道。

"当然是不好的变化。每个人对应的树，都跟那个人息息相关，树生病则人不舒服，树遭砍伐则人遭受意外甚至丧失性命。所以有的人在经历劫难之前，会把自己即将承受的事情转移到别的东西上去，当然了，转移之前要将那东西设为自己的替身。这种方法跟我找到属于他的那棵树，再把树治好，是有异曲同工之处的。"花姑说道。

听李嫔驰说到这里，我的脑海里浮现出外婆说过的那条系了我的生辰八字的小鲤鱼。它应该就是我的一个替身，代替我经历深水关。

解了梦的心莲便偷偷来到画眉的老河旁，寻找与她的梦境相符的地方。

她沿着老河走了一小段就找到了她梦中站立的位置。果不其然，那个位置有一个小坑。她问了画眉的人。画眉的人说，那里以前是有一棵好看的柳树的，但是很久以前就被城里人挖走了。挖走的地方留下了一个大坑，但是随着时间流逝，那个坑渐渐被填上，只留下一个不显眼的小坑了。

她走到了正对岸，在梦境里看到的杨树的位置只留下了一个树桩。

画眉的老人说，原来那里有一棵挺拔的杨树，一九四几年还是一九五几年的时候，那棵树被火柴厂的人砍去做了火柴。

后来心莲知道了，也就是那一年，子承家的所有田地家产被没收，子承的父亲因此愤懑而死。子承的人生从此一落千丈。

而在老河边上找到那个树桩的时候，心莲以为对应这棵树的人已经故去了。花姑已经说过，这棵树被砍掉的话，那个人的命运会发生意外的变化。人的命运与树的命运紧密相连，一荣俱荣，一损俱损。

　　既然这棵树已经被砍去，心莲自然而然认为这个人也已不在人世。

　　她没有想到那棵树的根还扎在河岸的泥土里，苟且偷生。

　　有小孩子问李娭毑："那我们现在去老河边还能找到那个树桩吗？"

　　李娭毑摇摇头："都说了人和树密切相关。树能影响人，人也连着树呢。子承去世之后，那个树桩也就被白蚂蚁蛀了，很快就烂了。那时候捉蚂蚁的外地人来到了这里，在树桩的位置钓蚂蚁，钓出来一看是白蚂蚁，就放了一把火，把那蚂蚁窝都烧了。他们要捉黑蚂蚁，白蚂蚁没有用。"

　　小孩子们纷纷表示叹息，不然的话，听李娭毑讲完往事，大家就可以一起去老河那边找一找树桩。

　　那时候捉蚂蚁的人很常见，往往又是外地人。他们戴着很大的斗笠，提着一个黑布隆冬的大袋子，像穿山甲一样到处寻觅蚂蚁的踪迹。

　　后来这群人突然消失了，却又出现了一批捉白鹤的外地人。他们也戴着斗笠，提着大袋子。不过他们不低头寻觅，而是仰头看天。只要天上出现白鹤的影子或者叫声，他们就在地面紧追不舍，直到白鹤落脚，他们就逮住，简直如白鹤的天敌一般。

　　后来常见的白鹤销声匿迹，这些人也突然消失了。

　　如果蚂蚁或者白鹤也是一个梦，一旦遭遇这些人，必定就是噩梦。

　　好在今生不记前世，一切又似乎是新的开始。

　　而实际上或许不过是你方唱罢我登场，众生都在不断的循环中新鲜地活着，走曾经走过的路，见曾经见过的人。就像日起日落，就像四季轮回，就像沧海桑田又桑田沧海。

　　小孩们还想听李娭毑讲，但是天色已经晚了，村尾已经有人在喊某某某回家吃饭。声音从村尾传到村头。

李娭毑便说："该回去吃晚饭了，你们明天再来，我再给你们讲。"

小孩们恋恋不舍，要李娭毑再讲一会儿。

李娭毑笑道："你们不想回去，我还要把我家养的鸡赶回笼呢。再晚一点点，鸡就迷了路，不知道回来了。你们也一样，再晚一点回去，家里人也会担心。"

说完，她去米缸里抓了一把米，走到地坪里，一边撒米一边"咯咯咯"地学鸡叫唤。地坪里的，地坪外的，屋前屋后的，灌木丛里的，青草地里的鸡纷纷跑了过来。

她认得自家的鸡，鸡的脚上系了红布条。她赶走别人家的鸡，让自家的鸡啄食。

一小孩拿脚去踢鸡。李娭毑连忙拦住，说道："你别踢它，它是你干哥哥呢！"

小孩问道："它怎么可能是我干哥哥？"

李娭毑道："你回去问问你妈，你经常晚上尿床，你妈天天早上要洗被子。你妈就拿着你的生辰八字来我这里置肇，对着我家的鸡笼念'鸡呀鸡大哥，拜你做干哥，晚上你帮我屙，白天我帮你屙'，从那之后，你才没有尿床的。你要谢谢它呢，你还踢它！"她一边说着，一边将鸡往鸡笼里赶。

小孩们又将尿床的孩子嘲笑一番，然后各自散去。

我也往外婆家里走。

刚刚走到地坪里，我就看到外婆从大门那里出来。外婆见了我，笑眯眯地说："我正要去喊你回来吃饭呢。"

跟着外婆进了门，我才知道今天家里有客人。

"这是舅爷。"外婆跟我说道。

我忙喊了一声"舅爷"。我小时候不太认得亲戚,都是大人先在旁说一声,我就按照大人说的喊。

那位高高瘦瘦的舅爷高兴地回了一声"哎",然后对着外婆夸我乖。舅爷看起来还不到"爷"字辈,脸上满面红光,一点儿皱纹都没有。后来我知道,他是家族同辈人里的老幺,所以比其他"爷"字辈的要年轻很多。

那时候的人兄弟姐妹多。大的已经结婚了,小的还在地上爬,这种情况并不鲜见。

画眉还有一个人跟我同龄,我却要叫他舅舅。

外婆问我刚才干吗去了。

我说我听李娭毑讲心莲的故事去了。

外婆"哦"了一声便过去了。

没想到舅爷却两眼一瞪,颇有兴致地问我:"讲心莲的故事?是那个城里来的心莲吗?"

我点头说是。

舅爷问:"她怎么讲的?"

我便将前后听到的大概说了一遍。

舅爷皱起眉头,似乎不太满意,但他只点点头,便去吃饭了。

外公给我碗里夹菜,说道:"舅爷对心莲的事情更清楚呢。舅爷跟马二爷是一家人。心莲以前跟马二爷一家走得近。"

我知道,外公口中的马二爷就是李娭毑说的马二叔。

舅爷听外公这么说,立即充满愧疚地说道:"是啊,心莲的事情我本来应该帮忙的。原来我没想到会成这样。"

外公宽慰道:"这事不怪你。心莲自己家里不同意,你一个外人又能说上什么话?子承是穷了点,又有过老婆孩子,最重要的是他的腿还被黄鼠狼打断了。要是他的腿没事,说不定心莲家里也同意了。"

舅爷微微张嘴，似乎有话要说，可是张了一会儿又摆了摆手里的筷子，说道："不说了不说了。都过去了。"

外公道："哪里过去了？她还在后山上被人踩呢。"

外婆生气地斜了外公一眼，打断道："吃菜吃菜，您是稀客，难得到我家吃一回饭，多吃点。"

外公见了外婆的眼神，立即笑呵呵地对舅爷说道："吃菜！吃菜！"

外公外婆那一辈人经历了许多苦日子，对客人说得最多的客套话就是"吃菜"了。在很长一段时期，他们那一辈有很多人是连饭都吃不到的，到了除夕那晚，桌上会摆一个木头刻的鱼，没有其他菜，然后一家子捧着饭碗吃饭，吃一口看一眼木鱼，这就算是"吃"到鱼了。除夕过完，木鱼洗干净后收起来，还要等到来年的除夕再用。

日子稍微过得好一点，桌上有菜了，主人便不断地吆喝"吃菜"来表示热情。

我以为外婆不停地叫舅爷"吃菜"也仅仅是出于热情。

后来我才知道，外婆是不让外公提心莲那一茬儿，因为舅爷年轻的时候追求过心莲，但是心莲一心要跟子承过日子，所以舅爷没能抱得美人归。为此，舅爷到了四十多岁还未婚娶，孤身一人。

外婆担心外公总提"心莲"二字会让舅爷扫兴。

吃完晚饭，舅爷就走了。

他走的时候，我站在外婆家的大门口看见了他的背影，看起来好像非常落寞，让人难受。虽然那时候我还不知道他追求过心莲，但是小孩子洞察人的心思似乎非常灵敏。

都说小孩子的眼睛是最纯净的，所以能看到不干净的东西。而那些东西大人往往看不到。我想纯净的眼睛也能看到其他大人觉察不到的东西，比如情绪，比如预兆。

对于人来说，在尘世待得越久，失去的灵性越多。

从这一点上来看，其他生灵似乎相反。它们在尘世活得越久，就越精怪。但是待到它们修炼成精，化成人形，有了人的贪，人的嗔，人的痴，却又容易陷入劫难，千年修为毁于一旦。

或许它们本就不应该修炼成人的。

第二天早上，我刚起床，还想着吃完饭就约上小伙伴们一起去李嫆驰家里，就听到人们传得纷纷扬扬，说是有人在后山放了夹子，居然夹到了一只穿着衣服戴着帽子的黄鼠狼！

放夹子的人叫马景平。他算得上是猎人世家，就是他父亲教会子承用猎枪的。但是到了他这一辈，猎枪全部上缴了。但他没有改掉猎人的习性，上山放夹子，下水放篓子，天上飞的，地上跑的，水里游的，他能捉的就捉。

偶尔有人或者家畜上山，不小心踩了他放的夹子，因而跟他大吵。他该道歉的道歉，该赔的赔，但夹子还是照常放。

他说他上辈子就是狼，就是豹，如果不让他捕猎，他就会难受，就会生病，就会死。

因此别人也拿他没办法。

他打猎这么多年，也遇到过鬼打墙之类的怪异事情，但是从来没有见过穿衣戴帽的野畜。那时候城里人养猫养狗，也还很少见给宠物穿衣服穿鞋子。

因此，他在后山夹到一只穿着衣服戴着帽子的黄鼠狼的消息无疑是爆炸性新闻。

等我在外婆的催促下急急忙忙扒了两口饭再跑到马景平家门口的时候，那里已经站满了人。

穿衣戴帽的黄鼠狼是看不到了。

因为马景平已经将黄鼠狼扒了皮，皮卖给了昨晚在外婆家吃饭的舅爷。

那只黄鼠狼已经被开膛破肚，鲜红地被挂在一根竹竿上，像一块等待腌制的腊肉。

很多刚得到消息跑来观看的人问："它穿的衣服呢？"

马景平得意扬扬地指了指地坪边沿。

地坪边沿有一丛猫骨刺。猫骨刺是一种叶子上长了非常扎人的刺的矮小植物。黄鼠狼的小衣小帽就扔在猫骨刺下面。

我也凑过去看，果然看到一件小衣服和一个小帽子，像是玩具娃娃穿的衣服和戴的帽子。但是玩具娃娃的衣服和帽子都是看起来比较可爱的，而猫骨刺下面的衣服款式是那时候常见大人穿的四个口袋的款式，颜色有些旧，显然是穿得比较久了，帽子也是那时候大人常戴的绿色军帽。

又有人问："这是不是打断子承腿的黄鼠狼？"

马景平回道："子承都不在人世了，不然叫他来认一认。"

"打断他腿的黄鼠狼不是有两只吗，还有一只呢？"

"我放的夹子就夹到了一只，你问我，我问谁去？"马景平不耐烦道。

"另一只会回来报仇的。"旁观的人提醒道。

马景平不以为然，说道："报仇？找谁报仇？我是夹了它，于阳明还要了它的皮毛呢。人家都说，狐狸和黄鼠狼的魂魄会在皮毛上，要找也是找他于阳明，不会找到我。"

于阳明就是昨晚我见过的舅爷。

关于狐狸和黄鼠狼的魂魄会依附在皮毛上的说法，大家是将信将疑的。

不过曾经确实发生过一件怪异的事情。镇上曾有人打了一只狐狸，将狐狸皮整个儿剥下来，连尾巴在一起，做成了一条围脖。那人把狐狸毛围在脖子上，远远看去就像一只狐狸绕在他脖子上，走路的时候那条狐狸尾巴还不断地摆动。

有人劝他拿掉狐狸毛，说看起来让人害怕。

他不听，反而洋洋得意。

后来有一天，他在众目睽睽之下忽然两眼翻白，双手拼命撕扯脖子上的狐狸毛，好像狐狸毛忽然用力勒住了他的脖子一般。他很快就被勒死了。而他脖子上的狐狸毛不见影踪。

此事发生之后，有人说某某地方有某某人曾用黄鼠狼的皮毛做围脖，晚上走夜路的时候被黄鼠狼群围攻致死。

因此，很多人怀疑狐狸和黄鼠狼的魂魄会依附在皮毛上。它自己不报仇，它的同类也会循着皮毛找来报仇。

别人听到马景平说黄鼠狼的皮毛被于阳明买去了，便不再多言。他们中很多人知道于阳明曾经喜欢心莲，也知道于阳明一直单身的原因。

"他也恨黄鼠狼吗？"有人窃窃私语。

"应该不恨吧？要不是黄鼠狼打断了子承的腿，心莲说不定真的跟子承结为夫妻了。"有人说道。

又有人说："肯定恨的。要不是黄鼠狼打断了子承的腿，心莲也不至于落到那样的下场。"

有好事者看完黄鼠狼之后去找于阳明，吓唬他说另一只穿衣戴帽的黄鼠狼精会找来报复他。

于阳明笑道："我连人都不怕，还怕这鬼灵精怪？"

好事者不懂他的意思："这么说起来，人比鬼灵精怪还可怕？"

于阳明点头道："当然啊！"

好事者问："这话怎么讲？"

于阳明反问道："俗话说太阳落山鬼出门，你知道什么意思吧？"

好事者说："这还不简单？鬼怪多在晚上出来呗！它们怕见到光。"

于阳明点点头，说："就是啊，鬼怪多在晚上出来做坏事，是害怕自己的行踪被人发现。"

好事者茫然。

于阳明继续说道："人在白天出来都敢做坏事，胆子比鬼灵精怪大多了！你说我是该怕人呢，还是该怕鬼怪？"

好事者一时语塞。

马景平可能还是有些担心，他把黄鼠狼穿的小衣小帽从猫骨刺里捡了出来，倒上煤油，一把火烧了个干干净净。

即使如此，还是有人偷偷地说，另一只黄鼠狼肯定会到村子里来报仇的。当年子承不过是放了一空枪吓唬它们，它们就把子承的腿打断了。这次是扒了它的皮，另一只不疯狂报复才怪。

"到时候可别牵连别人。"每个人在说完担忧之后都会这么补充一句。

他们一方面相信黄鼠狼精认得仇人，一方面又担心黄鼠狼精报复到无辜人的身上。

热闹看过，人就散了，好像什么都没有发生过。

只有马景平的地坪里还留了一摊血迹，他用了十多桶水来冲，也冲不净。

看完热闹，我和几个小伙伴又去了李娥驰家。

李娥驰知道我们还会来，早早就摆好了装有零食的盘子，烧好了水。似乎这些往事已经憋在心里好久了，她需要说出来。

等我们一到，她就给每一个小孩子泡上一杯茶，还郑重其事地说："这是我在清明时候摘的头茶，喝了辟邪，脑袋也不疼的。"

头茶是新的一年里茶树上长出的第一遍茶叶，又叫清明茶，比其他时候采摘的茶叶要显得珍贵许多。因为头茶的量特别少，一般人家采摘之后留给自己喝，不拿出来招待人的。

她却拿出来招待人，招待的还是几个小孩子。

我们自然受宠若惊。

我们告诉她，就在今天早上，马景平在后山上夹到了一只穿衣服戴帽子的黄鼠狼。

李娭毑摇头摆手，说道："这黄鼠狼肯定不是打断子承的腿的黄鼠狼。"

我们问为什么。

她说："成了精的黄鼠狼是不会被夹子夹到的。你们知道动物修炼成精要经过多少劫难、天雷地火、疾病意外吗？成精的路上险恶着呢！不然鸡鸭狗猪什么的都修炼成精了！人还怎么活？"

"不是吗？"我们不知道该不该相信她的话。

"我觉得不是。黄鼠狼精要是能被区区一个夹子夹到，它在没成精之前就死了。"她信心十足地说道。

"那被夹到的黄鼠狼是怎么回事？它也穿了衣服戴了帽子呢！"我问道。

李娭毑摇头道："我也不知道怎么回事。但它肯定不是打子承的黄鼠狼精。"

一个小孩问道："李娭毑，您昨天不是说心莲要帮子承找到打他的黄鼠狼精吗？那找到没有？要是找到了，您也看到了的话，那就去马景平那里看看是不是那只黄鼠狼嘛。"

李娭毑道："我没看到。"

小孩们纷纷表示可惜，又央求李娭毑接着昨天的地方讲。

李娭毑说，看到河边被砍的树桩后，心莲本以为对应那棵树的人已经故去了，她没想到那时候树根还活着。

心莲就坐在树桩旁边，看着老河里的流水发呆。

过了一会儿，一声巨响将她吓了一跳。那是枪声。

她循着声音看去，原来老河桥上有个人正端着一把猎枪朝远处放。那个人的身边还有一个人。

放枪的人正是子承，子承身边的人是马景平的父亲。

马景平的父亲正在教子承如何瞄准，如何开枪。

心莲不朝桥上看还好，一看就失了魂。

那个放枪的人不是别人，正是她在夜里见了无数回，在白天想了无数遍的人！

他的身材，他的五官，他的姿态，跟她梦里几乎没有任何差别。他像杨树一样挺拔，一样风度翩翩，一样令她着迷。

心思放在猎枪上的子承没有注意到老河的岸边有这么一个痴痴地看着他的人。他的念头只有山上的飞禽走兽，他想吃一顿荤菜。

心莲听到马景平的父亲夸子承："没想到你生了一双少爷的手，学这东西还挺快。要是早些年你爹让你跟着我去当兵，肯定成了神枪手，弄个一官半职，也不至于现在这样。"

马景平的父亲因为是猎人，有一定的枪法基础，曾经被招纳入伍。但是他死活不敢朝人开枪，在战场上假装中弹牺牲，然后从死人堆里偷偷逃了回来。

老河里漂着一块木板，木板上漆黑一片，像是烧煳了，表面有许多小坑。

子承是把那块随水漂流的木板当作假想的猎物的。

那块木板像一艘受了难的船，顺着水流往心莲这边越靠越近。

心莲忽然心慌了，急忙离开树桩，躲到河岸上的稻草垛后面去了。

她躲在稻草垛后面捂住心脏的位置，她害怕它跳出来，落在草地上，在草地上打滚，被桥上的人看到。

她像小偷一样，心扑通扑通地跳，身体紧张得发抖。

她听到桥上的两人对话，知道了手握猎枪的人名叫子承。

等桥上的人走了之后，她才从稻草垛后面出来，慌慌张张地离开了画眉。

回到城里之后，她便有意地接触画眉的人和事。但凡听到有人提到画眉，她就不停地追问，但凡遇到去过画眉或者画眉来的人，她就打听子承的消息。

心莲的母亲敏锐地发现了女儿的不同寻常，便问她为什么突然对画眉如此上心。

心莲自然是不会说的。

她母亲不知道其中利害，便告诉女儿说，她单位有一个在画眉长大的人，并介绍给女儿认识。

心莲喜不自禁，从此跟那人特别亲近。

那人就是马二叔家的人，省城做官的伯伯给她在城里谋了一个好差事。

也正是那人的伯伯去世了，心莲才有机会跟那人来到画眉，并来到子承的小屋里，坐在子承的对面。

刚认识那人的时候，那人就告诉心莲一个噩耗——子承的腿被打断了，并将前后细节一一讲给心莲听。

心莲一听就哭得稀里哗啦的。

那人迷惑不解，不知道心莲为什么为一个从未见过面的人而痛哭不止。

心莲去鹰嘴山找花姑，询问是不是因为她偷偷去了老河，偷偷看了子承，泄露了天机，才让子承遭遇横祸。

花姑安慰道，是福不是祸，是祸躲不过。看似一件事情导致另外一件事情，实则是早已注定。花姑叫她不要多想。

不久之后，心莲又听那人说子承的妻子待他的态度发生了极大改变，让子承既痛苦又丢脸。

心莲又大哭一场。

她又去找了花姑。

花姑说，人各有命，各安天命。

她却摇头道，人各有命，但是我不能眼睁睁看他这样，我能让他不至于落到这个地步。

花姑问道，那你怎么做？

心莲目光笃定，却不言不语。

花姑猜出三分，便劝道，莫做傻事。

心莲说道，花姑，你既然可以身体在这里，魂魄却去别的地方寻找与人对应的树，那你教教我怎么魂魄离体吧。

花姑讶异道，你学这个干什么？

心莲道，我自己去伺候他。

花姑目瞪口呆。

心莲道，我不能就这样过去，一是我家里不会同意，二是我贸然闯入，子承也会吓到，以为我是疯子，所以我想魂魄过去。这样的话，除了花姑你，谁也不会知道。

花姑叹道，许多人来找我学这门异术，要不是为了赚钱，就是为了赚名，都是为了一己私利。你要学这个，却是为了你梦中见过的人。

心莲央求道，花姑独自守在鹰嘴山，为了照顾一棵树，可见是重情的人。你应该理解我才是。

花姑落泪道，好吧，不过你是初学者，魂魄离体之前我要用一张白纸把你的脸盖上，这纸叫作阴阳纸，护卫你的魂魄，别被狗叫声或者雷声惊散了。因此，你去了子承那里，也绝对不能露脸。因为他看到你的脸是一张白纸，必定会被吓到。

心莲想都没想就连连点头，生怕花姑收回她的话。

后来心莲在第一次去子承的屋里，说她为什么认识子承时，隐去了求花姑帮忙魂魄离体的事情。毕竟当时来保在旁边，她不方便说出来。

过了几天，心莲托人给家里送口信，说纸厂有事，不能回家，要在单位宿舍睡。

然后她匆匆赶往鹰嘴山。

当天夜里，花姑先端来一盆水，那水就是从山脚下的井里打来的，对心莲说道："这不是井水，这是画眉前面老河的水。"

心莲不明所以，但是点点头。

花姑又道："你醒来之时，跨过这老河就到了画眉。"

心莲又点头。

"你躺下吧，然后闭上眼睛，听到我的喊声再打开眼睛。"花姑说道。

心莲就在花姑的小床上躺了下来。

花姑取出一张白纸，盖在她的脸上。

心莲以为自己的鼻息会把白纸吹走，可是盖上之后，那纸居然纹丝不动，好像她已经没有了气息一样。

她闭上了眼睛。那张白纸让她的鼻尖有点儿痒。

"心莲，到老河了！"花姑的声音在心莲耳边响起。

心莲睁开眼来，发现自己已经站在老河边上，面前就是老河桥。耳边是呼呼啸叫的风声和潺潺作响的水声。这风声和水声比她之前来到老河边时听到的要响很多，吵很多。她想这应该是魂魄的敏感程度要比人体的高上许多，所以听到的声音比平时大。她看了看远方，却发现看不了很远，几米开外便是雾蒙蒙一片，仿佛身处在秋天早晨浓密的水雾之中。看来魂魄的视力远不如人体。

她记得听过念经的道士念过一句什么"听耳边忘川水哗哗哗哗哗哗作响，看前方奈何桥悠悠悠悠悠悠高又长"。或许那些亡魂在离开阳世的时候就是她此时一般模样。

鼻尖上还是有些痒。她想这应该是白纸还盖在脸上的缘故。原来身体上的异样感受，魂魄即使离开了还是能感受到。难怪一些故去的人在坟地或者棺材遇到什么问题的时候还会托梦给亲人，求亲人来处理。

"别犹豫了，往前走啊。你的时间可不太多。"花姑的声音又传了过来。

她四周看了看，看不到花姑的影子。

于是，心莲迈开步，往子承住的方向走去。

走路的时候感觉轻飘飘的，好像是做梦一样。

以前听人说，晚上梦见的场景，很可能是魂魄去过的地方。此时一番体验让她觉得这种说法有几分道理。

此时确实就像做梦一样，迷迷瞪瞪的。

她过了老河桥，顺着大路一直往前走，不一会儿就走到了子承的房子前。

在这次找花姑之前，她就已经知道子承住在哪个房子里，知道他被困在床上，知道他无人照顾。但她不确定此时子承睡着了没有。如果他还没有睡的话，贸然闯入或许会吓到他。因此她认为此时的自己跟鬼没有什么区别。

于是，她先在窗户边上朝里面看。那个窗户很破旧，能从缝隙里看到里面的情况。

她看到子承躺在床上，似乎是睡着了。

但是她担心子承只是闭着眼睛，并没有熟睡。

于是，她用手抓挠窗户，弄出沙沙沙的声响，心想如果子承听到声响就转过来看这边，那就说明他还没有睡着。

她不敢直接站在窗边抓挠，怕子承看到她落在窗户上的影子。她蹲下身，抬起手在窗棂上抓挠，抓挠了一会儿，就站起来偷偷看一眼里面的情况。

子承仍然躺在那里，没有坐起来，也没有朝窗户这边看。

李娭毑说，她不知道子承把她当成了小偷，他故意假装睡着的。

心莲见子承一动不动，认为他已经睡得很熟了，便轻手轻脚走到房门前，将房门推开一条缝。她早就听说魂魄走路是没有声音的，但还是忍不住要轻手轻脚，害怕弄出其他的声音，吵醒了屋里"熟睡"的人。在将房门打开一条缝之后，她仍然谨慎地等了一会儿，担心子承听到门的响声而醒来。

过了一会儿，她没听见屋里有什么动静，又将门推开一些，然后迅速闪身进了屋。

她躲在黑暗的角落里，看着面前躺着的子承，看着他胸口的被子规律地起伏，听着比平时更清晰的他鼻息的声音。

他躺在那里，像是一棵被砍倒的树。

4. 报恩

心莲知道自己不能让他看到脸，于是从床尾的被子下面钻了进去，缓慢地朝上面爬。她爬得特别慢，怕惊醒了子承。

她脑海里浮现出子承的女人羞辱他责骂他的场景，她想象出子承躺在床上喟叹无奈的样子。她要给子承以快乐。她觉得这是她应该做的。

她听过许多生灵报恩的故事，某某公子救过一个生灵，生灵修炼成形或者得道之后，回来找到当初救过它的人，以身相许，报答救命之恩。

可是她不能让子承发现，不能让子承看到她的脸。

于是，她爬到中途就停了下来，犹豫片刻，便朝子承的腰间摸去。

她感觉到了子承的反应。或许他醒了？可又觉得睡梦中也会有反应的。

当子承放松之后，她悄悄从被子底下退了出来，轻手轻脚从门口走了出去。

出了门，她如释重负，抬起头来看了看夜空的月亮。

月亮也被浓雾遮挡，但依然能看到那里发出淡淡的光芒，像是落在汤碗底部的一个汤圆。她想起今晚是农历十五，月圆的日子。

快走到老河边的时候，她忽然想起进子承房间的时候打开了房门，但是回来时没有将房门关上。

她想折返回去把门关上，但是才转身就停住了。

何不让房门打开呢？她转念一想。让他感觉是一场梦，却又如此真实，不是更好吗？

何况今晚的月亮如此好，他若是醒来了，看一看也好。

她知道，她看到四周一片迷雾，但子承看不到迷雾，他能看到明亮的月光。

她再次回转，朝老河桥走去。

走到桥上的时候，她看了看老河里的水，波纹荡漾。水里有许许多多白色闪亮的东西，像是鱼群游过时露出的肚皮。

一跨过老河桥，她就在花姑的床上醒了过来。

床边的水盆里无风却起了波澜。月光从窗户那里扑进来，落在水盆里，结果碎成了鳞片。

花姑正微笑地看着她。

"谢谢你，花姑。"心莲对花姑说道。她感觉有些累。平时在梦中走了很多路，醒来的时候会感觉真的走了那么多路。

花姑点点头，将水盆端起，泼在了外面的石阶上。

花姑回到屋里，心莲又说道："我走的时候看到他的鞋子一只放在床边，一只放在窗户那边，我应该帮他把鞋子放好的。可是当时我急匆匆出来，忘记帮他摆好鞋子了。听说鞋子放乱了会做噩梦，梦里会跑不动。"

花姑道："他都不能走路了，鞋子自然不会像以前那样规整。"

心莲说道："那我下次去的时候再帮他摆好。"

花姑一愣，仿佛没听清楚地问道："下次？还有下次？"

心莲央求道："花姑，帮人帮到底，送佛送到西，你就帮帮我嘛。"

"我不能帮你了。"花姑看着心莲，认真地说道，"你这才去一次，就想着要给他摆好鞋子。以后那还了得？今晚这一次已经是破例，我不能看着你一步一步陷入泥潭。"

"我以前才觉得是在泥潭里，今天从泥潭里出来了。花姑，你来到鹰嘴山之后是陷入了泥潭还是离开了泥潭呢？"心莲问道。

花姑苦笑，摇摇头，说道："无非是从一个泥潭到另一个泥潭。人世本就是泥潭，被各种看得见的看不见的东西绊住脚，以前是在想念的泥潭里，现在是在孤独的泥潭里。"

心莲好奇地问道："花姑，可以说说你的那棵树吗？"

花姑道："就是因为我的经历跟你很像，我才破例帮你做了今晚的事。换了别人，我绝对不会答应做这样的事情。"

"那你给我讲讲吧。"

花姑摸摸心莲的头，温柔地说道："睡吧。天晚了，你也累了。"

第二天醒来，心莲又央求花姑下次再帮她魂魄离体，去画眉找子承。

花姑说道："不久你就可以自己去画眉了，用不着我帮忙。"

心莲讶异道："我自己去？我自己不会魂魄离体啊。"

花姑道："因为过不了多久，画眉就有个人要去世了，他虽然现在在省城，但是落叶归根，他会回到画眉埋葬的。"花姑说的那个人，就是马二叔家的在省城当官的那个人。

"他曾经因为脚痛来找过我，我知道他的树在哪里。现在他的树已经枯萎腐朽，他也命不久矣。你可以借这次机会，自己去画眉村找他。"花姑说道。

"可是……"

花姑打断道："不用担心，我会教你用类似的方法进入子承的房间。因为那时候你在画眉，离得近，就用不着我送你到老河了。"

然后，花姑告诉心莲如此如此，这般这般。

心莲听了，记在心里。

果不其然，没过几天，花姑预言的那个人去世了。

心莲的母亲跟那人原来在一个单位呆过，此后一直交情还不错，加上省里市里本来就要派人悼念，她便跟着父母一起去了画眉。

她本就熟悉画眉，知道子承住在哪里，但是她要表现得从来没有来过。她想去子承那边看看，却又不能直接过去，便假装说听过了黄鼠狼打人的事，由于好奇，询问当事人子承住在哪个地方。

画眉的人便告诉她子承住在哪里。

她不能立即去，只能陪着父母将丧礼上的一应礼节走完，等到吃完了晚饭，天黑了，她才得了片刻空闲，去子承的房子外面看了看。

住在子承隔壁的来保看到了这一幕。子承却毫不知情。

来保白天听心莲问过子承与黄鼠狼的事情，以为她只是出于好奇来这边转转，见到心莲的身影之后也就不觉得意外。他没有问一声就回到屋里睡去了。

心莲见四周无人，便想偷偷潜入子承房间里去。

可是她又担心母亲发现她不见了，出来找她。

思前想后，她犹豫不决。

最后，她壮起胆子，像上次来这里一样，轻手轻脚进了子承的房间。进去之后，她不敢多逗留，看了看子承，把他的鞋子摆好便出来了。

出门时，她的孝服被门框上的钉子勾住了。她害怕别人看到，心一急，便抓住孝服用力一扯，"刺啦"一声，孝服破了一个洞。她顾不得这么多，急急忙忙离开了那里，回到了敲敲打打热闹喧嚣的水陆道场。

正在水陆道场听道士念经的母亲见她脸色异常，问道："你怎么了？"

心莲便说："有点不舒服，我先去睡觉了。"

母亲还要听念经，便说："你去睡吧，这道士念的经很有意思，我听完再去睡。"

心莲去问坐在道士旁边的人："这经念完还要多久？"

那人说道："至少还要两个小时，这亡人活了八十多岁，现在才唱到他二十多岁刚入仕途呢。"

原来这是要将亡者的一生回顾一遍。

心莲道了谢，先溜到了马二叔家人事先给她和她母亲留好的房间。

到了房间后，她就躺倒在床，按照花姑交代的方法让魂魄离体。

很快她就坐了起来，下了床，回头却看见自己还躺在床上。她出了门，走到了水陆道场旁边，看到母亲还坐在那里用心地听着道士念经。

道士念经的声音比刚才听到的要响亮很多，似乎就在她耳边大声念诵，震得她两耳嗡嗡地响。可那道士念经的样子明明是精神不振一般。道士念得太久了，他也累了。

道士念完了一段，翻了一页手边的白纸毛边书，然后敲起桌上的小鼓来。那白纸毛边书便是记录亡者一生的书，道士在听亡者家属讲述亡者的一生之后，编成好听又顺口一些的话，然后写在白纸毛边书上，记录亡者一生的功与过，苦与乐。

坐在这里听的人中有些是跟亡者的生活有过交集的，若是听到道士念的经文中某一段是他知道的，便会感叹一番。有的人会落下泪来。

道士念一长段歇一会儿，歇的时候不能停下来，小鼓还是要敲的，不然冷了场。

小鼓一敲，与道士同坐一桌的号手便跟着吹起号来，号声凄凉，如泣如诉。

在耳边念经还能忍受，在耳边吹号可就受不了了。心莲急忙捂住耳朵。

那道士一边敲着小鼓，一边似乎有所觉察地朝心莲这边看了过来。

心莲顿时慌了。这道士莫非能看到我？

她本想跑掉，可是知道怎么跑也跑不过他的眼睛，于是努力镇定下来，假装像周围的人一样默默地听鼓声号声。

老人们说如果人看到了鬼怕鬼发现，假装没看到就可以了。她心想，如果是被看到的鬼怕人发现，那么假装自己是人也是可以的。只要自己足够镇定，表现得跟常人没有什么区别，那道士即使看到了，也难很快分辨出来。

果然，那道士的目光在她身上停留了一会儿就挪开了。他虽然有些犹疑，但很快就忘记了，他继续念起经来。

心莲这才急急忙忙离开水陆道场，轻飘飘地往子承的房子走去。

像上次一样，她推开门进入了子承的房间，然后她坐在子承的床边，默默地看着他熟睡的脸庞，心中感慨万千。

忽然，子承说出一句话来："你是谁？"

心莲吓了一跳，以为子承没有睡着。她紧张地站了起来，准备夺门而逃。

可是子承说完这句话后，没有打开眼睛，也没有其他动作。

心莲心想，他不会是在做梦说梦话吧？

果然，过了一会儿，他又喃喃自语："我好怕！"说完，他浑身一哆嗦，眼角爬出了泪水。

心莲知道，他是在说梦话，他应该梦到了什么让他觉得害怕的东西。

"对不起，是我让你变成这样的。"心莲也忍不住心头一酸，怜悯起子承来。

听李娭毑讲故事的小孩立即打断她，问道："怎么是心莲让他变成这样的呢？"

李娭毑说道："她当时就是这么说的，我哪里知道？"

另一小孩责怪打断的人，说道："别打岔，听李娭毑讲完再说。"

但是听完李娭毑的故事后，他们忘了再问这个问题。

李娭毑说，心莲看到子承的泪水越来越多，把他脑后的枕头都打湿了，于是忘记了花姑的交代，俯下身去，抱住子承，在他耳边温柔地说道："不要怕……"

这句话居然很起作用。子承舒缓了许多，眼角的泪水止住了，就像是伤口结了疤，不再流血。他的眼缝就像是一道疤痕。

她确实不应该在子承的床边坐的，更不应该抱住子承，尤其不应该跟子承说那些话。

在她离开水陆道场的时候，一个坐在大门后面角落里的老头也走了出来。那老头是后山那边一个村里的人，别人都叫他榆老头，也叫他榆木老头。

之所以被叫作榆木老头，是因为他不开窍，做什么事都一根筋，不拐弯，又尤其自私。

就拿敲锣这一件事来说，由于这没有什么技术含量，跟着吹号的念经的节奏慢悠悠地敲一下接一下，频率不变，几乎人人听一遍就会敲了。因此，水陆道场里吹号的人不能换，念经的不能换，但是敲锣的随随便便叫一个人来就行。

以前的祖祖辈辈世世代代，敲锣的都是到了某个地方就找一个人帮忙。锣当然不是白敲，敲完一场，办丧事的人会给两包烟或者一条手巾一盒肥皂作为酬谢，也有给些小钱的。

但是这种惯例到了榆老头这里就变了。

榆老头有一次被邀请敲锣，得了好处。自此之后，他听到哪里有丧事要办，就早早跑过去，把锣抢在手里，不给别人机会。他自认为敲锣的事从此应该由他包办，跟道士、跟吹号的一样不能更改。

要是他有子孙，甚至要把这个位置世袭下去，不能让别人沾边儿。

倘若别人要敲锣，就是抢了他的饭碗，占了他的便宜，他是万万不依的。

因为敲锣的事情，他跟人吵过好几次架。后来人们见他年纪大，又是鳏寡老人，无依无靠的，便让着他，不跟他计较。

而他理直气壮地霸占了敲锣的地位。

地位稳固之后，他渐渐变得懒惰起来，敲锣常常敲得漫不经心，有时候敲错了节奏，弄得吹号的不能好好吹号，念经的不能好好念经。

当别人因此说他的时候，他却不听，反问道："是你敲锣还是我敲锣？"一副非他不可非他不能的样子。

幸好敲锣不是特别重要的事，人们也便懒得管他。

"人家要饭的来了，还得给一碗米不是？何况他敲了锣，就由着他吧。"人们往往这么说来安慰自己和别人。

再后来，榆老头有时候一边敲锣一边抽烟，甚至丢下铜锣出去走一圈再回来。

道士和吹号的知道榆老头的品性，也就睁一只眼闭一只眼，继续念经吹号，只当是没有敲锣这一项事情。

在心莲离开水陆道场的时候，榆老头放下了敲锣的木槌，跟在她后面走了出来。他不是有意跟着心莲，而是想点一根烟抽。

点了烟之后，他往村前走。

经过子承的房子时，他突然听到子承的房间里有女人说话的声音。

子承的女人他认识，并且熟悉她的声音。

一山之隔的两个地方，几乎每个人都沾亲带故的，都听声音就知道谁是谁。

显然，他听到的声音并不是子承的女人发出的。

他顿时兴奋起来。

如果时间倒退二十多年，哪怕子承的房间里有许多女人的声音，他也不会觉得太奇怪。那时候他是少爷，那时候他有好几房姨太太，还有好多女眷服侍。

可现在不一样。现在他自己的女人都不愿意进去，何况是别的女人？更何况是在夜晚时分！

榆老头像贼一样轻悄悄地溜到了窗户旁，透过缝隙朝屋里看。

这一看不要紧，他看到一个女人扑在子承的床上，抱着子承。

那女人还穿着一身白色的孝服！

后来他说他吓了一跳，以为是马二叔家的谁跟子承有说不清道不明的关系。

在心莲重新坐起来的时候，榆老头才认出她是城里来吊唁的女子，是坐在水陆道场里听念经的那位贵太太的女儿。

榆老头更加惊讶。这城里来的女孩为什么对双腿瘫痪一无所有的子承这般好？

心莲从被窝下面钻进去的时候，榆老头感觉自己像是闯了祸一样，慌忙逃离了。

他回到水陆道场，重新拿起木槌敲锣的时候，还感觉两边太阳穴在突突突地跳。

他想走到那位听得入神的贵太太面前，提醒她看看她女儿去哪里了，但是想了好久，也没敢真的走过去。

第二天，榆老头特意打听子承最近有没有发生什么怪事，一打听就听到了子承曾经找过歪爹驱邪的事情。

榆老头更是觉得怪异。这件事子承居然还不知情？

他又去找歪爹，问关于子承的梦的细节。

歪爹厌恶地说道："你管这些闲事做什么！"

榆老头嘿嘿地笑，说："我觉得子承没有听你的话，没有把破解梦魇的符压在枕头底下。"

歪爹不以为意，说道："我知道他不会把符压在枕头底下。你就不用操这份闲心了。"

榆老头意外道："你知道他不会这么做？"

"我当然知道。"

"难怪你说不是邪魅也不是黄鼠狼。原来你都知道！那你为什么不管管？"榆老头说道。

歪爹用歪咧咧的嘴朝南面的墙努了努。

榆老头朝南面的墙上看去，墙上有一副对联，写的是："饱知世事慵开口，看破人情但点头。"

榆老头便走了。

心莲不知道榆老头看到了她。

其实子承去看戏的地方找心莲的时候，榆老头就坐在戏台下面。他没有专心去看戏，一直斜着眼偷看心莲和子承。

心莲去了子承的房间后，榆老头也起了身，跟着走到了子承家前的地坪里。他没有进屋，在地坪外走过去，又走回来。

心莲毫不知情，还在跟子承说二十多年前见过的事情。

心莲对子承说了她的梦，说了老河岸边的树，说了花姑帮她来到画眉，但没有说钻进被窝。

来保听了，觉得不可思议，惊讶道："还真有前世今生？"

子承却哈哈大笑。

心莲问道："你笑什么？"

"怎么可能？"子承笑道，笑得眼泪都要出来了。

心莲着急道："怎么就不可能？"

子承笑得浑身发颤，说道："树有青黄枯荣，人有生老病死。花姑是把人和树牵强附会在一起了。你我要是前世认得，为什么现在只有你认得我，我却不认得你？"

一旁的来保一副恍然大悟的样子，急得有些结结巴巴地说道："是啊是啊，你你你说认得他，他……他怎么不认得你呢？"

"我问过花姑，"心莲不紧不慢地回答道，"很多人会把以前的事情忘掉，别说前世了，今生很多事很多人都会忘记的。要是所有人都记得前世的所有事情，那么他一出生就认得世上的所有人。大家都是生生世世轮回，来来回回的，基本每个人都打过照面吧？"

外婆在世的时候曾对我说过类似的话。她说这世上所有的人都是见过面的，你不认识的人，是你忘记他了，你认识的人，是你还记得他。还有一些人，你第一次见面就觉得似曾相识，觉得亲切熟悉，那就是你记又没记起、忘又没忘掉的人。

没有熟悉与不熟悉，只有记得与记不得。

子承仍然摇头。

"我不相信。"他说道。

心莲的眼眶里很快就盈满了泪水，她咬了咬嘴唇，问道："我为你做了这么多，你为什么还不相信？"

说完，她就从子承的房间里冲了出来。

子承和来保面面相觑。

"你真的不相信吗？"来保问子承。

子承反问道："难道你相信她刚才说的话？"

来保看了看已经气冲冲走到外面的心莲，又看了看躺在床上的子承，说道："我……我不知道该不该相信。她这么漂亮的一个女孩……怎么会跟你这样的……人开这种玩笑？"

正在地坪外走来走去的榆老头见心莲出来了，就像饿狗看见肉骨头一样紧跟上去。

心莲斜了一眼贼眉鼠眼的榆老头，没好气地问道："你跟着我干什么？”

　　“给我两包烟。”榆老头朝她伸手道。

　　心莲一愣，问道：“你找我要烟？”

　　榆老头嘿嘿一笑，点了点头，将手伸得更长。

　　“我不抽烟的，没有烟。”心莲见他是个无赖，懒得搭理他，加快脚步往马二叔家的方向走。

　　榆老头紧跟了几步，仿佛怕别人听见一般对心莲说道："姑娘，你的秘密我都知道，我还看到了。"

　　“你看到了？你看到了什么？”心莲脸色顿时变得煞白。

　　榆老头见她惊慌，忍不住更加得意。

　　“总之，我看到了什么，你心里清楚得很，还要我说出来吗？”榆老头说道。

　　心莲慌忙前后左右看了看，四周无人。

　　她降低声音，紧张地说道：“你到底要做什么？”

　　榆老头讪笑道：“我能做什么？最近没烟抽，找你讨两包烟抽抽。”

　　心莲低声道：“我都说了我没烟。”

　　榆老头道：“没烟可以去买嘛。他们家里办事，肯定备了不少烟吧，你给我拿两包。”

　　心莲无奈，只好说道：“拿肯定不行，这跟偷有什么区别？我买两包给你。”

　　“别说得这么难听。买也行，买了之后你怎么给我？”

　　“买来了给你啊，还能怎么给？”心莲不明白他的意思。

　　榆老头道：“那可不行。别人看到你无缘无故给我两包烟，会怎么想？会怎么说我？会说我倚老卖老，说我不要老脸，找小姑娘要烟抽。这可不行。我可不是为了两包烟连面子都不要的人。"

"那怎么给你？"心莲不耐烦地问道。她觉得这个老头就像是一块甩不掉的狗皮膏药，只要他主动走开，两包烟就两包烟吧。

榆老头想了想，说道："这样吧，戏台后面不远有一个牛棚，那里人少，你拿到烟之后去那个地方，把烟给我。别人不会看到，也就不会多想。"

心莲觉得他说得有几分道理。她与这位老头非亲非故，素不相识，为什么突然要送烟给他？倘若被人看到，别人必然会有疑虑。

于是，她点头道："好吧。你去那里等着，我拿到烟就来。"

榆老头喜滋滋道："好嘞！"然后他往戏台那边去了。

心莲一面懊悔自己昨晚不够小心，光担心那个念经的道士，却没注意到这个敲锣的人，一面又想着要去哪里买烟。平时画眉的人要买一些东西，都要跨过老河，走一段路去小集镇。这一去一来要花点时间。万一让榆老头等太久，说不定他会认为自己被她耍了，从而把昨晚的秘密说出去。

她想起榆老头说的偷烟，便决定先找马二叔家管烟酒的人买两包，省得跑那么远的路。

她心烦意乱地回到了昨晚睡觉的房间，取了一些钱，便去找负责分发烟酒的人。

办得比较大的丧礼，一般都由好几个人分别负责某一块事务。收礼需要一个人负责，桌席需要一个人负责，丧礼程序需要一个人负责，接客送客包括放鞭炮需要一个人负责，送烟摆酒需要一个人负责，厨房伙食需要一个人负责等等。负总责的人叫作总办，这些人叫作帮办。

心莲问到了负责烟酒的帮办，找他买烟。

帮办认得这位城里来的姑娘，问道："买烟干什么？这烟都是分给人客的，拿就是了。本该有你一包的，但是女客大多不抽烟，就没有发给你。"

人客包括了客人和办事的，所以叫人客，不叫客人。

心莲说："我要两包，还是买吧。"

帮办问道："你抽烟的？"

"我不抽。我有别的用处。"心莲掏出钱来，塞到帮办手里。

帮办便领着她去里屋拿烟。

此时榆老头其实没有去牛棚那里，而是直接找到了心莲的母亲。

她母亲在戏台下面看戏。戏台上演的是那时候很有名的花鼓戏《补锅》。戏里演的是一位母亲希望找一个金龟婿。但女儿瞒着她找了一个补锅匠作对象。

看到高兴处，她母亲像戏台下其他人一样捧腹大笑。

但是榆老头明白，很多人乐于见到大家闺秀和穷小子在一起的戏剧情节，但鲜有人在事情降临自己身边时能以同样的态度看待。

榆老头走过去，拍了拍心莲的母亲的肩膀，笑眯眯地说道："你女儿是叫心莲吧？"

她母亲上下打量了他一番，莫名其妙地说道："是啊。有什么事吗？"

"有点事。你能不能出来说话？这里吵得听不清。"榆老头指了指戏台上唱戏的人。

她母亲觉察出这老头的眼神有些异样，便离了座位，跟着他走到稍微安静一点的地方。

"什么事？"她母亲问道。

榆老头神秘兮兮地说道："大事！你女儿心莲被黄鼠狼精上身了！"

她母亲记得昨晚是这位老头在角落里敲锣。他既然跟道士是一起的，那么也可能会一些道士才会的东西，比如看到一些常人看不到的事物。她母亲当下就信了三分，忙问道："黄鼠狼精？我看她今天早上起来的时候好像没什么精神，早饭也没有吃，感觉到她是有点跟平时不一样。"

由于昨晚的事情，心莲早上确实有些神情恍惚。

榆老头见她母亲相信了，连忙挤眉弄眼添柴加火道："是吧？她不只是这点问题，她昨晚还跑出去做了见不得人的事情。"

"见不得人……见不得人的事？是什么事？"她母亲大为诧异。

榆老头做出一副不忍心说出来的样子，摇头摆手道："哎，这说不得，说出来的话，你女儿以后就嫁不出去了。"

她母亲惊讶的表情顿时凝固了。

"还是不说的好。我就给你提个醒。"榆老头说道。

"怎么可能？我家心莲绝不会做这种事！你不要胡说八道！"她母亲转而愤怒不已。

"哎，你这样说就不对了。我一片好心，你却当成驴肝肺。你不信，待会儿就会信了！"榆老头胸有成竹地说道。

"待会儿？"她母亲愣了。

"是啊。这黄鼠狼精狡猾得很，待会儿要给我两包烟，叫我不要把这事情说出去，包括你。"榆老头看了一眼牛棚的方向，"待会儿她会在牛棚那边给我。你要是不信，你待会儿可以躲在牛棚里面，看看我说的是真话还是假话。"

她母亲朝低矮的牛棚看了一眼，不知道该不该相信这个敲锣的老头。

榆老头"好心"劝慰道："是黄鼠狼精作祟，等黄鼠狼精走了就好了。只是这件事情跟你女儿的名誉，跟你的名誉有关，我觉得你还是知道的好，不能把你蒙在鼓里。"

心莲的母亲沉不住气了，心虚地问道："她怎么就惹上黄鼠狼精了呢？哪里的黄鼠狼精？"

榆老头一拍手，"痛惜"地说道："还能是哪里的黄鼠狼精？是子承以前碰到过的黄鼠狼精呗！你女儿运气不好，一来就碰到了。"

"你是说住在前面的子承？那个腿被黄鼠狼精打断的人？以前的少爷？"她母亲对子承的事情也有所耳闻。

榆老头点头。

她母亲不解，问道："打断了他的腿不说，它还要附到我女儿身上报复他？它要借我女儿来害他吗？"她母亲的神情倒是放松了许多。

榆老头咂嘴道："不是这回事！当然……害人也是见不得人的事……但我不是那个意思……我的意思是那种见不得人的事……"

"你不是说黄鼠狼精上了我家心莲的身吗？黄鼠狼精不是打断了子承的腿吗？"

榆老头摇头道："我说的黄鼠狼精不是打断子承的腿的黄鼠狼精。我说的是被子承救的黄鼠狼精。母黄鼠狼精。它……它是来给子承报恩的，不是报仇的。你……懂我的意思吗？"

她母亲想了想，恍然大悟。

"对哦，还有一个母黄鼠狼精，抱着黄鼠狼崽子的那个！"

"对对对！就是那个！"榆老头吁了一口气。

"那个？"

"对！就是那个！它想给子承报恩，可是它是黄鼠狼啊，怎么报恩？所以它就上了心莲的身，借了她的身子去给子承……咳咳……去给他报恩了。"

她母亲倒吸一口冷气，急忙扶住了墙，差点倒下去。

"这一幕刚好被我看到了。那黄鼠狼精叫我隐瞒，不要告诉任何人，还要给我两包烟讨好我，叫我待会儿去牛棚那里拿。"

心莲的母亲跺脚道："这可怎么是好？"

榆老头道："你不要急，待会儿去牛棚那里看看，就知道我说的是不是真的了。"

她母亲灵光一闪，说道："既然是黄鼠狼精，那叫我去看也没有用。我记得这里好像有个脸和鼻子都歪着的人很厉害，据说什么邪魅都怕他，他都能驱走。要不你带我先去找那个人，让那个人帮帮忙？"

"你说的是歪爹啊？"

"对，对，别人好像都叫他歪爹。你带我去找歪爹，让他出出主意吧！要钱要烟我都可以给的！"

"嗨，你可别提他，我在来找你之前就去找过他了。"

"你已经找过他了？"

榆老头点点头："是啊。我第一个想到的也是他。我把这事跟他说了，你猜他怎么说？"

她母亲一脸期待，却明白话说到这里就不是什么好话，故而期待中带着一丝忧虑。

"他怎么说？"

"他说这是周瑜打黄盖，一个愿打，一个愿挨。他不管，也管不着。"榆老头说道。

"他这么说的？"她母亲的嘴唇发抖。

"是啊。原话就是这样。他说他给过子承一个什么符，本来是可以驱邪，避免这种事情的，但是子承偏偏没有听他的，没有放在身边，所以……所以这事情就发生了……"

"子承也知道心莲是被黄鼠狼精上身了？还故意把符放开？"她母亲气不打一处来，全身发抖。

榆老头朝别处看了看，他担心这个时候心莲就来了。而此时心莲正在帮办那里买烟。

"这个子承怎么可以这样！"她母亲狠狠道。

"哎，这话你说了也白说，他子承以前是个什么境况，你不是没有听说过吧？比现在城里人都过得好太多。他现在是个什么境况？人不人鬼不鬼的。前不久还因为夫妻之间的事情跟他女人闹得不可开交，现在眼见着有……你说是吧？"

她母亲咬牙切齿道："他以为他得了便宜就会让我女儿跟了他？只要我还有一口气，我就绝不会让他得逞！"

榆老头挥手道："哎呀，你别急着生这么大的气，待会儿跟我去牛棚那里看看，先验个真假。不过我跟你事先说清楚，待会儿就算你再生气，也绝对不能跑出来对你女儿发脾气。"

她母亲怒不可止，大声道："还不发脾气？做出这样的事情来，看我不打断她的腿！"

榆老头连忙说道："别大声！别大声！别人听到了就不得了啦！你想想心莲以后怎么过？你的面子往哪儿搁？"

幸亏戏台那边正唱到热闹处，没人回头来看这边。

"哎……"她母亲气得一甩手，噌噌地往牛棚那边走。

榆老头见她完全信了他的话，心头一喜，紧跟在她后面，又絮絮叨叨地劝道："待会儿你就躲在里面，不要出来。你一出来发脾气，不但会让别人围过来看热闹，事情会泄露出去，还会惹怒黄鼠狼精，不知道它会干出什么丑事来！这会儿人可多着呢，你一闹，那些人就不在那里看戏，来这里看戏了。"

她母亲朝戏台那边看了一眼，又气又恼。

榆老头又说："再说了，我答应了黄鼠狼精不说出去的，你这一跳出来，可就害了我。本来事情还有余地的，闹了可就没有余地了。"

她母亲脸皮下抽搐，却无奈道："你是一片好心，我不会害你的。这件事情你帮我瞒着，我以后会给你好处。"

榆老头觍着脸说道："看你这说的什么话？我都是半截身子入土的人了，除了平时抽点烟喝个酒，也没盼着什么好处了。"

她母亲站住了，郑重其事地对他说道："等这事过去了，我给你送好烟好酒来。"说完，她又急急地朝前走。

"烟嘛，不要太好的，有烟嘴子的就行。酒我喝得少，好酒差酒分不出来，能喝就行。"榆老头说道。

烟嘴子是过滤嘴的意思。那时候很多烟还没有过滤嘴。有过滤嘴就代表高了一个档次。

到了牛棚，榆老头叫心莲的母亲躲在牛棚的楼板上。牛棚顶上有一个非常狭小的小阁楼，实际上那算不上是小阁楼，只是几块木板平搁在房梁上，做成一个小的储物间，平时牛吃的草就放在上面，为了防潮。上面还有一个小窗口通风。

我小时候偶尔会跟画眉的小孩子爬到那里打扑克玩，这样大人很难找到我们。并且上面有许多给牛吃的稻草，可坐可躺，舒服得很。

心莲的母亲肯定不觉得那里有多舒服。城里人的皮肤比较薄嫩，碰到稻草会留下红印子，一道一道的，像是被什么东西挠了。更何况牛棚是牛居住的地方，没有人住的地方那么干净。

她在榆老头的教唆下，爬着破旧的楼梯上了楼板，等待"被黄鼠狼精上了身"的心莲来给榆老头送烟。

她知道心莲跟这个敲锣的老头没有什么交情，如果心莲真的送烟给榆老头的话，并且是在这么避开人的地方，那么说明其中必定有猫腻。

很早之前，她就给女儿相好了对象。那人便是于阳明。于阳明和心莲算是青梅竹马，从小就知根知底，玩得也很不错。于阳明喜欢心莲，她是知道的。可是心莲好像对于阳明并不是很上心。她还想着给他们两个小年轻人再多一点时间，或许就成了，可万万没想到女儿居然做出这样的事情来！

她在小阁楼上默默地祈祷，祈祷来的人不是心莲，祈祷榆老头只是跟她开玩笑，或者榆老头把别人错认成心莲了。

等了好一会儿，她终于听到外面响起了哒哒哒的脚步声。

她急忙凑到小窗口往下去看，果然看到了女儿心莲。心莲的手里拿着两包烟。她的心顿时为之一凉。

也许是别人托女儿给榆老头送两包烟呢？她还心存侥幸。

这时候榆老头说话了，似乎是故意要说给她听的。

"这事你没说给别人听吧？"榆老头说道。

心莲根本不知道牛棚里面有人，回答道："你说什么话呢？要是想让别人知道，我还来送烟给你干什么？"

榆老头把两包烟塞进衣兜里，说道："那就好，这件事情，天知地知，你知我知。"

心莲不想多说，转身要走。

榆老头却喊住她："喂，你下次去子承屋里的时候，可要小心看看外面有没有人。"

心莲脸上一阵红一阵白，问道："你说这话是什么意思？"

榆老头道："我的意思是，下次碰到的如果不是我这样的好心人，事情就瞒不住了。"

躲小楼阁上的人脸上扭曲起来。

心莲叹了一口气，说道："多谢提醒。要是没有其他的话，我就先走了。"

"走吧，走吧。你先走，我待会儿走。免得别人看到。"榆老头挥手道。

心莲便急急忙忙走了。

榆老头见心莲走远了，仰头对着牛棚上方的小窗口道："都听到了吧，可以下来了。"

他等了一会儿，不见心莲的母亲下来。他细细地听了一会儿，也不见小阁楼上有声响。

他慌忙进了牛棚，爬上楼梯，只见心莲的母亲脸白得像一张纸，眼神空洞得可怕。她跌坐在乱糟糟的稻草上，仿佛是一具被人遗忘的尸体。连一只苍蝇栖息在她的脸上，她都不驱赶一下。

榆老头慌了神，忙将她扶起来，问道："你这是干什么呀？你要是在这里出了意外，我怎么跟别人交代！"

心莲的母亲哀求道："你让我躺一会儿，我现在感觉天在旋地在转。"

5. 附身

那一天，心莲的母亲在牛棚的小阁楼上躺了许久才下来。

当她从牛棚里出来的时候，后脑勺和后背上沾了许多稻草屑儿。她走到戏台那里的时候，心莲碰到了她。

心莲帮她母亲把后脑勺上的稻草屑儿拈下来，不料被她母亲一手打开。

她母亲一脸嫌弃地说道："别碰我！"

心莲觉得非常意外，母亲以前没有这样对待过她。

"妈，你怎么了？"心莲关切地问道。母亲刚才那一下打得很重，心莲感到手上火辣辣地疼。

"问你自己！"母亲怒气冲冲地瞪了她一眼。

"问我自己？"心莲茫然。

母亲不搭理她，气咻咻地走了。

自那之后，心莲的母亲就再也不允许心莲到画眉来。但心莲死活要去画眉。

心莲的母亲到处打听如何解救被亡魂或者狐仙或者其他精怪附身的人，也到处找高人给心莲驱邪，偷偷试过无数种方法——她在家里点过特殊的熏香，据说黄鼠狼不喜欢这种气味，闻到就会跑；她在家里藏过驱邪的符，据说它会让黄鼠狼心悸，不会待在这里；她甚至在家里养了一只鹅，据老人们说，黄鼠狼的爪子只要沾上了鹅粪就会溃烂，所以有鹅的人家黄鼠狼连院子都不敢涉足的。

可是这些方法对心莲没有什么效果。

在她母亲的眼里，其实心莲平时跟往常并没有什么不同，没有精神错乱的迹象，唯一不可改变的就是喜欢总往画眉跑。

心莲的母亲怒不可遏，却又不能说出黄鼠狼精上身的"真相"，怕惹怒黄鼠狼精。

还有一件事让心莲的母亲感到为难。那就是她给榆老头送过一次烟酒，但是榆老头并没有善罢甘休的意思。他托人给心莲的母亲带话，说什么烟快抽完了，酒快喝完了。很明显，要堵住他的嘴，就要让他的嘴一直有烟抽，有酒喝。

心莲的母亲听人说，榆老头现在都不出去敲锣了。她明白，榆老头以为自己找到了烟和酒的靠山，怎么还会去给人敲锣呢？

她越想越气，就把气加倍地施加在心莲的身上。以前她不骂女儿的，这事发生之后，她动不动就骂。

终于有一次，心莲的母亲控制不住自己，质问心莲道："你是不是打算不要爸妈了，一定要跟那个子承在一起？"

心莲不知道母亲为什么突然提起子承，惊讶之下问道："妈，你听谁说的？"

"你别管我听谁说的。如果你还有一点良心的话，就听妈的话，不要再去找他了。"

心莲沉默了许久，然后说道："妈，他就是我认定的那个人。"

母亲气得甩了心莲一巴掌，哭道："你是不是迷了心窍？子承是什么人，你是什么人？你为什么要这么做！"

心莲从来没有挨过巴掌，她愣愣地看着母亲，仿佛看着一个陌生人。

她的脸上很快浮现出五条血红的手指印。

但是这个巴掌没能阻止心莲，反而让心莲公开了对子承的心意。再去画眉的时候，她不再避人耳目。她提着红糖白糖、花生水果、衣服补品去子承那里，给他打扫房间，给他洗衣，给他做好吃的。子承的女人原来做的现在不做了的，她都做了，以至于有些不认识心莲的人以为她是子承以前的姨太太，以为这位姨太太念起了旧情，所以来到这里做这些事情。

这也恰恰给了子承的女人离开的借口。她当众指着心莲的鼻子骂了一番，然后带着早就打包好的行李，牵着孩子走了。好像她是被心莲气走的，而自己从未想过要离开。

子承也劝她不要来。

"你这是何苦呢？我根本就不相信什么前世见过。"子承躺在床上说道。

心莲不回他的话，自顾自地做着家务活儿。

子承不忍心用狠话说她，便说道："要是真的是前世见过，那你等我下辈子腿好了再来找我吧。"

心莲安慰他道："能找到你，对我来说此生已经够好啦，还等什么下辈子？下辈子过了奈何桥，喝了忘川水，就不记得你了。再说了，就算记得，或许变成了一只鸟，或者一只蝴蝶，遇见了也认不出来说不出来。"她想起在鹰嘴山的时候看到那只翠鸟飞入花姑的房间的情景。

子承道："怎么会呢，你肯定会变成佛，变成菩萨。"

心莲认真地看着子承的脸，说道："不，我这辈子作了孽，下辈子有的是苦受。你会变成佛，变成菩萨。你有菩萨心肠。"

子承的女人离开之后，心莲就来得更勤了。

心莲的母亲见女儿不再避人，觉得已经到了这个地步，没必要再给榆老头送烟送酒了。

榆老头迟迟不见心莲的母亲送烟酒来，心有不甘，见人便说心莲是黄鼠狼精上了身，表面是要跟子承好，实际上是要吸他的精血元气，要修炼，要害人。

方圆十里的人们都或多或少知道有个城里姑娘心甘情愿服侍落魄少爷的事。这样的事情，自然让人们觉得奇怪。这姑娘简直是天上的天鹅，这子承相当于水沟里的癞蛤蟆，如今癞蛤蟆吃了天鹅肉，怎能不让人议论纷纷，疑虑重重？

榆老头的话一说出来，大家便认为得到了长久以来令人迷惑的答案。

人们只会在自己的认知范围内寻求答案，并且偏信自己觉得可能是的原因，并不关心事情真相如何。

何况榆老头说到他那晚看到的场景时绘声绘色，添油加醋。人们更加觉得事情蹊跷。

心莲为什么要瞒着子承本人进入他的房间，做那样的事情呢？似乎除了黄鼠狼精附身，没有更好的解释。

榆老头还说，心莲的母亲为了此事求过他，给他送过烟和酒。他给人展示烟盒和酒瓶，那是他买不起的烟和酒，丧户人家也不会给敲锣的这么好的报酬。

所谓三人成虎，众口铄金。榆老头的话从这人口中传到那人口中，又从那人口中传到他人口中，一来二去，几乎人人认为心莲不是来报恩的，是来害子承的。它害得子承被打断了腿，还要害得他油尽灯枯。

人们相信，这么心狠手辣的黄鼠狼精不仅仅会害子承，还会害其他人。

于是，越来越多的人去劝子承，要子承将心莲赶走，免得她祸害邻里，祸害他人。

子承苦笑道："她怎么可能害我？我也想赶她走，倒不是因为她是什么黄鼠狼精，是怕我害了她。"

他听人说了榆老头那晚看见的场景，也觉得惊讶。他记起上次在门框的钉帽上看见几缕布线，而心莲的孝服上刚好有个破洞。但心莲说是在老河那边被什么东西挂破的。

来劝他的人热心得很，见他不上心，又说："可能她不想害你，但是附在她身上的东西要害你，还要害别人。你没听说过欲娘的事情吗？"

子承当然听说过欲娘的事情。这事情几乎人尽皆知。但是没人说起的话，大家几乎都忘记了。

那是三十多年前在余仔湾发生的一件往事。余仔湾离画眉大概五十里路。画眉这一带的很多人不知道余仔湾，但知道欲娘。

欲娘在十五岁的时候就结了婚，不过她是嫁给一位军爷做小妾。军爷在迎娶她之前，已经娶过十二个姨太太了。

在娶欲娘之前，十二个姨太太已经死了九个，另外三个后来娶进门的也已经病恹恹，不成人样。

人人都说这军爷杀人太多，身上煞气重，加上精力异常旺盛，凡是在他身边的女人，一是经不起煞气，二是经不起折腾，所以不死即伤，是活不了太久的。

欲娘被接到军爷府里的时候，她家里人哭得肝肠寸断，认为女儿不久之后就会像其他的姨太太一样或病或死。

欲娘也害怕得很，可是没有办法，军爷手底下有百来杆枪，县太爷都不敢不听他的话。

当一顶红轿子把欲娘抬到军爷府门前后，她走出轿子后就两脚一软，倒在地上，抖抖瑟瑟地如同一只刚出生的老鼠。

军爷从马背上下来，哈哈大笑，一把抱起欲娘，跨进大门，穿过热闹的酒席，径直走入了洞房，不等贺客吃完酒席，不等磕头拜堂。

欲娘的娘家人一边吃一边流眼泪。他们怎么也想不到，仅仅是一个月之后，形如枯槁的人并不是欲娘，而是军爷。

在这一个月里，军爷每晚都要折磨欲娘，用皮带抽打她。

可是欲娘竟然愈发精神抖擞，皮肤比出嫁前好了许多，嫩得仿佛捏一把就能捏出水来，头发黑得发亮，身材也比以前更玲珑有致。如果说她出嫁前是个含苞待放的花骨朵儿，一个月后就已经像熟透了的桃子，让人看了垂涎三尺。

而军爷反常地黯淡了下去，眼神黯淡，脸色黯淡，就连说话的声音都黯淡了。之前找有名的裁缝师傅量身定制的军服，一个月之后便显得过于宽松，不像是穿在人身上，倒像是挂在衣架上，荡来荡去。

军爷的私人医生劝他节制，他却无可奈何道："你以为我不想节制啊？没拿枪杆子之前，我是拿烟杆子的。可她比大烟厉害多了，大烟我都能戒掉，但是她我戒不掉。一天没有她，我就觉得活着都没意思。"

有一次欲娘回了娘家，娘家人又掉眼泪，说她在军爷家受了苦。

她却高兴地说道，哪有受苦啊？我喜欢得不得了呢。

母亲窃窃问她，姑爷有没有折磨你？你受不受得了？

她说，我原以为我会受不了，过地狱一般的日子。可我渐渐不但不觉得痛苦，反而越来越喜欢。

她母亲不信，以为欲娘为了让娘家人安心才这么说的。

当她母亲送欲娘回去，并亲眼看见姑爷形容消瘦的时候，她母亲大吃一惊，才知道欲娘所言非虚。

很快军爷就满足不了欲娘了。

欲娘便跟军爷府里的卫兵勾搭在一起了，之后是管家的儿子，之后是军爷的同僚。最后连当初劝告军爷的医生都有了与她不清不白的传言。

传言是不是真的，只要看看与她有传言的人是否气色急转直下便可知道。

军爷是何等聪明的人，他对欲娘的行为心知肚明，可是他已成为病恹恹垂死之人，走路都需要人扶着，说两句话就喘气，哪里还管得住她？加上身边心腹几乎都被欲娘诱惑，对她服服帖帖，唯命是从，军爷即使想把她怎样，也无法把她怎样。她已成为府里的掌控者。

欲娘之前并不叫欲娘，这个名字就是那时候传开的，以至于后来说起她的人忘记她本名叫什么了。

在欲娘嫁给军爷之前，她其实早跟一学校的年轻教师订过婚。迫于军爷的淫威，她和她的心上人都只能忍气吞声。

如今军爷倒下了，欲娘又去找那心上人，可她不敢与心上人有身体上的接触，怕她的心上人也像军爷以及其他人一样变成病秧子。

为此，欲娘到处询问名医高人，希望有人能帮她解决这种问题，并许诺重金奖赏。

不久之后，有一道长来到军爷府里，宣称他能帮欲娘摆脱困境。

欲娘大喜，便问她这是什么原因。

道长说："唉精气鬼。"

欲娘问："这是什么鬼怪？"

道长说："唉精气鬼，又叫作毗舍遮鬼，是佛道中障碍的六欲天魔，不属于鬼道众生，所以平时难以发觉，也少有人知晓。它们喜欢吸取精气来滋养它们。像你这种情况，一定是有唉精气鬼作祟，它们会想办法让你邪淫，然后借你来吸取人的精气。"

欲娘不太相信，问道："你为什么确定我是因为唉精气鬼，而不是因为本性？"

道长说："在五六年前，我就认识你家军爷。那时候他还在广西当排长，恰好被我遇见。那时候我就看出他身上有唉精气鬼，劝他节制，驱离邪魅。可是他不听，每月刚发军饷就全部扔进窑子里了。"

欲娘吃惊道："你说军爷身上也有这种鬼魅？"

道长点头。

"军爷身上既然也有你说的这种鬼魅，那我也应该被他害惨才是，为何他现在却不行了？"欲娘迷惑不解。

道长笑道："这正是之前的姨太太不是死就是伤，而你安然无恙的原因所在。他身上附有啖精气鬼，其他姨太太被他吸取元气，非死即伤。而你身上的啖精气鬼道行比他身上的强，强食弱肉，他被你克制，故而其他人都被你吸取精气。"

欲娘还是将信将疑："空说无凭。"

道长早就料到仅凭这一番话无法说服对方，他从怀中掏出几根香，说道："你若是不信，可在子时之前点燃此香，并留一盏暗灯，子时的那一刻，便可看到我说的一切。"

"非得在子时？"

"午时阳气最旺，可以杀人。子时阴气最重，容易见秽。"道长说道。

欲娘按照道长说的，在子时到来之前点了香。

军爷的卫兵进屋之后闻到香的味道，便问为何点上香了。

欲娘说是驱蚊子的。

卫兵要关灯，欲娘却要留一盏暗灯。

卫兵担心道，还是都关了吧，别人看到就不好了。

欲娘道，他都那样了，你还怕被看到？

卫兵便听了她的。

欲娘又拿出一条丝巾，要将卫兵的眼睛蒙住。

卫兵说了一句"你这都是从哪里学来的"，便任由她将眼睛蒙住。

两人欢愉之时，欲娘忽然看到自己身下出现了一个陌生女人的脸！

欲娘吓得尖叫一声，连忙推开卫兵。

卫兵扯下眼睛上的丝巾，问欲娘道："怎么啦？"

欲娘满头大汗，语无伦次道："我看到……没……没什么……"

那个陌生女人的脸已经消失了。

卫兵意犹未尽，还要跟她亲昵。她却已经完全没了兴致，匆忙穿好衣服，要卫兵离开。

卫兵不敢违背她的意思，只好收拾一下就灰溜溜地走了。

第二天，道长胸有成竹地来了。欲娘请教解救的方法。

道长说："我既然来了，就是有办法。"

于是，他让欲娘在第二天晚上再叫卫兵来，再点燃香，再留一盏暗灯。他则躲在床底下等待时机。

子时一到，欲娘再次被那陌生面孔吓到，而道长在床底下惊喜喊道："得手了！"

卫兵不知道床底下有人，吓得衣服都没来得及穿就跳窗户跑了。

道长从床底下爬出来，手里提着一个巴掌大小的金色袋子，袋子里有叽叽吱吱的凄厉叫唤声。

那声音让欲娘的耳朵受不了。

欲娘捂住耳朵，大声道："快让它别叫了！"

道长将那袋子收入怀中。

声音果然小了很多，但是欲娘还是能看见道长的肚子上鼓起一块，并且在他身上窜来窜去，仿佛他的肚子里藏了一只活老鼠。

"这个就是……那个什么鬼？"欲娘瞪大了眼睛看着道长肚子上的东西，恐惧地问道。

道长欣喜不已，低头看着窜来窜去的"小老鼠"，回答道："是啊。就是它害了你，也是它救了你。要不是它，你早像其他姨太太一样成了枯骨或者废人。不过要不是它，那些跟你在一起过的男人不会步了姨太太们的后尘。"

欲娘道："多谢道长，你想要金钱还是官位，我都可以给你。"

道长仍然低头看着不安分的"小老鼠"，笑得非常诡异。

“不，金钱迷乱人的心智，官位束缚人的自在，我都不要。”道长说道。

“那你要什么？”欲娘问道。

道长抬起头来，笑眯眯地指着肚子上的“小老鼠”说道：“只要这个东西就可以了。我找了许多年，捉了许多年，今晚终于得偿所愿。”

欲娘慌忙道：“你要你拿去就是了！”她害怕那东西再次回到身上来。

道长居然给她鞠了一个躬，客客气气回答道：“那就太感谢了！”

欲娘回过神来，问道：“不过……你要它干什么？”

“尔之糟糠，吾之珍宝。你舍弃不要拒之千里的东西，对有的人来说求之不得日思夜想。我将让它附身于我，去吸取别人的精气。哈哈哈哈……”道长大喜过望。

欲娘目瞪口呆。

道长一拂袖，扬长而去。

自那之后，军爷的身体日渐好起来。

欲娘害怕军爷报复她和她的心上人，于是在饭菜里下毒，竟将军爷毒死了。

军爷一死，上面派人来查。欲娘知道自己瞒不过，自缢而亡。

此事很快便传得沸沸扬扬，人尽皆知。

来画眉劝子承的人说，黄鼠狼精之所以来找他，十有八九是要像唼精气鬼附身于欲娘一样，来吸取他的精元，让他精元尽泄，让他油尽灯枯。

子承听人这么一说，有些担心起来。

虽然心莲还没有承认子承的梦境跟她有关，但钉帽上留下证据的事情子承并不是没有多想过。他认为那两次晚上的梦或多或少跟心莲脱不了关系。只是心莲不说，他就不问。

莫非她真是要吸取我的精气？既然道长能从欲娘身上夺走唉精气鬼，那也可能唉精气鬼从别人那里转移到心莲身上。子承有些动摇了。

子承知道城里有个姓于的人追求心莲，他们从小一起长大。

他又忍不住多疑起来——莫非心莲不跟那个人一起，就如欲娘不跟最初与她订婚的人一起？

绝大部分人是无根的树，特别容易动摇。哪怕无关紧要的人捏造一点证据，就能让原本安好相合的人产生罅隙。

子承决定试探一下心莲。

一次心莲正在给他打扫房间，灰尘在阳光下胡乱飞舞，仿佛是有生命力的小飞虫。

子承对她说道："扫的时候要稍稍压着扫帚，灰尘才不会太多。"

她不好意思地笑了笑，说道："我很少扫地，不太会。"

子承看着她扫了一会儿，忽然问道："你是来报恩的吗？"

她想都没想，回答道："是啊。"

子承笑了一下，鼻子里哼出一声。

她见子承笑得不对劲，放下扫帚，问道："怎么啦？"

子承看着她的眼睛，说道："你不是说上辈子认得我才来的吗？怎么又是来报恩的了？"

她呆了一下，搓着手回答道："我……我以为……"

子承看着她，不说话。

她支支吾吾了一会儿，没能说出后面的话。

子承眼神变得暗淡，缓缓摇了摇头，低声说道："不用说了。不论你是出于什么目的，都无关紧要了。"

她迷惑地看着子承，问道："你这话是什么意思？"

"你看，你家里是绝对不会答应你嫁给我的。我知道自己是个什么状况，我也不能害了你。从今以后，你还是别来找我了。"子承说道。

心莲顿时眼泪下来了。她咬了咬嘴唇，扔下扫帚，当下就离开了画眉。

心莲离开之后，子承找到方圆十多里有名的媒婆贾娭毑，要她给他说个媒。

贾娭毑为难道："你现在的情况怎么说得到好女人呢？"

子承道："是个女人就行。"

贾娭毑道："那个城里女人不是挺好的吗，你干吗好的不要，来找我说个差的？"

子承道："就是怕拖累她，我才来找您的。之前那个婆娘，我知道留也留不住。你给我说个差不多的，心甘情愿的，她也好死了这条心，去找配得上她的人。"

贾娭毑感慨不已，便答应下来。

几天之后，贾娭毑便托人带口信给子承，说是给他说好了一个女人，跟他年纪差不多，男人早已过世，是个盲人。要是愿意见一见的话，她就安排时间带那女人来画眉跟他相一下。

子承答应见见面。

子承行动不便，跟媒人搭话都是靠别人带口信，一带来一带去的，这件事情子承不说，媒婆不说，也早就被别人说来说去，传来传去了。

子承本来是想不拖累心莲，可是他一答应跟盲眼女人见面，不知不觉就坐实了坊间那些流言。很多人相信心莲是被黄鼠狼精附了身，并且那黄鼠狼精像当年啖精气鬼附身欲娘一样要吸取人的精气，它不但要吸取子承的，还要吸取别人的。甚至有人说，它其实早已吸取过别人的了，只是别人不敢说出来。

至于子承为什么不跟心莲来往了，而甘愿找一个与心莲相差千万里的女人，很多人认为那是因为子承发现了心莲被附身的证据。

被流言传出来的证据也千花百样。有人说子承在床上发现了黄鼠狼的毛，有人说他发现心莲一看见鸡就流口水，还有人说心莲某次吃多了黄豆，不小心放了一屁，黄鼠狼的屁是相当臭的，不是人能学出来的，结果子承闻到了，这才相信了榆老头的话。

无论发生的是什么事，找到的是什么证据，总之最后都说明心莲确实是被黄鼠狼精附了身，她确实是来吸取精气的。

这样的流言引起了一些人的恐慌。不仅仅是画眉的某些人，这一片不相干的人也掺和进来，纷纷扬言绝不容心莲嫁到这里来，不容她祸害这一方的人。

心莲的母亲听到这些传言，气得不得了，大骂心莲，又故意喊给别人听："他们不让我女儿去？我还不让我女儿过那样的苦日子呢！活该那些说闲言碎语的人进地狱！剪舌头！来世做哑巴！"

骂完还不解恨，她又将心莲反锁在房间里，不让她出去找子承。

心莲听到子承要跟别的女人见面的消息，心急如焚，可是出不了门。

她救助于于阳明，要他在子承见媒婆和那女人的那天带她出去。

于阳明道："你妈把你看得死死的，我怎么带你出去？"

心莲说："你跟我妈说，我们俩去花姑那里看看我们到底有没有缘分。如果有缘，我从此就安分下来，跟你过日子。如果无缘，就叫我妈不要再牵强了。"

于阳明按照心莲说的话说给心莲的母亲听。

心莲的母亲摇头道："什么缘不缘分？我和她父亲是包办婚姻，

还不是过得好好的？俗话说强扭的瓜不甜，但不扭就被人家偷了！阳明你这孩子也是实心眼儿！花姑说你们有缘还好，要是说无缘呢，那怎么办？"

可是过了两天，心莲的母亲忽然改变主意了，她喊来于阳明，答应让他俩一起去花姑那里。

于阳明问道："您不是不同意吗？怎么突然改变主意了？"

心莲的母亲笑眯眯道："傻孩子！我这还不是为你好？"

然后她告诉于阳明，她去找过花姑了，求花姑在他们俩来鹰嘴山的时候说他们有缘。

"花姑答应了？"于阳明问道。

"答应了呀！当然答应了！不然我为什么要你们俩去呢？宁拆一座庙，不拆一家亲。花姑也懂得这个道理的吧！"心莲的母亲喜滋滋地说。

有那么一瞬间，于阳明认为属于自己的阳光灿烂的日子就要到来了。

此前不久，他做了一个梦，梦见家里到处都是红色的，他跟心莲先拜了天地，后拜了父母，再两人对拜。他以为这是一个印证。

后来花姑对他说，梦大多数是相反的。

6. 水库

到了那天，早上就乌云压阵，整个世界都是阴沉沉的。

于阳明来到心莲家，问心莲道："今天可能会下暴雨，要不我们改天再去吧？"

心莲不肯，她说："就是今天下拳头大的冰雹也得去。何况现在还没有下雨，谁知道会不会真的下？"

心莲的母亲不愿意跟心莲说话，她将于阳明拉到一旁，问道："要不今天就别去了，换一天再去吧。反正我跟花姑说好了的，什么时候去，她都会说好话，不会说坏话。"

于阳明笑道："姑妈，择日不如撞日，撞上了晴天就晴天去，撞上了雨天就雨天去，哪怕天上落冰雹，我也得去。您又不是不知道我等这一天等多久了！"他跟心莲家本不是亲戚，但是为了两家走得更近一些，就攀了亲戚，于阳明叫心莲的母亲作姑妈。

心莲的母亲见他这么说，就不好阻拦了，只好让他们去鹰嘴山。

也许一切都有预示的。

上了去往鹰嘴山的公交车之后，于阳明从兜里拿出一个事先藏好的梨子，递给心莲，说道："你没吃早饭吧，吃个梨垫垫肚子。"

心莲确实没有吃早饭，但她知道于阳明来得早，肯定也没有吃早饭，便说道："你来我家这么早，也没吃早饭吧，你自己吃。"

于阳明将梨子伸到心莲眼前，说道："我是男人，扛饿。"

"那我吃一半，你吃一半。"心莲说道。

于阳明连忙摇头："不行。梨子不能分开吃的。我妈从来不跟我分梨子吃，说是分梨分梨，就容易分离。"

心莲噗地笑了，说道："你一个大男人还信这个？"说完，她接过梨子，咬了一口，然后将咬过的梨子还给于阳明。

于阳明充满感激地将剩下的梨子吃了。

后来他说，要是自己不吃剩下的梨子，或许心莲那天就不会出意外了。要是不带梨子在身上，也就不会发生这样的事情。

公交车快到鹰嘴山的时候，心莲忽然对于阳明说："阳明，其实我今天没打算去花姑那里。我要去画眉。今天子承要跟人见面，我要去阻止他。"

于阳明勉强一笑，点头道："我知道。"

"那你会让我去吗？"心莲低下了头。

"当然。"公交车颠了一下，于阳明弹了起来，又坐了下去。

"你……为什么……"

"我喜欢你是我的事情，你喜欢谁是你的事情。我做好我的事情，不能强迫你不做好你的事情。如果我强迫你的话，我就没有做好我的事情。"于阳明吁了一口气，假装非常轻松。

心莲默默地看着他。

他笑了，说道："你决定了就去做吧。你妈那边我会帮你说好的。如果你能及时回来的话，我就在鹰嘴山等你，跟你一起回去，就跟你妈说我们是从花姑这里回来的。"

心莲忧心忡忡地看了看车窗外的天，说道："你别等我了，说不定待会儿就下雨了，别淋湿了身子。"

于阳明道："你不是也没有带伞吗？哎，我真是笨，出门还想着拿一把伞的，结果还是忘记拿了。"

后来他又怨恨自己，说要是那天带了伞，或许心莲就会回来。带了伞就是要回来的，没带伞就是不准备回来了。

他把所有的问题都归咎于自己。

从鹰嘴山去画眉的路有两条，一条需要在走过鹰嘴山之后换乘另一班公交车，直接坐到老河对面不远的小镇上，走三里不到的路就能到画眉；另一条无须换乘，直接坐到一个叫马家店的地方，然后要走三倍以上的路，从后山翻过去才能到画眉。

大多数人不愿走太多路，选择前者的到达方式，虽然整个过程耗时要多半个小时。

心莲那天心急，担心她到的时候午饭已过。

与子承见面的人离画眉路程较远，若是吃了晚饭再走，必定时间不够。心莲料到她们会在画眉吃了午饭就走，她若不在午饭前赶到，那时候就已经板上钉钉，再去没有用了。

因此，她选择了第二种方式，在马家店下了车。下车的时候，毛毛雨已经下了起来。

那毛毛雨又细又密，如同重重叠叠的白纱帘子，遮挡她的视线。

这情形，跟她说的第一次离魂的夜晚赶往子承的房间似曾相识。那时候也是看不清，看不透，迷迷又茫茫。

她脚步仓皇，顾不得是否会打湿衣裳，急急地往后山赶。

那天有很多人看到了浑身尽湿的她走在那条泥泞的道路上。那时候从马家店到后山脚下的大路还不是水泥路，泥土质软，被来往的车碾得坑坑洼洼，一下雨就得跳着走路，避开水坑。而她不顾鞋子会不会打湿，会不会进水，径直往前，有时候踩在干净的地方，有时候踩在水坑里。

后来，那天看到她的人说，他们认为心莲是中了邪才会那样走路。

那时候他们确实或多或少相信心莲是被附了身的，是要吸取人的精气的，所以那天没有人给她递一把伞，或者叫她避了雨再走。

当她经过进爹门前的时候，进爹正在堂屋里做纸人。那时候他儿子还没有出远门，他自己也年轻力壮，所以屋顶的瓦经常整理，每逢下雨天不会漏，不用拿碗盆接漏。

在马二叔家里办丧事的时候，进爹跟心莲说过话。他还记得她说"凡是被人记着的人，就不会消失；凡是被遗忘了的，才会消失"。

即使她去世之后，进爹还记得她说的话。所以他认为心莲没有消失，所以他常在下雨天听到一个女人从屋前经过的脚步声。

因为是给亡人做那边用的东西，很多人认为他身上似乎沾染了不祥的气息，都对他敬而远之。他虽然不是邪魅，也没有什么鬼怪附身，但是好像跟它们也没有太大的区别。

或许正因如此，他不像其他人那样看待心莲。

他见心莲没有打伞，走路又像丢了魂儿一样，便走到门口，对着心莲喊："心莲，进屋里坐坐，等雨停了再过山吧！"

那天晚上，他得知心莲去世的消息时，也连连自责，说他不该对心莲说那样的话。

他的意思是不该说"过山"那两个字。

"过山"在这一带有另外一个意义。

每次外公杀鸡，放完血之后会将鸡头裹进它自己的翅膀里。我问为什么不直接拔毛下锅。外公说，等它过山呢。

我便想象一只鸡的魂魄从这里离去，翻过一座山，去到了另一个世界。

心莲本就要过那座后山，跟进爹没有关系。但是进爹仍然愧疚不已。在这一点上，他跟于阳明有些像。

心莲朝进爹露了一个笑脸，摇摇头，继续往后山走。

她的脸是那么苍白，好像气色都被雨水洗刷掉了。进爹看到的时候，心里一寒。

画眉跟进爹这边只有一山之隔，子承这天要跟一个盲眼女人见面的事情，他早就听说了。他清楚心莲为什么这么急要去画眉，便没再挽留她。

心莲上了后山，走到了水库的堤岸上。那时候那条堤岸两边是不是已经种上了桐油树，我不知道，李娭毑也没有说。

李娭毑说，以前后山上是没有水库的，水库所在的地方原来是一片果树林，属于子承的父亲的产业。子承的父亲去世之后，政府为了扩大耕地面积，获得更多水稻产量，到处都鼓励农户开荒垦地，结果后山下面多了许多水田。水田上方需要水库，保证旱涝无忧，所以人们砍掉了这一片果树林，用锄头挖，用篾箕挑，建起了一道堤岸，用来挡住山上下来的雨水。

这条堤岸在建成后的许多年里常出问题，不是哪里漏了，就是哪里垮了。好像它并不愿意存在于这里。

人们一直修修补补，维持它的存在。它似乎终于认命，渐渐安稳下来。

心莲经过那里的时候，它还没有认命。

此前有好几个人在那里跌入水中。

因为堤岸土质的问题，一下大雨，堤岸表面因为有草和草根维持，看起来并无大碍，而实际上草底下的泥土被冲垮，形成了一个天然的"陷阱"。

心莲就是踩在"陷阱"上落入水库的。

那天，于阳明在鹰嘴山等心莲回来，一直等到了黄昏。那时候雨已经停了。

后来有人对于阳明说，你怎么不让花姑看看心莲的树呢？要是提前看了的话，或许花姑能看出什么预示来，也就能避免心莲出事了。

于阳明也这样向花姑懊悔过。

花姑说，傻孩子，这怎么可能知道呢？就像我是一个医生，自己也难免会生病。虽然我能看出哪些地方开始不正常了，但是我不能天天把我身上所有地方从头到脚，从心脏到脾脏到肺肾胆胃等等检察一遍啊。来找我的，基本都是已经出现问题了，我对应他们出的问题再去找原因，这样是有针对的。若是没有问题的人来找我，问我什么时候会出什么事，我也无能为力。

那天黄昏的时候，于阳明走到了鹰嘴山脚下的公路边上，看见一辆公交车停下，就默默地去看每一个下车的人。

他认为说不定哪一次下车的人里面就有心莲的身影。

他很熟悉心莲的身影，但是那天他认错了好几回。有好几回，他看到下车的人里有心莲的影子，心中一喜，可是走上前去，却发现里面根本没有心莲。

还有一回，他看到一辆开来的公交车，车窗边就坐着心莲，心莲脸朝着外面，好像看到了他，还冲他一笑。于阳明回以笑脸，朝她招手。

他很开心。这时候天色已经很暗了，好几次有车停下有人下来，却没有心莲，他就隐隐觉得心莲好像不会在这里出现。他暗暗担心。这次看到她的脸，他自然开心不已。

可是这辆公交车停都没停，从他身边呼啸而过。

他愣住了。

他看着那个车窗，看到了刚才那个女人的背影，她仍然是心莲的背影。

但是他也很清楚，如果那就是心莲的话，车是不会不停的。

而在子承那边，他见过了媒婆带来的盲眼女人，他并不是太满意，但还是点头答应了。

他记得十三岁那年，父亲带来一个非常漂亮的女人，比他大四岁。父亲对他说，这是他的妻子，后面还会给他挑几个女人做姨太太。

那时候他还不明白男人为什么要娶女人，不明白为什么两个不相干的人要在一个屋檐下生活，他还不懂情和爱。

他没见过狗要两条在一起吠叫，鸡要两只关在一个笼里，鸟雀要两只栖息在一根树枝上。

父亲见他眼神里充满迷惑，哈哈大笑，拍了拍他稚嫩的肩膀，说道："儿啊！圣人说过，食色性也！人生在世，就是要吃美味的食物，要娶好看的女人！"

他想，如果父亲还在世，是断然不会答应他娶这个媒婆介绍的女人的。

午饭吃完，这事情就定了下来。隔壁的来保在场做见证。

媒婆说那就拿两个人的生辰八字，去找个人算一下什么日子办事最好。

他便将自己的生辰八字告诉了媒婆。那女人也将她的生辰八字告诉了媒婆。

子承送她们走的时候，外面还下着雨。

子承道："要不等雨停了再走吧。"

媒婆看了一眼天，说道："谁知道什么时候停哪？我们还有路要赶，得走了。"

子承要来保背着他送到门口。

见她们走远，来保不无感慨地说道："要是你父亲在世，知道我给你做这样的见证，肯定要打死我。"

子承笑了笑。来保和他想到一块儿去了。

"你这一定下来，就真把心莲那个好姑娘挡在家门外面啦。"来保为他可惜。

子承看了一眼门框上的钉帽，那上面的布条还在，它随着从雨中钻出来的风飘动，好似坟头上的招魂幡，凄凄惨惨戚戚。

"好马配好鞍。我配不上她。"子承说道。

子承第一次听到"好马配好鞍"这句话的时候，还是在他第一次洞房花烛夜。

比他大四岁的新娘给他宽衣解带。他紧张不已，浑身僵硬，像个木偶。

他结结巴巴地问道："你……你……为什么愿意嫁给我？"

新娘说道："好马配好鞍。"

"好……马配好鞍？"

"嗯。钱财是好东西，是人人追逐的，你家有无尽的钱财，你是一匹好马。美貌是好东西，是人人喜欢的，我有这般美貌，我是一个好鞍。我母亲跟我说，美貌跟钱财都是人间少有的，若是我嫁给了一个没有钱财的人，就是好鞍配给了劣马骡子，再好也没有用。我必须嫁给一匹好马，我配得上他，他配得上我。"新娘说道。

子承对来保说那句话的时候，回想起三四十年前生命中第一个女人对他说的这番话。

来保面对被雨水遮挡得模模糊糊的大道，说道："我还以为今天心莲会来呢。她为了要跟你过日子，跟家里人闹翻，受别人的白眼。我在吃午饭前还想着，她或许突然进来了。"

子承又看了一眼门框上的布条，叹了一口气，说道："我原来希望那些梦是真的，现在又希望它是假的。"

来保摇摇头，将子承背回屋里，要将他放回床上。

子承在他背上说："你帮我把椅子放在门口，让我坐在椅子上吧。"

来保道："坐门口干啥？门口又是风又是雨的，可别吹病了。"

子承道："你就让我坐门口吧。"

来保执拗不过，按照他说的办了，然后顺着屋檐回了自己家里。

听着来保的脚步声渐行渐远，坐在门口的子承心中疑惑，他总感觉要等一个什么人来，所以无缘无故想坐在门口等着，可是他听到的是离开的脚步声。

或许那个人不会来了。子承在心里这样告诉自己。

在鹰嘴山等了十多辆公交车过去之后的于阳明也有一种强烈的

感觉——心莲不会来了。

这个感觉让他心悸。他不断地安慰自己，或许心莲已经回家了。他给这样的解释找理由——心莲肯定是没能跟子承说好，她心里不高兴，所以气冲冲地先自个儿回去了。

他暗暗告诉自己，或许他在最后一班公交之前回到心莲家里，走进心莲的房间，就能看到心莲躲在那里哭。

虽然她在哭，但是他很高兴，很高兴看到她哭。

很高兴看到她哭并不是因为他认为心莲和子承之间不可能了，而是因为这会让那种不祥的感觉烟消云散。

于阳明搭上最后一趟回城里的车，心里忐忑不安。他清楚得很，如果回到心莲家里而看不到心莲的话，十有八九心莲已经出事了。

心莲的房间成为了改变他生命的一个盒子。在那个盒子打开之前，他不知道自己的命运会有怎样的变化。在那个盒子打开之后，他可能仍然拥有最心爱的人，并且更有可能他们会在一起相扶到老，也有可能忽然失去了最心爱的人，从此再也不可能让长久以来的憧憬实现。

他感觉他的生命出现了一个特别重要的岔道，而岔道就在他推开心莲房门的一瞬间形成不可更改的结果。

可是结果出现得比他预料的还要早。

当他刚刚走到心莲家所在的居民楼前时，心莲的母亲刚好从楼里出来，迎面碰上了他。

心莲的母亲看他一个人回来的，问道："心莲呢？"

他立即感到一股强大的寒意扑面而来。

"她还没有回来？"他本想瞒着心莲的母亲，可是话从嘴里脱口而出，拦都拦不住。

心莲的母亲意识到不妙，脸色一变，问道："你不是跟她一起去鹰嘴山的吗？怎么没一起回？"

对于于阳明来说，心莲消失了三天。

那三天里，他到处寻找心莲的踪迹，可是一直找不到。他按照心莲那天走过的路走了很多遍，问了很多人，可是谁也不知道心莲去了哪里。

子承听说了这个消息，也心急如焚，可是他行动不便，只能在家里干着急。

于阳明心头的不祥之感很强烈，可是他还是心存侥幸，认为心莲可能是知道子承跟那个女人确定下来了，所以躲了起来，不愿见任何人。

他问过进爹，知道心莲上了后山。他沿着山路走的时候，看到水库堤岸有一处塌陷，也想过心莲是不是在这里失足跌落水中。可是他没有看到水面漂起鞋子之类的东西，他从内心也拒绝接受这样的可能。

她一定是躲起来了。于阳明这样告诉自己。

那三天里，心莲一直躲在水底。

或许是觉得躲着也无济于事了，心莲在第三天终于浮出水面。

第一个看见心莲的是一位在后山上放牛的老人。他视力不太好，还以为是谁在水库里游泳，对着水中的心莲喊："喂，这里有吸水洞，不能游泳啊！"

水库建成之后就一直有关于吸水洞的传说，说是因为之前这里并不是水库，所以土质疏松，地底下本来就有一个长洞，谁都不知道长洞是怎么形成的，是天然的还是人挖的，也不知道这个洞通向哪里。水库建成之后，由于水的压力和浸泡，表面疏松的土就塌陷了下去。有时候能看到水库表面形成一个水的漩涡，把水面的烂叶子断树枝吸过去，像噏着的嘴一样吸进去。但有时候又看不到漩涡。

有人下水摸螺蛳的时候，脚在水下被吸住，如同被谁死死拽住了一般，吓得从此以后再也没人敢在水库里摸螺蛳，也没人敢在这里游泳了。

因此，后来有人说，或许心莲是被水下的漩涡吸住了，等到被水泡得浮肿了才浮上来。

放牛的老人喊了好几次，但是水里的人似乎没什么反应。老人拴好了牛，走近水边仔细一看，才知道是一具浮尸。

他慌忙下山去喊人，把心莲从水库里打捞起来。

打捞起来之后，如何处理成为了一个问题。

她的家里人拒绝接收尸体，认为她给家里丢脸。即使于阳明多次劝说心莲的母亲也没有任何作用。

子承倒是提过让心莲埋在属于画眉的坟地里。可是一则画眉的人不同意，认为她不是画眉的人，不合适，另外认为她是横死的，不吉利，自然不愿接受。二则子承在后山没有一块属于他的地，他说了不算。虽然这里以前都是他家的，但是现在分成了一片一片的，每一片都属于不同的人，几乎家家户户都有份，唯独他家没有分到半亩地。按照习俗和惯例，坟地都是在属于自己的土地上建的。

路往往是分割这家山林和那家山林的界线。所以只有山上的路不属于任何人。

于阳明想让自己家里人接收心莲，可是家里人怎么会同意未婚的他将一个已死的女人接收？以后他还怎么找对象？

心莲的尸体在水库旁停了七天，就像她在那个下雨天一样既回不去，又下不了山。

子承找到歪爹，号啕大哭，求歪爹帮帮他。

歪爹便说，要不把她埋在路下面吧。

画眉的人还是反对。

歪爹说，她在路下面，千人踩万人踏，再大的怨气也可以压制。

既不占用任何属于私人的土地，又能压制他们所担心的怨气，自然就没有什么人再多嘴。何况他们之前大多虽然相信了心莲在某些方面跟欲娘有类似之处，但是人死灯灭，那些事情也就过去了。

在歪爹的主持下，画眉的人凑了一些钱，给心莲买了棺材和墓碑，将她葬在了水库旁边的路上，墓碑就立在路旁。

即使如此，后山两边的人们每次经过这里的时候，还是心有戚戚，疾步离开。

我的外婆也是因为如此，才每次在我回去的时候都叫外公送我翻过后山。

心莲刚刚入土为安，子承便用一根麻绳了结了自己的性命。

子承虽然一贫如洗，但毕竟是画眉的人。画眉的人们给他找了一块地，将他埋葬。

有人说过要不要将子承与心莲合葬。但这种提议遭到了许多人的反对。理由无非是心莲生前毕竟没有嫁过来，算不得画眉的人，另外心莲是葬在路下面，千人踩万人踏，既不能让心莲移走，不再压制她的怨气，又不能让子承移过去，被人踩踏。

此后不久，怪事又纷至沓来。

先是方家庄有人说路过水库的时候看到了心莲站在水边，诱惑人下水。

方家庄是与画眉隔着一条老河的小村庄。他们也常翻越后山，去后山那边走亲戚办事情。

后来又有晚归的方家庄人说经过那里的时候听到了女人的哭泣

声，非常幽怨，一边哭还一边诉说，好像说的是责怪人们踩踏她，她要伺机报复。

这传言一流出，后山附近的人都心神不安。那条山路虽然不太好走，但是为了抄近道，很多人都走过那里，从心莲的坟上踩过。

于是，在心莲安葬后不到半年，附近的人们都纷纷提议要将心莲的坟移走，强行送回到她城里的家人那里去。

可是她家里人那时候就不接收，现在尸骨已寒，黄土已盖，又怎么可能接收呢？

这时候歪爹又出面，到处安顿人心，说那些都是胡说八道，他去那里看过，并无异样。

但是流言不起则已，一起便如决堤的水一般掩堵不住。很快就有小孩子说路过那里的时候看到一个女人叫他们进树林，要给他们吃东西。他们吃过之后回来便不停地拉肚子。家里大人便认为孩子是中了邪，吃了不干净的东西。毋庸置疑，矛头再次指向心莲那不安的魂魄。

歪爹挨家挨户劝说，告诫那些人，此时心莲已经入土，压制形式已经形成，她有些不服气也是情理之中的，若是再把她挖出来，又没有更好的去处，她的报复恐怕会更加让人害怕。

正是因为歪爹，心莲才没有被挖出来。

奇怪的是这些事情就像一阵风，刮过之后便再没出现类似的情况。

这时候歪爹跟人说，当时是有人故意造谣，想让心莲无处安身。造谣的人见事情不成，也就作罢了。

人们相信歪爹的话，但是仍然对那块地方另眼相看。

心莲的坟就这样一直存在于那里。她就如人身上的一个上了火生出的疙瘩，碰的时候会不舒服，可是抠掉又怕太痛。

说到这里，李娭毑的故事便算是讲完了。

小孩子们不甘心，有人问："李娭毑，那黄鼠狼精去哪里了？母的黄鼠狼精附了身，也跟她一起埋在路下面了吗？那打断子承腿的公黄鼠狼精呢？"

有人附和道："是啊，您说今天早上那个戴帽子穿衣服的黄鼠狼精不是子承遇到的黄鼠狼精，那它们去哪里了？"

"我也不知道。反正从子承被打断腿之后，黄鼠狼精再也没有出现过。"李娭毑说道。

"那景平叔捉到的黄鼠狼精是哪里来的？"

李娭毑摇头道："我哪里知道是哪里来的？"

听完心莲的故事，小孩们就散去了。

故事虽然结束了，但是心莲的事情却忽然闹得更加沸沸扬扬。

在马景平捉到黄鼠狼精后的当天晚上，他又在后山脚下的水田里放篓子。他没在挨着画眉这边山脚下的水田里放，而是在进爹那边山脚下的水田放。篓子是用来捕捉泥鳅黄鳝的，泥鳅黄鳝钻得进去，钻不出来。放好之后第二天一大早去取就可以。

为什么要半夜放一大早取呢？因为那边水田是那边人家的，在别人水田里放篓子，如果被看到会被骂的。一则是因为人家认为那是他的地盘，不允许别人使用，二则是放篓子的时候难免会碰歪或者踩坏水田里的庄稼。

第二天一大早去取也是为了避人耳目。

第二天鸡都还没打鸣，太阳尚未出来，月亮还在天上呢，他就去后山另一边的山脚下收篓子。

他提了十多个篓子，回来的时候经过心莲的坟墓。

由于刚刚打了黄鼠狼精，他联想到心莲生前的那些事情，路过那里的时候有点害怕。

越害怕，他眼睛越忍不住要往墓碑那边瞄。

不瞄不要紧，一瞄吓了一跳！

墓碑后面的小树林里居然远远地站着一个女人！那女人是他很久以前认得的！那是心莲！

心莲脸色煞白，身上穿的衣服就是她入土时的衣服！

马景平原本不知道心莲入土时穿的什么衣服，但是由于黄鼠狼精的事情，很多人又说到了当年心莲怎样怎样，最后入土时穿浅红格子衬衫和黑色百褶长裙，没有穿当地习俗中需要的寿衣。

马景平吓得大叫一声，撒手扔了所有篓子，拼命往山下跑，中间不知被什么东西绊了，狠狠摔了一跤，摔得眼角破了皮，手臂上伤痕累累。

下了山，他一边跑一边喊："见鬼啦！见鬼啦！心莲回来了！"

喊得喉咙都破了音。

由于时间太早，山下的人们大多还没有起来，此时比平时要安静得多。

他这一喊，几乎全画眉的人都能听到。

很多人连忙起来，站到门口去看。

很多人都看到马景平像一只从夹子上挣脱后疯狂逃命的兔子。

这个消息一下子就在人群中炸开了锅，并且迅速传播到方圆十里。

早上是最好传播消息的时候，出门去劳作的男人会在田间地头说，洗衣服的女人会在洗衣池塘边一边洗衣一边讨论，去上学的小孩到了学校会兴奋地告诉不知道的同学。

几乎所有人都认为心莲忽然出现跟马景平夹到了黄鼠狼精相关。至于她为什么在马景平面前出现，大家也趋于同一个答案——她要感谢马景平帮子报了仇，可惜马景平太害怕，没接受她的感谢就吓跑了。

出了这样的事情，大家自然而然会去找歪爹寻求解释。

歪爹的说法跟大家猜测的大相径庭。

歪爹说，如果真的是她出现了，那也不是要感谢马景平。

人们便问，那是要干什么？

歪爹斜着眼睛瞥了一下人群中的于阳明，说道，她是要告诉马景平，被他抓到的黄鼠狼精，不是当年打断子承的腿的黄鼠狼精。

人们又问，心莲怎么知道哪个是报复过子承的黄鼠狼精？她又没见过。

歪爹道，前不久心莲给于阳明托了梦，说当年打断子承腿的黄鼠狼精来到她的坟头，不但自曝是当年的黄鼠狼精，还威胁说要把她的尸骨挖走。所以她认得那黄鼠狼精。

人们纷纷朝于阳明侧目。

于阳明站了出来，说道，确实有这回事，所以我这几天来了这里。昨天早上马景平夹到穿衣戴帽的黄鼠狼时，我还以为就是当年那只黄鼠狼精，所以从马景平那里买下了黄鼠狼的皮毛，送到了心莲的坟头，以告慰她的在天之灵。我想她是看到黄鼠狼的皮毛了，要跟马景平说什么话。

人们便问，心莲要跟马景平说什么话？

于阳明耸肩道，那我怎么知道？

歪爹也摇头，说不知道。

这事也传了出去，并且越传越神。有人说，心莲忽然出现不只是有话要跟马景平说，她还要把当年那两只黄鼠狼精找出来，为子承报仇雪恨。

当天晚上，方家庄的一个人在夜色的遮掩下来到了画眉，找到歪爹。

歪爹正坐在门口打瞌睡，要睡未睡。一只猫盘坐在他的椅子下面，眯着眼，也是要睡未睡的样子。

"歪爹，歪爹。"那人轻声喊道。

歪爹和猫同时睁开了眼睛，歪爹看了看他，猫也看了看他。

来者是方家庄的方浩深，五十多岁，以前当过公社书记，在这个小地方算是权倾一时。后来因为种种不干净的事迹，他从书记的位置上下来了。

"树廊？你怎么来了？"歪爹的嘴巴刚才看起来还好好的，一说话就歪了。

很少人记得他原来名叫树廊了。从书记的位置下来之后，他就改名为浩深了。

"我来问你一个事。"他说道。

歪爹问道："什么事？"

他跨进歪爹的门槛，说道："今天早上的事。"

歪爹道："今天早上陈娭毑来找我说了一个梦，治平哥找我算了一个卦。你说的是哪件？"

他咂了一下嘴，不高兴道："都不是。我说的是马景平在后山上遇到的事。"

歪爹仿佛这才想起还有这么一件事，"哦"了一声，说道："这件事啊，我还以为什么事呢。你问这个事干什么？"

他跺脚道："我问这个事干什么？小孩丢魂了你帮忙喊魂，大人中邪了你帮忙驱邪，这后山上闹鬼了，你歪爹难道就不管吗？"

歪爹道："猫有猫的活法，鼠有鼠的活法，人有人的活法，鬼有鬼的活法，只要她不作祟害人，我管她干什么？"

这附近的人都知道，歪爹养的猫是从来不捉老鼠的。正是因为这只猫不捉老鼠，歪爹才收养了它，说它有佛性。别人笑他，说你捉鬼，怎么就不让猫捉老鼠呢？歪爹回答说，我捉那些害了人的鬼，那些安分自在的，没有害人的鬼，我看见了也不捉的。

"可是她吓到人了，马景平不就被吓到了吗？以前还诱惑过大人和小孩子。"

歪爹打了一个哈欠，说道："心里有鬼的人自然会被吓到。心里没鬼的人她也不会找。碰到她的人又不是你，你怎么比马景平还怕她呢？"

方浩深说道："我还不是为了一方平安！"

"你当年做书记的时候不也是这么说的？结果呢？"歪爹低下头，伸手去摸猫。

方浩深闪烁其词："我在跟你说今天早上的事，你怎么扯到陈芝麻烂谷子的事情？"

那只猫"喵"了一声，起身回了屋里。

过了一会儿，那只猫叼着一只小木碗来了，放在歪爹脚下。

歪爹一笑，说道："树廊你看，它要吃的，都知道把碗给我看，让我知道它饿了。你要我做事，却不告诉我你想要什么。"

"我想要让心莲安宁，不再弄什么事情出来。"他说道。

歪爹起了身，去饭锅里给猫盛饭，又从碗柜里拿出一只小碗，小碗里有汤，倒了一些汤在饭里，用筷子搅拌了几下，然后放在猫跟前。

猫便自顾自地吃了起来，并不理会屋里的人。

歪爹的房子小，堂屋兼了厨房的用处，在角落里有一个火灶，偶尔做饭——请他帮忙的人往往会留他吃饭。碗柜也在这里。那只小碗里有时候是鱼汤，有时候是肉汤，是歪爹特意留下来拌饭给猫吃的。

歪爹一边看着猫吃食，一边说道："要让她安宁其实很简单啊，我让她在那条路下面，说是让人踩踏压制，实际上不如……"歪爹抬起歪着的眼睛，看了看方浩深。

方浩深问道："不如什么？迁走吗？眼不见为净，迁走最好了。"

"实际上不如把当年那两只黄鼠狼精找出来。她就安宁了。"歪爹说道。

方浩深脸皮下面肌肉跳动，说道："歪爹你糊涂了吗？黄鼠狼精跟心莲有什么关系？"

歪爹无奈地笑了笑，摇摇头，又去抚摸猫，对着猫说道："跟人对话还真是艰难，不如我的猫，喵喵叫两声，我就知道它的心意。"

方浩深不满歪爹的态度，有些火气地说道："这么说来，歪爹你是打算袖手旁观，不管了？"

"管，管呀。我找她谈过了，想消除她的冤孽，可是她不听。"

方浩深哆嗦了一下，顿时弯下腰垂着脸问歪爹道："歪爹你找她谈过了？她她她怎么说？"

歪爹略作思索，说道："她说呀，有些事情以为忘记了，其实没有忘记，只是一段时间内记不起，以为自己忘记了。当于阳明把黄鼠狼的皮毛送到她那里的时候，她忽然想起了一些事情，想把事情了结了再走。"

方浩深干咽了一口，心虚地朝歪爹的睡房瞄了一眼。

这里几乎所有的人都没有进过歪爹的睡房，据传他睡房的床底下有很多个陶罐，每个陶罐里都有一只鬼。人们说，歪爹捉鬼驱鬼，也养鬼。养鬼是为了让鬼帮他办一些他自己办不到的事情。

我小的时候，曾跟几个同龄的玩伴试图去歪爹的睡房"探险"，但是每次刚刚走到堂屋的门口，其中一个玩伴便故意大叫一声，好像受了惊吓，其他人便立即吓得如一群受了惊的麻雀，四下里跑散了。

歪爹去世的时候，人们并没有在他的睡房里找到很多陶罐，但是床底下有少许破碎的陶片。

谁也不知道那些陶罐去了哪里，或者是否存在过。

歪爹知道很多人认为他的睡房里有鬼，方浩深自然也是这么认为的。

歪爹笑了笑，说道："你以为她在我房间里？你怕？"

方浩深尴尬地干咳了一声，挠挠头，说道："在这里又能怎样？我又不怕她！"

歪爹点点头，说："也是。你不怕她。是她怕你。"

方浩深干咳一声，说道："你看你说的什么话，我又不是鬼，她怎么会怕我？"

歪爹道："那可不见得，人心有时候比鬼可怕多了。"

方浩深道："歪爹，你这是指桑骂槐呢！"

歪爹不想跟他多说话，挥手驱客道："你回去吧，我帮不了你。"

方浩深自讨无趣，咬牙切齿一番，然后转头要走。

歪爹在身后说道："树廊，送你一句话，走多了夜路总会碰到鬼的。以后有什么事，你白天来就是了，别晚上偷偷摸摸来。"

方浩深啐了一口，道："别给脸不要脸，我来找你是看得起你，你还顺着杆子往上爬呢？我常走夜路，从没碰到过鬼！"

歪爹道："那你回去的路上千万别往大路右边的刁子岭那边看。"

方浩深一惊，回过头来，脸色煞白地问歪爹道："怎么就往那边看不得？"

"你记住就是了。"歪爹卖了一个关子。

"看了的话会看到什么？"他问道。

"不同的人看到的不一样。"歪爹的回答依然模棱两可。

他哼了一声，说道："故弄玄虚！"

说完，他便踏入深沉的夜色之中。

第二天他就病了，高烧不退，满嘴胡话，说着"我就是黄鼠狼"之类的话。

他家里人认为他晚上从画眉来的路上被黄鼠狼精附了身。方家庄和画眉的人都知道，方浩深自始至终都是支持把心莲的坟墓迁走的。而当年大家认为黄鼠狼精依附在心莲身上。因此，很多人认为黄鼠狼精来报复他了。

他们认为那坟是心莲的居身之所，也是黄鼠狼精的居身之所。

在某种程度上，大家认为心莲就是黄鼠狼精的化身，即使不是，也跟黄鼠狼精有种说不清道不明的秘密关系。

这跟大部分人对歪爹的看法是一样的。虽然歪爹是活生生的人，但因为他跟那些鬼怪打交道，也便在许多人心里成为了半人半鬼的存在。

方浩深的家人给他喂汤喂药，可是没有什么作用。他们便求歪爹去看看。

歪爹不肯，说："昨天夜里他回去的时候，我特意交代了，叫他不要往刁子岭那边看。他不听，偏要往那边看，我有什么办法？"

这里的人都记得，当年子承就是在刁子岭碰到黄鼠狼精，并被打断腿的。从画眉前面的大路往方家庄走的话，右手边是一片水田，水田的右边就是刁子岭。子承就是在水田的田埂上被黄鼠狼精前后堵截的。

"这么说来，他真是碰到黄鼠狼精了？"他家人惊讶地问道。

歪爹道："我跟他说了，不同的人看到的不一样。谁知道他碰到什么了！"

他家人以为歪爹是因为方浩深没有听他的话而生气，便给歪爹说了许多道歉的话，死活要歪爹去他家里看看。

歪爹向来不太会拒绝别人，只好点头答应去看看。

到了方浩深家里，歪爹焚了一张纸符，融在了水里，给方浩深喂下，又在他身上各处揉捏，在他耳边说了一些什么话，他才心神稍安。

这时，歪爹叫他家人将门窗关上，又用厚的布挡住所有光线，再在床边点上一盏煤油灯，在煤油灯上加了一个落满灰尘的玻璃灯罩。

屋里暗了下来，如同深夜。那灯火在灯罩里显得非常微弱。

歪爹示意别人都不要说话，然后念叨了一段话，大意是现在是某年某月某日夜晚的某时，说的时间恰好是头一天晚上方浩深去画眉找歪爹的时间。

然后，歪爹说："你离开我家，走到了老河那边的大路上。"

方浩深便在床上蹬腿摆手，像是在走路。这情形跟当年花姑给人找"树"非常相似。

"你快走到老河的时候，往刁子岭那边看了一眼。"歪爹说道。

床上的方浩深果然往右边侧头。

歪爹问道："你看到了什么？"

方浩深顿时面部扭曲，以极其凄厉且透着寒意的声音尖叫道："心莲！"

歪爹急忙将布满灰尘的灯罩提起，吹灭了里面的灯火，然后叫方浩深的家人将遮挡光线的布帘取下。

光线一进屋里，方浩深立即舒缓了许多，表情恢复了平静，但嘴里还在念着含糊不清的胡话。

歪爹看着方浩深的家人。

方浩深的家人看着歪爹。

歪爹想让他的家人说出对这一现象的看法。而他的家人希望歪爹直接给出解答。

可是歪爹很久没有说话。

方浩深的家人终于说："看来真是被黄鼠狼精附身了。"

歪爹不说话，继续用那不对称的眼睛看着那人。

"心莲以前是被黄鼠狼精附了身的，现在他碰到了心莲，不是心莲作祟，就是黄鼠狼精作祟。他是昨晚被吓到了，所以现在发高烧说胡话。"那人说着说着，额头开始冒出汗珠。

那人是方浩深的侄子。虽然是侄子，实际上他的年纪只比方浩深小一点点。那时候的人兄弟姊妹多。方浩深在他五个兄弟中排行老么，老大的儿子跟他的年纪差不了几岁。

方浩深在这片地方当权的时候，他这个侄子没少跟着干害人的勾当。

"到底是心莲还是黄鼠狼精，你心里清楚得很。昨晚心莲都跟我说过了。"歪爹斜了床上的方浩深一眼，"我都告诉他，心莲来我屋里跟我聊过了，他还装作事不关己。"

"什么事啊？"那人有些坐不住了。

"子承还在的时候，那晚在刁子岭发生的事，你当真不记得了？"歪爹问道。

那人看了看屋里的其他家人，耸耸肩，说道："刁子岭的什么事情？"

歪爹起身离开，走到门口时说道："心莲已经找过他了，接下来应该会找你。到时候你再告诉我，我也没有办法了。"

那人急忙追到门口，一手拉住歪爹的袖子，一手往自己的脸上刮耳光。"歪爹，我错了，我错了！"

屋里其他人大为诧异，不知道方浩深的侄子为何突然这样。

歪爹抓住他刮耳光的手，说道："你不说我也知道。只是你自己作的孽，要你自己来偿还。"

那人在歪爹面前跪了下来，泣不成声。

他的母亲忙走过去拉他起来。他不肯起来。

"儿啊，你这是怎么啦？"他的母亲惊慌失措。

他哭道："妈，儿子作了孽！子承的腿是我和五伯打断的！"

他母亲顿时脸色煞白，刚才还关切的表情顿时变得愤怒，她狠狠捆了她儿子一巴掌，骂道："你是不是脑子糊涂了？子承的腿明明是黄鼠狼精打断的！你逞什么能！要给黄鼠狼精背黑锅！"

那一巴掌比他自己打得要重很多。他的嘴角被打破，流出血来，但他似乎感觉不到疼痛。他表情扭曲地对着他母亲说道："妈，真的是我，我做了那么多坏事，你都帮我担下来了，这件事我是逃不过，你也担不了了。是我跟五伯打断了子承的腿。但是不知道什么原因，他从来不说是我们做的，却说是黄鼠狼精。"

他的母亲抓住他的肩膀拼命摇晃，他像一根蒿秆一样任由他的母亲摇晃。

"儿啊，这事不能承认啊！事情过去那么多年了，你不承认没人能说是你做的！何况子承自己都说是黄鼠狼精！或许子承自己都不知道。不然这么大的仇恨为什么不来找你和你五伯？"他的母亲撕心裂肺地喊道，似乎要将脑袋昏迷的他喊醒。

他哭道："不，子承清楚得很。五伯以前叫树廊，方树廊。他没有说方树廊，故意说是黄鼠狼。他心里明镜一样！"

站在门口的歪爹长叹一口气，连连摇头，轻声说道："原来真是这样。于阳明没有骗我。"他转过身来，对着跪在地上的人说："子承不说出真相，是为了维护心莲。"

"维护心莲？心莲来找五伯，不是为了帮子承报复我们吗？"

这下连他都不明白了。

歪爹道:"那天晚上,你们在打断子承的腿之前,还欺负过一个姑娘,你可还记得?"

他愣了一下,小鸡啄米一般点头。

"那个姑娘怀里是否还抱着一个孩儿?"歪爹问道。

似乎是事情太久远,回忆起来有些费劲,也或许是仍然不愿完全承认。他考虑了好一会儿,才不情不愿地点头道:"是的。那姑娘抱着一个出生不久的娃娃。她头上裹着红围巾,好像怕别人认出她。"

接着,他说出了多年前他与他那个正当权的五伯在刁子岭遇到的事情。

那时候山林需要人守护,防备周边或者别的地方来人上山偷树。那时候虽然大家口头上喊着平均平等、共同努力之类的话,但私底下谁都有一份小心思。不论是做椅子还是柜子还是锄头,甚至是建房子,都得用到树。可是树是集体的,那时候山林和田地还没有分配到户,所以很多人上山去偷树。

偷树的人基本都是趁夜深人静的时候上山,锯倒树之后就在山上把树去了叶砍了枝刨了皮,然后扛回家,藏在房梁上。之所以要在山上去叶砍枝刨皮,是因为如果在家里做这些事情的话,就会留下诸多痕迹,一旦发现,就会成为证据。在山上做了这些活儿,回家之后倘若被发现,偷树的人一口咬定自己没有偷,别人也无可奈何。

毕竟为了活下去,为了活得好一点,几乎每个人都会做些类似的掩人耳目的事情。拿到了死证据,谁都逃不脱。拿不到死证据,大家都是能饶人处且饶人。

因此,大家都明知山上的树不能偷,但大部分人都暗地里去偷。

　　方浩深那时候管着大公社，护卫山林是他的应尽之责。白天收了工，他就带着年纪跟他差不多的侄儿去巡山。

　　以前也有巡山的人，子承的父亲在世时，专门请了一个人晚上去守护属于他的山林。巡山的人在山路上边走边敲锣，警示盗窃者回避。其中不乏正在作案的人听到锣声后跑掉。

　　子承曾经问父亲，为什么巡山的时候要敲锣，那样不是把偷东西的人吓跑了吗？不如不敲锣，轻轻悄悄地去，这样反而能抓住偷东西的人。

　　子承的父亲说他这么做是为了给乡亲们一个面子，不让偷盗的人被抓现行。抓了现行的话，你不惩罚他，其他人就效仿，都来偷。你惩罚他吧，你又于心不忍，别人不是被逼到没办法，一般也不会来偷。因此，还不如先敲锣，让那些人听到锣声就跑掉。他不用受苦，我不用为难。

　　子承家里的山林被没收之后，巡山的人还是按照老规矩，边巡山边敲锣。

　　方浩深得了权之后，撤销了敲锣的规矩，叫人偷偷摸摸去捉。被捉住的人便身败名裂，被公开批斗。

　　后来他又撤掉了巡山人，亲自巡山。

　　有些人被捉了依然要挨批斗，要翻倍赔偿；有些人被捉了却安然无恙，看起来平平安安。后来其他人才知道，被捉的人若是给他好处，承诺一些条件，他便会假装没看到。

　　巡山便变成了一个肥得流油的差事。

　　子承开始打猎的第七天晚上，方浩深带着他侄儿恰好在刁子岭那边巡山。

7. 巡山

时到今日，方浩深的侄儿仍然记得那天晚上的月光明亮，照得人间像白天一样。月亮上的桂花树清清楚楚。

他跟五伯巡完了一遍山，没听到锯树的声音，都有些失落。

五伯吐了一口痰，骂道："妈的，怎么胆子都这么小呢？这刁子岭有好几棵树成了材，做房梁是上好的，怎么就没有人来偷？今晚看来是白走了一趟！"

他和五伯其实是希望有人来偷树的，有人偷，他们才有油水可以揩。

他跟五伯炫耀道："就是！上次你不舒服，我一个人巡山的时候碰到陈寡妇在林场山偷树，我还惊讶得很呢。她一个寡妇居然敢做这种事情！"

"是那个被人叫作陈西施的女人？前年守寡的那个？"五伯眼睛一亮。

"是啊，长得可好看了。我抓住她的时候，她吓得哆哆嗦嗦。我问她干吗偷树，她说她家里的打谷箱桶被老鼠啃坏了一块板子，她要一棵小点的树刷块板子补上。"他说道。

"也是可怜。"五伯说道。

他点头道："是啊。我就跟她说，我不追究她，但是我有点馋。"

五伯坏笑道："你这不是欺负人吗？"

"我没欺负她。她听我这么一说，你猜怎么着？"

"怎么着？"

"她居然急忙抓住我的手，然后往她衣服下面塞。"

五伯抹了一下嘴角，愤愤道："怎么我一次没出来，你就碰到这样的好事！"

后来方浩深偷偷送一块大木板到陈寡妇家，却被陈寡妇破口大骂，拿扫帚赶了出来，弄得人尽皆知。

方浩深急了，回骂道："你偷树的时候被人捉住，主动把别人的手往衣服里面塞。我好好地给你送板材来，你却这样耍泼辣！"

陈寡妇两眼顿时变得血红，发了疯一样用指甲往方浩深脸上挠，尖叫着骂道："你哪只眼睛看到我偷树了？你那侄儿什么德行谁不知道？平白无故就敢抹黑我，坏我名声！"

那都是后话。

他听五伯说完，也叹了一声，说道："这样的好事哪能天天有？"

他的话刚说完，好事就撞上来了。

他和五伯几乎同时听到了一阵匆匆的脚步声往山上而来。

五伯慌忙拉了他躲在一棵大树后面，然后朝声音传来的方向看去。

他们以为来的人是扛着钢锯来山上偷树的，可是看到那个人的时候发现那个人居然头上包着围巾，怀里抱着一个襁褓。

"这么晚还赶夜路呢？"五伯有些失望地说道。

他眯着眼看了看，对五伯说："她恐怕不是赶夜路的。"

五伯说："那是干什么的？反正不是来偷树的。"

他说："是来送孩子的吧？"

那时候女人未婚生育是特别糟糕的事情，会被周围人戳脊梁骨，一辈子抬不起头。倘若出现未婚先孕的情况，女人基本会将生下来的孩子偷偷送到比较远的地方，等有爱心的人路过的时候收养。后来有一首名叫《酒干倘卖无》的歌红遍大江南北，其背后的故事便是讲那个年代一个弃婴的成长历程。

而在方家庄就有一个家庭收养了一个弃婴。弃婴的生母跟那个家庭达成了默契。那个家庭的人从不说弃婴的生母是谁，而弃婴的生母定期给他们寄钱作为抚养费和补偿。直到九十年代末，人们的观念稍微有些放开了，那弃婴的生母才来方家庄看了长大的孩子一次，留下一笔巨款之后再也没有出现过。

正因为那女人头上裹着遮挡容貌的围巾，又恰巧在这深夜里出现，他才猜测这个女人怀里的孩子来历不明，她是来这里给孩子找人家寄养的。

猜测归猜测，真实情况不一定是这样。他明白这个道理。所以他决定出来吓唬一下这个陌生女人。

如果这个女人不害怕，就说明她可能真的是路过而已。

如果她害怕被人发现，并且不敢反抗，就像上一次遇到的陈寡妇一样，那说明他的猜测是准确无误的。

但他没猜到后来子承会出现，会坏了他们得来不易的好事。

他们见那女人走近，便从树后出来，拦住她的去路。

她一见前面有人拦住去路，果然害怕得很。

他和五伯见女人害怕，胆子又增了几分。他们慢慢朝女人靠近，露出不怀好意的笑。

女人可能是太害怕了，吓得不但不往前走，也不往后退，就站在原地哆哆嗦嗦，搂紧了怀里的襁褓。

这下他就更加确定这个女人有不可告人的目的了。

上次遇到的陈寡妇毕竟是认识的人，占点便宜也就完了，万一闹得大了，大家都不好看。现在眼前这个人显然不是这个地方的，况且怀中的婴儿来历可疑，比偷树要隐秘得多，他认为无论他做什么，这个女人都是不敢让别人知道的。

他给五伯示意了一个眼神。

五伯领会了。

这个眼神也被对面的女人看到了。她似乎这才醒悟过来，这才意识到这两个人极其危险，她就这么站在这里肯定是不行的，于是慌忙撤步，要往后退。

他们两人怎么会让她轻易逃脱？

他见女人往后撤，立即如饿狼一般朝她扑去。

她的力气显然远不及他，一下就被撞倒在地。她生怕怀中孩子受伤，紧紧将孩子裹在怀中。

这时，他五伯摘掉了帽子，解开了衣服，邪笑着靠近那个女人。

那个女人仍然一声不吭，哆哆嗦嗦。

他五伯示意他让开，然后将女人压在身下。

他心想，这五伯也太着急了。不过自己巡山的差事是五伯给他谋来的，这飞到锅里来的一块好肉就让五伯先尝尝鲜吧。反正这刁子岭晚上一般没人来，来了也是偷树的，偷树的人尚且怕自己被发现，看见这一幕了也不敢过来。

五伯平日里更是嚣张跋扈惯了，想都不想这些，就已经流涎三尺，抑制不住了。

眼看他五伯就要得手了，他忽然听到身后有人大喝了一声——"哎！"

他和五伯都吃了一惊，回头一看，原来是画眉的旧少爷子承。

子承手里端着一杆猎枪，把那黑洞洞的枪口对准了他们。

他早就听画眉的人说这个落魄少爷最近犯了富贵病，馋肉馋得厉害，弄了一杆猎枪想打点野味解馋，没想到这个时候在刁子岭碰到了。

"原来是子承啊……"他见来者是子承，便想套近乎，让子承假装没看见，继续去打他的猎。

没想到子承聪明得很，后面的话还没有说出来，子承就猜到他想说什么。

子承板着脸，对他喝道："走！"丝毫没有可以通融的意思。

五伯还趴在那女人身上，咬牙切齿道："大家都是熟人，低头不见抬头见。是吧？你不想吃肉吗，我明天叫人给你送二两的肉票。你现在去打你的猎，找你的兔子獐子，好吧？"他也知道子承馋肉的事。

"走！不然我要开枪了！"子承不给他们半点回旋的余地。

他五伯狠捶地面，愤愤而起。

如果赤手空拳打架，他自认为可以轻易撂倒这个羸弱的落魄少爷，可是子承手里有枪。

"信不信我打断你的腿！"他威胁子承道。自从他五伯得了势，他一直骄横跋扈，横行乡里，方家庄没人不怕他。眼下虽然知道枪的厉害，但他还是咽不下这口气。

"走！小心枪走了火！"子承仍然板着脸。

或许子承生性柔弱，见他威胁自己，不说"我要开枪了"，却说"小心枪走了火"。

他说，从子承的话里，他知道子承是害怕的。

但是子承的枪没有收起来。

他和五伯还真怕枪走火。于是两人恨恨离开。

夜晚露水重，山路上的石头又多，石头上面都长了青苔，青苔被露水打湿，就变得滑溜溜的。

下山的时候，五伯不小心踩在一块圆形的石头上，脚底一滑，摔了一跤。这一跤摔得厉害，五伯躺在地上好久不能起来。

他想去扶五伯。

五伯慌忙举手摇摆，嘴里嘶嘶地吸气，说道："别动！我的腰骨好像摔断了！"

他吓了一跳。

过了一会儿，五伯自己扶着地起来了。他的腰骨并没有摔断。

但是五伯把这一跤也算在子承的头上。他起来之后恶狠狠道："他奶奶的，他不但坏了我们的好事，还害得我差点摔断骨头！这口气我咽不下！"

他以为五伯说说就过去了，没想到五伯盯着他，从牙齿缝里挤出一句话来："你说要打断他的腿，这话可是当真的？"

他误解了五伯的意思，点头道："当然要给他点颜色看看！我们什么时候受过这样的气？"他说这句话的意思是以后有了机会要整一整子承。所谓打断他的腿，只是嘴上说得厉害一点，吓唬吓唬子承而已。

他平日里吓唬其他胆小的人常说"信不信老子打死你"，实际上最多动手殴打一番而已，并不会将对方打死。

五伯一手扶着腰，一手往画眉那边一挥，说道："那就好！你给我找两根柴棒来，让这不知天高地厚的蠢货尝尝我们的厉害！"

他愣了一下。

五伯继续说道："他待会儿总要下山的，总要从这里回去。这田埂两边都是水田，你我在前后一堵，他就没地方跑！"

他知道五伯这回当真了。

"看我不打断他的腿！"五伯满怀怨恨地看了看夜幕下的刁子岭。

他不愿让五伯觉得他不敢做，这巡山的差事之所以有他一份，他知道五伯看中的是他天不怕地不怕。万一巡山的时候有人反抗，一旦打起架来，他会毫不手软。周围的人知道他下手毒辣，不怕惹事，所以遇到他的话能躲就躲，能忍则忍。

于是，他也将心一横，同仇敌忾道："就是！不打断他的腿，他就长不了记性！"

他去画眉偷了两根柴棒来，然后跟五伯一起在山下等子承出现。

过了不多久，子承果然提着猎枪下了山来。

他按照五伯的吩咐，在前头的田埂上挡住子承的去路。

子承见了扛着柴棒的他，有些慌张，问道："你这是要干什么？"

他害怕子承举起枪来朝他扣动扳机，于是闭嘴不说话。因为五伯跟他说好了，他吸引子承的注意，躲在暗处的五伯会在后面给子承突然袭击。

子承听到背后有声音，扭头去看，可是已经来不及了。

五伯挥舞着柴棒，一下打在子承的后脑处。

子承猝不及防，立即倒在了田埂上，手一松，枪落在了旁边的水田里。枪杆进了水，火药被打湿，就不能开枪了。

这时五伯的胆子更大了，举起柴棒不停地朝子承的腿上打去。

他也不甘示弱，冲上去朝子承的腿上补了好几下。

可能是打在后脑处的那一棒让子承昏厥了，子承被打的时候哼都没哼一声。

他见子承没有叫声，以为失手把子承打死了，慌忙制止五伯，说道："不会打死人了吧？"

五伯听他这么说，也吓了一跳，停下手来。

"咱们快走吧！"他心虚道，都没想到要去探一探子承的鼻息。

为了不留下证据，他和五伯带着柴棒跑了。

跑到老河边，五伯认为柴棒上有血，不能还回去，也不能让人找到。于是，他们就地搓了几根草绳，将柴棒绑在大石头上，然后扔进了老河里……

他和五伯回到方家庄后假装照常巡山归来，上床睡觉。但是他们心里都忐忑得很，躺在床上也睡不着，因为他们不知道子承是不是被活活打死了。若是子承死了，那问题就大了，真的追究调查起来，他们是逃不脱的。

第二天，他们特别打听从画眉传来的消息。结果听到画眉的人说子承腿被打断了，人还昏迷中。

他们稍稍放心，但还是惴惴不安。万一子承醒了过来，把昨晚的事情告诉别人，那么画眉的人肯定会来方家庄讨说法。轻则他和五伯都会被抓起来对簿公堂，重则画眉的人以牙还牙，把他和五伯的腿也打断。

画眉的人一旦血性起来，其他地方的人都害怕。

曾有一个画眉的姑娘嫁了出去，被夫家虐待，以至于那姑娘上吊自尽。

画眉的人全部去了那户人家，吃那户人家的，喝那户人家的，要那户人家像伺候大爷一样伺候他们。那户人家自知理亏，不敢不伺候，可是一户人家要养百十来人不是容易的事，他们不但耗尽了所有的粮食和钱财，还欠下了一大笔债，估计一辈子都翻不了身。

画眉的人吃喝了一个月，然后对那家的人说，姑娘若是被打死的，我们必定让那男人一命偿一命，姑娘是自己上吊，我们不要一命偿一命，但要让你知道我们画眉的人不是好欺负的。现在你们一无所有，还欠下许多债，我们画眉的外孙不能受苦，我们带回去，画眉的人一起养他，也算是吃你的喝你的都还给了孩子。

然后画眉的人带走了姑娘和那男人的孩子，让他跟着外公外婆生活。画眉的人你出些钱，我出些力，帮他们将日子过得好一点。

自此之后，画眉出去的姑娘没再受过气。

即使不是画眉出去的姑娘，有时候小两口拌嘴，也会说一句："你要是对我不好，我叫我娘家的人来吃穷你！"

他害怕画眉的人得知真相之后，即使不打断他的腿，若是百来号人到方家庄来吃喝一段时间，他也承受不住。

他五伯比他更害怕。五伯说，要是画眉的人来吃喝，我这么些年揸来的油就都没有了，不但没有了，还要倒贴许多进去。

让他们没有想到的是，子承醒来之后居然没有说是他们打断了他的腿。

更让他们没有想到的是，子承竟然说他的腿是黄鼠狼打断的！

他将听来的消息告诉五伯的时候，五伯诧异非常，瞪圆了眼睛问："说的是黄鼠狼？不是我方树廊？"

他说："不但说的是黄鼠狼，还讲了一个黄鼠狼精的故事！"然后，他讲听到的黄鼠狼精的故事说给五伯听。

五伯听完目瞪口呆。

过了好一会儿，五伯问他："子承是不是被打傻了？他是不是真的以为是黄鼠狼打的他？"

他犹疑道："不会吧。我听人说，他讲这个黄鼠狼精的故事时讲得很顺溜，不是胡言乱语。该吃的时候吃，该喝的时候喝，该睡的时候睡，没有发疯的迹象。"

他和五伯心里都存有疑问，但是都不敢当着子承的面验证，仿佛子承已经忘记了他们那晚做过的事，而看到他们的一瞬间可能会忽然记起来。

从此之后，即使他和五伯有什么事情不得不去画眉，也小心翼翼地绕开子承的家。

这事情就在他们心知肚明的情况下隐瞒了许多年，直到马景平在后山夹到一只穿衣戴帽的黄鼠狼。

马景平夹到黄鼠狼的消息当天早上就传到了老河对面的方家庄，并进入了他的耳朵。

他慌忙去找五伯。

五伯也已经听说此事。

这时候五伯糊涂了，问他道："莫非……当年打断子承的腿的不是我们？真是黄鼠狼干的？"

8. 流言

五伯和他希望所有的人都真真切切地认为子承的腿是黄鼠狼精打断的。虽然子承和心莲都不在了，但是他们仍然担心某一天真相暴露。

当心莲在后山上遭遇不测，坟墓建在路下面的时候，五伯极其反对。

他不明白，问五伯道，虽然心莲跟子承有那样的关系，但人都没了，你还管它干什么？

五伯告诉他说，他反对并不是因为像其他人那样担心所谓的怨气，而是因为人们相信心莲是被黄鼠狼精附了身的。只要心莲的坟墓在这里，人们就不会忘记黄鼠狼报恩的故事，也就不会忘记子承被黄鼠狼精打断腿的故事。何况坟墓在路下面，墓碑在路边，每个人路过的时候都会记起这件离奇的往事。

五伯还说，人没了并不代表他就不在人间了，只有所有的人都把他忘记了，他才是真的已经离去。

子承和心莲去世之后，人们会渐渐忘却他们。但心莲一直"守"在那条路上，人们就会常常记起他们，说起他们的故事。这样的话，人们很难忘却他们曾经存在，曾经发生的那些事。只要人们一直记得，那么故事的原来面目就有被揭开的可能性。

因此，心莲的坟墓就是五伯的眼中钉，肉中刺。

为了拔掉这个眼中钉、肉中刺。五伯和他一起做了许多故意让人们觉得心莲可怕的事情。他们撺掇小孩子说假话，说在后山路过的时候看到了心莲，并且差点被心莲引诱到树林里面去。他们故意造谣，说晚上经过那里的时候听到有女人的哭泣声。

人们果然害怕了，纷纷要求迁走心莲的坟墓。

当年要不是歪爹出面解释，心莲恐怕早就尸骨无存了。

五伯和他的计划因为歪爹而失败。

事情过去很久了，让五伯和他安心的是，黄鼠狼精的故事一直还在流传，但是没有人怀疑到五伯和他的身上。

五伯早已偷偷将方树廊的名字改成了方浩深。仿佛这一切真的跟他没有任何瓜葛。

尤其是在听到马景平夹到黄鼠狼精的消息时，五伯和他都几乎以为子承当年说的是真的了。

他们正在为此窃喜时，又听到马景平在后山看到心莲的消息。

这次他们可没有给马景平好处，让他像以前特意筹划的那样吓唬附近的居民。

五伯和他内心再次恐惧起来，就如当年等待子承醒来时一样。

五伯坐不住了，决定去画眉找歪爹，问问个中缘由。谁料去了又回来之后，五伯竟然发了高烧，满嘴胡话，还不停地在向什么人道歉，说什么"我就是黄鼠狼"之类的话。

别人不知道五伯说"我就是黄鼠狼"是什么意思，认为五伯是昨晚走夜路碰到了黄鼠狼，但是他心里清楚得很，知道五伯说的是真话，五伯就是当年的"黄鼠狼"。

他听到"我就是黄鼠狼"的时候就直冒虚汗。他知道五伯在跟谁道歉。

当家人请来歪爹后，他听到五伯尖叫"心莲"的那一刻，他感觉昨晚行走在大路上的人是自己，看到心莲那张死亡的脸的人也是自己。

他跟五伯一样，认为心莲是为了子承的冤情而来。

顷刻之间，他的心理防线全线崩溃。但他仍然守口如瓶。

当歪爹说心莲已经将真相告知的时候，他才认为自己瞒也瞒不住了，于是将事情始末原模原样说了出来。

他不知道，实际上歪爹并没有见过心莲，说出真相的并不是心莲的魂魄，而是买下黄鼠狼皮毛的于阳明。而且，歪爹在此之前不太相信于阳明的话。

在方浩深的侄子坦白之后，歪爹终于相信了于阳明的话。

此前几天，于阳明来到了画眉。因为这里有亲戚，以前他常来画眉。自从心莲去世之后，他就很少再来。

他这次画眉，先到了歪爹家里。

那天大概是快到中午的时候，阳光很好。歪爹躺在门前晒太阳，猫匍匐在他的肚子上，也晒太阳。

歪爹把它赶下去，它又跳上来。

歪爹便作罢，让它躺在他的肚子上。

过了一会儿，歪爹觉得有点热，想起来回到屋里去，可是看了一眼肚子上的猫，它正睡得香，发出"呼噜呼噜"的声音。

歪爹不想打扰它，就仍然躺着，等它醒过来再回屋里。

等了一会儿，歪爹自己睡意渐渐上来了。两眼一闭，就睡了过去。一睡过去，就开始做梦。

歪爹说他平时很少做梦，但做梦的时候常做同一个梦。

他梦见自己还是一个刚出生的娃娃，他的母亲将他抱在怀里。他看到母亲不停地流眼泪，哭得伤心。他想说话，可是只发出咿咿呀呀的声音，就好像他还不曾学会言语。

他听到母亲哭着说："大老爷，您帮帮我们娘儿俩吧！他们都说我儿是怪物，要把他抛到山沟里去自生自灭！"

他浑身一寒。他知道母亲说的"怪物"是他。

母亲在世时常跟他说，他刚出生的时候吓到了很多人。人们认为他是不祥的预兆，是怪物，强迫他的母亲将他丢到遥远无人的山沟里去。

这个梦就是从母亲告诉他这件事之后开始做的，并且循环往复。

梦里的他扭头一看，面对他母亲的是子承的父亲。子承的父亲穿一身柔软发亮的绸缎长衣，戴着瓜皮帽。瓜皮帽前方有一块白玉。

他看了看子承父亲的脸，可是那张脸模模糊糊，像是放久了褪了色的画像一般，并且刚好是画像上的脸褪了色。

即使他醒来的时候，也想不起子承父亲的脸。时间一久，过往的人也像纸上的画一样泛黄褪色，甚至消失。

常有人问他，一个人亡去之后多久会重新投胎做人。

他想说，应该是所有见过的人忽然记不清那个人模样的时候。

书上有各种各样的记载，不一而足，他不敢乱说。但他在心里是这么认为的。

那张模糊脸的人轻声却有力量地说道："儿是娘的心头肉，岂能说抛弃就抛弃的？若说是因为长相就要抛弃，那多少现在看不出来，将来为非作歹害人害己的人我们应该想办法提前扼杀？对比人心来说，长相根本算不得什么。可这些人糊涂得很，竟然因为这无足轻重的事情要害人性命，要从别人心头挖肉！"

母亲扑通一声跪下，泣道："我人微言轻，请大老爷救救我儿！"

母亲跪下之后，他的角度低了很多，要努力仰起头来看那张模糊的脸。

多年后，他去庙宇看大佛时也需要以这样的角度来看，他便觉得子承的父亲就是佛，去世之后就往庙宇里来了。他觉得所有庙宇里的佛像都是按照子承的父亲来雕刻的。佛有众生相，所以那些佛像虽然看起来不太一样，但其实是一样的。

他有时候想，在梦里看不清子承父亲的脸，或许因为他就是众生相，众生相是各种各样的相，没有一个具体的。

有着模糊的众生相的人说道："你快起来。有我在，就有你们娘儿俩生存的地方。"

歪爹的母亲告诉他，要不是子承的父亲，他早已成为某个偏僻山沟里的一缕无依无靠的孤魂。

在子承的父亲被没收家产挨饿的时候，歪爹偷偷送尾巴上还有花的黄瓜去给他吃。黄瓜还未成熟，但歪爹除了黄瓜架上的黄瓜没什么可送给他吃的。

子承的父亲已经饿得两眼发昏，嘴唇干裂，但他打掉了歪爹手里的黄瓜，责骂道："傻孩子！你是怎么活下来的？你还敢送东西来？"

歪爹自知自己能活下来，全仗时时刻刻的低调和这位大老爷的照顾。

这位大老爷曾经多次告诉他，要忍，要避，要低调，低调到别人找不到任何借口。

歪爹自小就不怎么与人接触，别人欺负他的时候他躲开，别人责骂时他全当没听见。

子承的父亲怕因此牵连他，所以坚决不要他的东西。

那都是后话。

当时他还在梦里听着母亲的哭泣声，忽然感觉肚子上轻快了许多。

肚子一轻快，梦就醒来了。

他感觉出了一身汗，猫已经不在肚子上了。

睁开眼来，他看到面前站了一个人。

那人是很久不见的于阳明。

歪爹起身道："稀客啊！来，进屋里喝茶。"

进了屋，于阳明喝了茶，给歪爹说起了往事。

"您还记得子承被黄鼠狼精打断腿的那段往事吗？"于阳明说道。

歪爹心想，刚才那个梦莫非就是现在的预兆？

歪爹点点头。

"您还记得心莲吗？"于阳明又问道。

歪爹又点头。

"那您认为子承的腿确实是黄鼠狼精打断的吗？心莲确实是黄鼠狼精附身吗？"于阳明问出一连串的问题。

歪爹想起子承曾来找他，要他去看看屋里是否进过邪祟。

"都已经过去了，你还问这些干什么？"歪爹叹气道。

于阳明道："我那时候也很迷惑，但是昨天我才知道事情的真相！"

"真相？"歪爹心里咯噔一下。他早就认为事情不是子承所说的那样，但是子承自己都那么说了，他又能怎么反驳？歪爹知道子承在隐藏什么，他隐藏自有他的原因，歪爹不想捅破。

于阳明道："子承那天晚上看到的抱着襁褓的人就是心莲。"

"你的意思是子承说的黄鼠狼精就是心莲？"只听到这一句，歪爹心里所有的疑惑就接连解开了。

"是的。"

"那她抱的孩子是哪里来的？"歪爹自始至终没有将心莲和黄鼠狼精联系起来，是因为他知道心莲未曾生养，不会有孩子。

"是她小姨的孩子。"于阳明面无表情。

于阳明告诉歪爹，多年前子承被打断腿的那个夜晚，心莲确实抱着一个襁褓来到了画眉，躲在刁子岭，等夜深人静了送到一户画眉的人家去。她小姨告诉她，那户人家早就有人考察过，说是那夫妇一直没有子嗣，家境尚可，且有抱养一个孩子的意愿。如果孩子被那户人家收留，她小姨就放心了。

她小姨刚刚生完孩子，身体虚弱，还下不得床。但她必须尽快将这个孩子送出去，因为她是未婚先育。原本要与她结婚的男人和她是一个单位的，可惜由于一次机械意外，那男人离开了这个世界。

她小姨瞒着家里其他人，但没有瞒着心莲。她央求心莲帮她完成这件事情。

心莲本是心软的人，又见小姨早就看好了人家，便答应下来。

那晚心莲躲在刁子岭，计划在画眉的灯全部熄灭之后再下山，将孩子放到那户人家的门口，然后掐一下小孩，让他哭起来。小孩一哭，她就躲到远处，而那户人家听到哭声必定出来看，从而发现小孩。

这些计划是她小姨交代的，似乎没有什么纰漏。

可是心莲在刁子岭藏了一会儿，就看到巡山的人来了。

她只好急急忙忙下山，换个藏身的地方。

可是她刚刚下山，就遇到了提着猎枪打猎的子承。

惊慌之下，她想都没想，又往山上跑去。

后面的事情，歪爹在方浩深的侄儿那里又听了一遍，比于阳明说的还要具体。

歪爹听完，气得手脚发抖。他问道："你说你昨天才知道，你是从哪里知道的？"

于阳明告诉他，正是心莲的小姨告诉他的。前不久她小姨病危，被医院告之时日不多，便叫了于阳明过去，将这个秘密告诉了他。当初心莲没有说出真相，是怕小姨的事情暴露。而她也能猜测到，子承没有说出真相，是怕坏了心莲的名声，他以为襁褓里的孩子就是这位女子的。

心莲那晚没能将孩子送到那户人家去，并将那晚发生的事情告诉了小姨，后来她帮小姨将孩子送到了另外一户人家。

孩子送走之后，她小姨去内蒙投奔远亲，开始全新的生活，与家里几乎断了联系。

后来心莲去世的消息传到她小姨那里，她小姨才知道心莲因此喜欢上了子承，发生了那样的事情。

她小姨说她做过思想斗争，想回来澄清一切。可是一则她离得太远，二则子承和心莲都没有说出真相，她说出来也不一定有人相信，三则倘若有人相信，那送出去的孩子的身份就暴露了。

那时候收养的孩子大多以为养父养母就是亲生的，身边人不会故意说破。这是送孩子的和养孩子的两方保持的默契。如果打破这种默契，有些收养的父母便会将孩子送回去。

因此，心莲的小姨告诉于阳明的时候嘱咐他，如果想要大家相信真相，那么揭穿真相的话一定要让当年的"黄鼠狼精"说出来。不然的话，别人不会相信真相是这样的。

于阳明心如刀绞，问她小姨："你早不说，这个时候说出来又有什么用？"

"我时日不多了。在我离世之前，我想看到他们合葬在一起。"她小姨痛哭流涕。

歪爹又问于阳明："别说别人不会相信，我都还有存疑。就算她小姨说的都是真的，那么心莲去找花姑的事情又怎么解释？既然是因为这件事而让心莲对子承另眼相看的，那花姑为什么说他们前世相识？"

于阳明摇头道："我也想了。可是花姑早已去世，埋在了鹰嘴山。我们没办法问她当年的事了。不过现在回头一看，我想花姑那么做那么说，也是顺水推船，并不是真的在老河那里找到了两棵树。就像心莲说她从小到大做那样的梦，其实我知道她没有做过那样的梦。我与她从小一起长大，没有听她说过一次那样的梦。我清楚她的性格，她那么说，只是为了让子承让别人得到一个合理的解释。不然子承和别人都会以为她疯了。"

歪爹沉默了，呆呆地看着门槛上的猫。

猫也扭了头，愣愣地看着歪爹。

良久，歪爹的目光离开猫，回到于阳明身上。他问道："那梦呢？子承的梦呢？他做了梦之后，我给了他一个破解梦魇的符。我知道他那时候特别想有男女之欢，是不会听我的将符压在枕头下的。但他确确实实做了那样的梦。"

"那应该是点了入梦香的缘故。"于阳明说道。

"入梦香？"

"对。很多事情之后回过头来看的时候才更清楚。现在想来，应该就是它了。"于阳明道。

歪爹等着他继续往下说。

"我想应该是花姑给了心莲一些入梦香，心莲晚上偷偷去子承那里给他点了入梦香。心莲和我瞒着她妈假装去鹰嘴山的那天，我在鹰嘴山等她，顺便去花姑那里坐了一坐。那天花姑正在用手搓香。我问花姑，这香是不是用来驱蚊的。花姑说，不是，这是药香，又叫'入梦香'，睡觉的时候点了这种香，梦里想要什么就有什么。"

"跟大烟一样吧？"歪爹说道。

于阳明摇头道："我不知道花姑在里面加了什么。她跟我说这话的时候，看我的眼神有些不一样。我以为是我问了不该问的。现在想想，花姑知道我跟心莲的关系，说这话的时候应该是暗示我一些东西。"

歪爹屋前有一颗很大的树，树冠茂密，树干却歪歪扭扭，如"之"字。他还小的时候，那棵树就这个样子。那时候他常常对着那棵树看，隐隐觉得那棵树之所以长成这样，是要告诉他什么。

长大一些后，他看到歪歪扭扭的符文，觉得跟那棵树神似，于是对符文大感兴趣，深入钻研。

可是到了现在，他还没有弄清楚那棵树到底要告诉他什么。

听了于阳明的话之后，歪爹觉得可能在以后某个时刻，他会忽然明白这棵树给了他什么暗示。

之前怎么想也想不明白的事情，在某一瞬间会觉得它是如此显而易见。

歪爹叹道："事情已经过去了这么多年，你说给我听又有什么用呢？就像心莲的小姨担心的那样，即使你说给我听，说给别人听，都没有什么用。死无对证。要是方树廊反咬一口，说你诬蔑他，你能如何？"

于阳明道："这就是我来找您的原因了。"

歪爹道："子承家对我有恩，如果有什么需要，我当然是义不容辞的。可我现在人老体衰，已无大用。"

于阳明道："您可别这么说，这件事就靠您了。我想好了，很多人已经忘记了那些过去的事，我要先让大家再次想起多年前子承说的黄鼠狼精的故事，吸引这里人的注意，也吸引方树廊他们的注意。"

"是啊。很多人已经淡忘了。你怎么让他们再想起呢？一家一家去讲吗？"歪爹目光炯炯地看着于阳明，问道。

歪爹的猫也目光炯炯地看着于阳明，眼睛的瞳孔细成了一条缝。

于阳明看了一眼猫，说道："马景平不是一直在山上放夹子，在水里放篓子吗？"

歪爹道："他是猎人的种，就像要吃肉的狼，不吃肉就生病，他不做这些事就会生病。"

"我放一只穿了衣服戴了帽子的黄鼠狼到他的夹子上，让他以为夹到了当年子承说的黄鼠狼精。"于阳明身子往歪爹的方向倾斜，声音小了一些。

"当年是他父亲教子承开枪的。上山的忌讳也是他父亲跟子承说的，同样的话他父亲跟他也说过很多遍。所以他对这段往事比别人要记忆深刻得多。你选他入手，确实是最好的。"歪爹赞扬道。

"我就是这么考虑的。他收了夹子回来，一说夹到了穿衣戴帽的黄鼠狼精，必定引得许多人去看。"

"没有比这更新鲜的事了。"歪爹点头道。

"围观的人多了，消息很快就会传到方树廊的耳朵里去。"

"如果心莲的小姨说的是真的，那方树廊听到消息也不会害怕吧？反倒是你弄来的黄鼠狼又给他正了名。"歪爹道。

于阳明摇摇头，说："这时候他肯定不会害怕，但是他会好奇。事不关己，别人看看热闹也就完了，他必定会打听细节。"

"打听了又能怎样？"

"打听了，就吸引了他的注意。这就成功了一半。待马景平拿回了黄鼠狼，我就以高价买下黄鼠狼的皮毛，然后告诉他我还要出高价买很多泥鳅黄鳝带回去。画眉的水田他经常下篓子，早已捕捉得差不多了。后山那边少有人放篓子，他肯定会去后山那边放篓子。画眉的人见他在别人的水田里放篓子，睁一只眼闭一只眼也就算了。后山那边的人看见了肯定要说他。所以他肯定要在晚上偷偷摸摸去，偷偷摸摸来。"

歪爹频频点头。那只猫却起了困意，咧大了嘴打了一个哈欠。

"要去后山那边，去的时候要放篓子，篓子又是空的，轻得很，他不一定会走那条山路。但是取了篓子回来，篓子被浸湿，又带了泥鳅黄鳝，重得很，他肯定要走那条近的山路回来。走那条山路，就会经过心莲那里。"

歪爹后来跟人说，别人说到那块地方都习惯说"心莲的坟"，而于阳明说"心莲那里"，好像心莲不是埋葬在那里，而是站在那里，等在那里。

于阳明说："在马景平经过的时候，我叫一个女人站在那个地方，穿心莲那时候穿的衣服。马景平撞见，肯定会吓得魂飞魄散。"

歪爹问道："可是你从哪里找一个跟心莲长得那么像的人来？"

于阳明露出一丝笑意，说道："在那个地方，穿那样的衣服，恰好他又夹了一只黄鼠狼，想起了那段往事，他不认为那是心莲，还会认为是谁呢？"

"不用找长得很像心莲的人？"歪爹不太确定。

"不用。人不一定相信看到的东西，而更愿意相信符合他们认知的东西。"

"好吧。就算你吓到了马景平，又有什么用呢？"

于阳明道："这样的话，马景平能再次让大家关注子承的往事。人们都会自然而然认为心莲的出现跟黄鼠狼有关，就像马景平看到不是心莲的人会认为那个人是心莲一样。这时候，我需要您出面了。"

歪爹道："我这时候出面有什么用？"

"您出面告诉大家，心莲是想告诉马景平，那夹到的黄鼠狼并不是多年前打断子承的腿的黄鼠狼。"

歪爹犹豫了，为难道："若你说的全是真的，我可以这样说话来帮你。可是我不能只听你一面之词就不相信当年子承说的关于自己的经历。虽然我知道他说的肯定是假的，但也不能说明你说的就是真的。心莲当年被流言蜚语伤害，很多人说她是黄鼠狼精附身。我不能让这种流言再次伤害别人。"

"不，歪爹，我不是要您跟人说当年的黄鼠狼精就是方树廊他们。我只需要您说马景平夹到的黄鼠狼不是当年子承说的那只黄鼠狼。"

歪爹道："黄鼠狼既然是你放进马景平的夹子里的，我当然可以这么说。"

于阳明对歪爹拱手示谢，说道："您这么说了，那方树廊若是心中无鬼，也就不会放在心上。若是方树廊心中有鬼，他定会来找您。"

"他会来试探我？"

"是的。他若是白天来，说明他心里无鬼，不怕别人知道他在意这件事情。他若是晚上来，说明他心里有所忌惮，怕别人看到。"

歪爹点点头。

"如果他是晚上来的。这时候您还要帮我一个忙，就说您已经知道真相，并且叫他回去的时候当心，别朝刁子岭那边看。"

"为什么不能朝那边看？"歪爹又不明白了。

于阳明道："即使他晚上来找您，也不能说明他跟子承的事情有关，对吧？这就需要我们再验证一次。我会让马景平看到的那个'心莲'站在刁子岭那边。他听了您的警告，如果不放在心上，嗤之以鼻，说明多年前在刁子岭那边打断子承的腿的不一定是他。如果确实是他所为，回去的路上必定心虚，心越虚就越要往刁子岭那边看。他一看就会看到那个'心莲'。"

"如果是他作的孽，那不吓得个半死？"歪爹道。

"对，他也就吓得个半死而已。倘若吓得他生了病，或许会说几句胡话，提及当年的事情。但他是老谋深算、心机很重的人，哪怕经过这一吓，等他好过来，还是会一口咬定当年的事情与他无关。"

歪爹茫然道："既然这样，你我做这些等于白劳一场，那你我还做这些干什么？"

于阳明道："方树廊他们伯侄俩，我比较熟悉。方树廊失了权势之后，他和他侄子多次去城里，想在我们厂谋个轻松差事。我跟他们打过一些交道。他侄子年轻一些，看起来凶悍许多，实则远没有方树廊那么稳重有城府，遇到一点事情，就会胆怯。"

歪爹点头道："确实这样。他是那蜗牛，外面硬，里面软。他五伯刚下台失势的时候，他因为之前做了太多得罪人的事，怕人趁机报复，天天揣一把刀在身上，有事没事拿出来吓唬人，实际上是他自己怕得要死。"

"嗯。我做这么多事情，最终目的不是要吓到方树廊，而是要吓到他侄子。方树廊吓到了没什么事，但他侄子一吓就稀软了。马景平夹到黄鼠狼，他不一定信。马景平看到了心莲，他也不一定信。但是他五伯看到了心莲，他必定会信。信了就会怕，怕了才会承认。"

子承的事情在歪爹的心里一直悬而未决。他想过查出事情真相，可是没有机会。现在机会摆在面前，他不可能袖手旁观。

他听了于阳明的安排，一步一步引诱真正的黄鼠狼精踩上他们的"夹子"。

不出于阳明所料，"黄鼠狼精"果然来找歪爹了，并且在回去的路上看到了"心莲"。

接着，另一只"黄鼠狼精"在歪爹面前现出了原形。

当方树廊的侄子亲口说出陈年往事的时候，歪爹终于相信了于阳明的话。

其实歪爹从心底里是倾向于阳明所说的真相的，因此他跟方树廊和他侄儿说话的时候，故意说得比于阳明吩咐的要严重一些。

听方树廊的侄儿说完，歪爹放下一颗心来。正如于阳明所说，事情久远，当事者已经离世，别人说出真相都会让人将信将疑，唯有肇事者自己说出来，别人才会相信真相原来是那样的。

方家庄的人早就听说方浩深遭遇了黄鼠狼精，听说歪爹来给他驱邪，在歪爹封上门窗的时候，外面已经围了十来个人。方家庄的人口较少，这相当于方家庄一半的人了。

方树廊的侄儿坦白的时候，外面十多人也听得清清楚楚。

这十多人或是气愤或是鄙夷，但碍于同是方家庄人，都只是远远看着。

这时，人群里忽然一个身影冲出，扑向方树廊的侄儿，拳头如雨点一般落在他的身上。

方树廊的侄儿抱头叫喊。

歪爹认出那人正是安排这一切的于阳明。

于阳明沉默得如同哑巴，奋力地一拳接一拳打在方树廊侄儿的身上。

十多个方家庄的人没有一个人上前扯开于阳明。

就连被打人的母亲都一反常态，指着地上的人，咬牙切齿道："打死他！给我打死这个无用的逆子！"不知道她是良心发现，真的要别人打死她儿子，还是责怪儿子不听她的劝告说出了真相。

最后还是歪爹走了过去，抓住了于阳明的胳膊，叫他停下来。

于阳明忽然瘫软下来，就地躺倒，号啕大哭。

歪爹忙叫人将被打得几乎昏厥过去、不吭一声气儿的方树廊的侄儿抬进屋里，又叫人扛起于阳明去了另一户人家。

歪爹先在方树廊那边劝人叫了医生，过来看看那人被打得怎样了，然后来到于阳明这边。

歪爹见了于阳明就责骂道："你都忍了好几天了，干吗急在这一时发泄？万一他们怕你追究子承和心莲的事儿，没什么毛病也非得说被你打出什么毛病来了，你怎么办？"

扶于阳明来的人在旁说道："歪爹说得对。他们一大家子个个都是老狐狸，狡猾得很。你这一出手，他们就有借口赖掉了。"

于阳明坐在椅子上，两眼空洞，喃喃道："我打了他又怎样？不打又怎样？我费尽心机就是为了让他自己说出真相，可是刚才在外面听到他承认他和他五伯就是黄鼠狼的时候，我竟然不知道接下来该做什么，能做什么。"

他抬起头来，无助地看着歪爹，摊开双手说道："我只想到我说的话没有人愿意相信，他自己说的话才有用。可是我没有想即使他承认了又能怎样？我能让心莲回来吗？能让子承不承受那些痛苦吗？我能把他们的腿也打断吗？"

歪爹和旁边的人都沉默了。

"不能。"他摇摇头，自己给自己答案。"我不能。别人也不能。老天爷也不能。"

外面起了微风。前面的地坪里出现了一个小旋风，将地上的尘土和枯叶卷起来，旋转，飞升。很快，小旋风弱了，消失了。尘土和枯叶停止旋转，落下。

"没有用。都没有用。就像那风一样，卷起了又能怎样？尘归尘，土归土，枯叶还是枯叶。"他听到小旋风刚才发出的咻咻声，朝小旋风消失的方向说道。

"有用的，还是有用的。"歪爹拍了拍于阳明的肩膀。

于阳明长长地叹了一口气，说道："歪爹，你扶我回画眉去吧。"

歪爹笑道："我自己走路都走不好，怎么扶你？"但他还是将于阳明的一只手搭在他的肩膀上，搀着于阳明出了门。

走出方家庄的时候要经过一个三岔口。三岔口上有一台被遗弃的打谷机，打谷机是倒扣着的，底部的木板朝上。方家庄的憨傻儿就天天躺在这木板上看人来人往。岔口走过一个人，憨傻儿就数"一"，走过两个人，就数"二"，这样一直数下去。

憨傻儿小时候其实不傻，后来有一次不知道受了什么惊吓，回来之后就变得傻乎乎的了。

憨傻儿的家人认为他是被吓得丢了魂儿，所以变成这样的。家人给他喊了魂，可是他没有恢复的迹象。

他变傻之后就喜欢去方家庄前的三岔口躺着，每个经过的人他都很热情地打招呼，欢迎人家来，欢送人家走。

家人只好找来歪爹，要歪爹帮忙出主意。

歪爹问了情况，又翻开他的眼皮看了看眼珠子，然后问他："你想变好吗？"

他点点头。

他的家人就在旁边哭，说："你看你看，他想变好呢，他也没有办法。"

歪爹道："你既然想变好，我就给你出个主意，好不好？"

他又点点头。

歪爹道："你不是喜欢在那三岔口待着吗？从今以后你就在那里数人。每经过一个人，你就记下来。经过一个你数'一'，经过两个你数'二'，有多少人经过，你都数下来。太阳还没出山你就在那里数，太阳落山如果你能数完并记住数的数，你就会变好。"

痴呆模样的他居然露出很高兴的笑容，搓着手连连点头，虽然那笑容很快就消失了。仿佛原来的他被困在这个身体里，就如被困在水里的鱼，只能偶尔奋力一跃才能跳出水面。要它摆脱水，则像鲤鱼跃龙门那样困难。

自那之后，他就天天躺在打谷机的底板上数从三岔口经过的人。

对正常的人来说这是很简单的事情，可对他来说不是那么容易。有时候他数着数着就忘了，何况方浩深的侄儿几乎每天都来打扰他。

方浩深的侄儿每次经过三岔口的时候故意走到他面前，问他："你数到多少啦？"

憨傻儿想了想，回答道："五十三。"

方浩深的侄儿就说："不对吧？我怎么记得是三十五？"

憨傻儿就混乱了，挠着脑袋想很久，说道："五十三还是三十五？"

方浩深的侄儿就说："对哦，到底是五十三还是三十五？"

他每次都将憨傻儿记的数弄混乱。

憨傻儿数了三四年，没有一次数对过。

有好心人偷偷告诉歪爹这件事。歪爹则说，这是他自己的坎儿，得自己过。别人帮了没作用。

这次歪爹搀着于阳明路过，见憨傻儿在那里数人，便走过去问道："现在数了多少人了？"

憨傻儿掰了两个手指，说道："加上你们俩，是七十七。"

歪爹笑着点头，说："好的。你可别记错了。"

说完，歪爹搀着于阳明要走。

憨傻儿从打谷机的底板上站了起来，对着歪爹喊道："我什么时候才能数完啊？"他一副很着急的样子。

歪爹安慰道："快了，快了！"

于阳明回到画眉，很多人都来看他。

"黄鼠狼精"的消息传开的速度比他们的脚步还快。早有人在方家庄看了热闹就急急忙忙说给别人听了。一传十，十传百，几乎所有人都知道了。

大家坐在于阳明的周围讨论了一番，认为子承已经去世多年，现在再找方树廊伯侄算账，似乎不妥了。有人说要方树廊伯侄赔偿一定的钱，可是子承的女人早已离开，子承又是四代单传，没有其他直系亲戚，赔了钱也不知道该给谁。

讨论来讨论去，只有一条获得了大家的认同，那就是将心莲和子承合葬。

歪爹看了一个黄道吉日，便领着画眉的人一起去后山，将心莲的尸骨重新拾殓，与子承葬在一起，合用一块大黑石墓碑，一如画眉其他故去的老夫妇。

方树廊家提出由他们出钱修缮子承和心莲的坟墓。于阳明拒绝了。他跟画眉的人说，接受了代表原谅了，所以他不接受，不原谅。

拾殓完心莲的尸骨，人们要将原来的墓碑从路边移走。于阳明则坚持要将墓碑留在原处。

"我们都是罪人。"于阳明说，"在那些流言破坏他们的生活时，我们都是其中的传递者。让她的墓碑继续留在这里，让我们记住不要再做害人的流言的帮凶，就像以前让我们记住她和黄鼠狼精一样。"

于阳明的话说完，所有人都沉默了，没有人再发表其他意见。

于是，那个墓碑仍然留在后山的路边。

心莲和子承合葬之后不久，方树廊一家感觉无颜面对这里的人，于是搬离了方家庄，去了很遥远的，没有人认识他们的，没有人知道"黄鼠狼精"的故事的地方。

方树廊一大家子搬走之后，方家庄的憨傻儿也消失了。

有人说憨傻儿某一天终于数完了人，变聪明了，他羞于提及以前的傻事，所以离开了这里，开始了新生活。

也有人说憨傻儿在三岔口那里迷了路，越走越远，再也不能回来了。

他的母亲回忆说，憨傻儿消失的那天早上下着毛毛细雨，确实看不太清脚下的路，憨傻儿可能因此走错了路，去了别的地方。

但他的母亲又说，憨傻儿应该会回来，因为他出门前是带了伞的。他还跟她说，我去去就来。他还给了她一个笑脸。

他的母亲说，那个笑脸笑得好好哦，我只在他变傻之前看见过他那样笑。

那是很开心很开心的笑，好像充满了希望。他的母亲说。

图书在版编目（CIP）数据

画眉往事 / 童亮著. -- 南昌：百花洲文艺出版社，
2021.2
ISBN 978-7-5500-4068-7

Ⅰ.①画… Ⅱ.①童… Ⅲ.①中篇小说－小说集－中
国－当代 Ⅳ.① I247.5

中国版本图书馆CIP数据核字（2021）第003650号

画眉往事
Hua Mei Wang Shi

童亮 著

责任编辑	杨 旭 刘玉芳
装帧设计	白砚川
封面插画	魏 嗲
制　　作	鲤伴文化 谭念棕
出版发行	百花洲文艺出版社
地　　址	南昌市红谷滩区世贸路898号博能中心I期A座
邮　　编	330038
经　　销	全国新华书店
印　　刷	三河市国新印装有限公司
开　　本	880mm×1230mm　1/32
印　　张	10.5
版　　次	2021年4月第1版
印　　次	2021年4月第1次印刷
字　　数	178 千字
书　　号	ISBN 978-7-5500-4068-7
定　　价	45.00元

赣版权登字 05-2021-10